달려라 실버퀵

어르신들의 좌충우돌 생존분투기

조한신 지음

달려라 실버퀵

어르신들의 좌충우돌 생존분투기

조한신 지음

코람데오

목 차

목 차

목 차

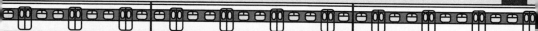

들어가며

노인들이
마지막으로 오는 곳

    내가 사는 곳은 전형적인 강북의 구 주거지이다. 이 지역은 국립공원인 북한산 아랫자락에 있는 관계로 5층 이상의 건물을 지을 수 없는 개발제한구역이다. 그렇다 보니 대부분의 집들이 오래된 작은 규모의 공동주택과 단독주택이고, 나이 든 어르신들이 많이 산다.

    동네를 거닐 때 자주 보는 모습 하나가 있다. 허리 굽은 할머니 한 분이 걸어가시는데, 그 옆을 귀여운 포메라니안 강아지가 항상 따라간다. 둘은 항상 같이 있고, 아주 천천히 걸어간다. 그 모습은 슬로우 모션 같아서 약간은 현실감이 없어 보인다.

    처음 그 광경을 보았을 때, 발랄하고 에너지 넘치기로 유명한 포메라니안 강아지가 너무 천천히 걸어서 이상한 생각이 들었다. '어디가 아픈 것 아닌가?' 속으로 걱정하며 보고 있을 때, 할머니께서 내 생각을 읽으셨는지 한마디 하셨다.

    "얘도 나만큼 늙었어요. 그래서 이래."

    강아지가 열다섯이 넘었다고 한다. 모든 것이 이해가 갔다.

할머니와 강아지의 모습을 보면, 도대체 강아지가 할머니 뒤를 따라가는 것인지 강아지가 할머니를 몰고 가는 것인지 구분이 되지 않는다. 둘 다 말없이, 좌우를 살피지 않으면서 갈 길을 간다. 아주 느리지만 계속 앞으로 나아간다.

그 할머니는 가끔 폐지나 재활용품을 거두러 다니기도 하신다. 할머니가 느린 동작으로 물건들을 카트에 담을 때면, 강아지는 조금의 미동도 없이 옆에 서 있다. 누가 보면 땅 위에 떨어뜨린 인형으로 착각할 정도이다. 옆을 살피거나 다른 곳의 냄새를 맡는 경우도 없다. 그저 할머니 옆에 서 있다가 할머니가 움직이기 시작하면 그제야 천천히 걷기 시작한다.

할머니와는 만날 때마다 가벼운 인사를 나누는데, 포메라니안은 그 순간 숨을 조용히 내쉬며 움직이지 않고 서 있기만 한다. 인사가 끝나고 할머니가 "가자"라고 말하면, 강아지는 총총 발걸음을 옮긴다. 그러면 나도 모르게 감탄사를 내뱉게 된다.

"아이, 귀여워라."

이 할머니와 강아지를 볼 때마다 뭐라고 딱 집어서 말할 수 없는 감정이 올라온다. 어느 정도는 안쓰럽고, 어느 정도는 슬프고, 어느 정도는 따스하고, 어느 정도는 웃기고, 어느 정도는 평온하다. 아주 복합적인 감정이다.

지금의 모습이 쭉 이어지기를 바라지만, 언젠가는 둘 중 하나의 모습이 보이지 않을 거라는 생각을 하지 않을 수 없다. 서로 얼마나 의지할까, 하는 생각이 들다가도, 둘 중 하나가 없어지면 얼마나 허전할까, 하는 걱정도 생긴다. 둘 중 한쪽이 먼저 죽음을 맞이했을 때, 남은 이의 상실감이 추측되기도 한다. 하지만 그 모든 생각을 뛰어넘는 하나의 생각이 있다.

'그래도 지금은 함께 걸을 친구가 있으니 다행이지!'

세상이 빨리 돌아가고, 복잡해지고, 시끄러워져도 할머니와 강아지는 느린 속도로 최선을 다하며 갈 길을 갈 것만 같다. 어쩌겠는가? 가장 빨리 걸을 수 있는 속도가 그것뿐인데.

실버퀵에 대한 이야기를 하기에 앞서 할머니와 강아지 이야기를 먼저 꺼내는 이유는 실버퀵을 취재하는 동안 이 할머니와 강아지를 봤을 때의 감정이 종종 떠올랐기 때문이다. 하나의 감정으로 정의할 수 없는 그 복합적인 감정이 계속 느껴졌다. 그 감정들이, 이 책에 고스란히 담겨 있기를 바란다.

이 책은 '실버퀵지하철택배' 회사를 중심으로, 그곳에서 벌어지는 일들과 택배원들의 이야기를 담고 있다. 여기서 말하는 실버퀵지하철택배는 택배 방법을 말하는 명사가 아니라 회사 이름인 고유명사이다. 이 책에 나오는 택배회사의 정식이름이다. 사업자등록증에 명시된 정확한 이름은 '실버퀵서브웨이택배.' 택배라는 이름 빼고는 모두 영어이다.

회사 이름을 통해 회사를 소개하자면, 회사 이름 중 '실버퀵'이란 '할아버지들이 퀵서비스(빠른 배송 서비스)를 한다는 의미'이고, '지하철택배'라는 것은 '지하철을 이용해서 택배를 한다'는 뜻이다. 풀어서 설명하자면 '할아버지들이 지하철 무료승차 혜택을 이용해서 퀵서비스 택배 일을 하는 회사'라는 뜻이다. 회사 이름이 회사의 모든 것을 설명하고 있다. 참 솔직한 회사이름이다.

인터넷에 '실버퀵'이나 '지하철택배'라는 이름으로 검색을 하면,

여러 회사들이 나온다. 모두 비슷한 방식으로 택배 일을 하는 회사들이다. 그 회사들 중에서 '원조 실버퀵지하철 택배'라고 나오는 회사가 이 책의 배경이다.

여기까지 읽었다고 당장 인터넷에서 검색해 파워링크에 걸린 웹사이트 링크를 누르지는 말기 바란다. 누르는 순간 무조건 광고비가 나간다. 할아버지들에게 돌아갈 돈이 인터넷 포탈 회사로 들어가니 제발 아래로 내려가서 웹사이트 항목에 있는 링크를 누르기 바란다.

시작부터 회사 홍보를 한 이유가 이것 때문이다. 이 회사가 궁금해서 인터넷으로 알아보다가 헛된 홍보비만 축낼까봐.

이제 이 책에서는 회사의 긴 이름을 대신 '실버퀵'이라는 짧은 이름을 사용하겠다.

이 책은 실버퀵에서 일하는 분들의 모습을 담아내자는 취지에서 시작되었다. 노년인데도 불구하고 열심히 일하는 노인들의 모습과 그 분들이 겪은 일들을 기록해놓고 싶었다. 노인문제를 다루거나 어르신들의 경제적인 어려움을 다루려고 시작한 책은 아니다.

취재를 하기 전에는 택배 일을 하는 분들은 경제적으로 어려운 분들일 것이라고 생각했다. 택배 일이라는 것도 아주 간단한 일이라고 생각했다. 그렇지 않겠는가? '사무실로 주문이 들어오면, 관리자가 택배원에게 오더를 내리고, 택배원은 배달을 하면 끝이지 않은가?' 그렇게 생각했다.

막상 사무실에 앉아 돌아가는 상황을 보니 정말이지 변수가 많았다. 고객의 불만, 택배원의 불만, 물건 받을 사람은 연락이 되지 않고, 물건은 무게를 초과하고, 중간에 주문이 취소되고, 택배원이 주소지를 찾지 못하고. 게다가 택배원들에게 갑작스러운 상황까지 발생한다. 운영원칙이나 업무규칙을 일괄적으로 적용하는 것은 불가능하고, 사원 관리를 철저히 할 수도, 느슨하게 할 수도 없는 상황이 계속 된다. 때로는 원칙이 방해될 때도 있다.

실버퀵 회사는 일반회사와 많이 다른 분위기이다. 공과 사의 구분이 아주 흐릿하다. 아마 회사를 구성하고 있는 사람들 특성 때문일 것이다.

"할아버지들이 개성이 더 강해, 젊은 사람들보다."

맨 처음 택배원 대기실로 들어갔을 때 한 어르신이 나에게 던진 말이다.

실제로 그랬다. 실버퀵 회사의 분위기를 간단히 설명하자면, 남자고등학교 교실과 같은 분위기이다. 마치 남자들은 나이가 먹어가면서 아이가 되어 간다는 사실을 증명하고 있는 것 같다. 솔직하고, 마음이 모두 드러난다.

성격의 다양함은 이루 말할 수 없다. 말투가 점잖은 분도 있고, 욕을 섞어 말하는 분도 있고, 가는귀가 먹어서 항상 소리를 크게 내서 말하는 분도 있고, 귀를 기울이지 않으면 들리지 않게 작게 소리 내는 분도 있고, 언제 왔는지 모르게 조용히 들어오는 분도 있고, 들어올 때부터 존재감을 드러내는 분도 있다. 자주 투덜거리는 분도 있고, 마음속에 부처님이 있는지 그냥 이해하라고 타이르는 분도 있다.

택배원 대기실 옆에 있는 사무실은 정신없이 돌아간다. 하루 종일 전화벨이 울리면서 주문이 들어오고, 가격이 흥정되고, 어떤 사람은 가격만 물어보고 택배를 맡기지 않고, 어떤 사람은 주문을 했다가 취소하고, 택배원에게 주문 정보가 잘못됐다는 전화가 걸려오고, 물건을 가지러 갔는데 물건이 준비되지 않았다는 불만이 제기되고, 버스를 타야하면 추가요금을 줘야한다고 고객에게 설명하고, 물건이 무거우면 배달을 못한다고 알려주고, 고객으로부터 이런저런 항의가 들어오고, 돌아오는 택배원을 야단치고, 택배원은 당시 상황을 설명하고, 사무실 프린터에서는 배달 가는 곳의 지도가 연신 인쇄되어 나오고, 지도를 보고도 엉뚱한 곳으로 갔다는 전화가 오고, 당일 일한 것을 결산해서 현금이 지불되고, 그러다가 가끔씩 화물을 잊어버렸다는 비보가 날아들고……. 이렇게 하루가 지나간다.

심각한 상황과 웃긴 상황이 반복되고, 정확한 일처리와 엉성한 실수가 교차한다. 부당한 불만과 억울한 사연이 속출하고, 운 좋은 날과 운 없는 날이 예상치 않게 다가온다. 그야말로 좌충우돌하며 하루하루가 지나간다.

실버퀵 배달원들은 모두 65세 이상이다. 65세 이상이 되어야만 지하철무료승차권이 나오기 때문이다. 물론 지하철요금을 내면서 택배 일을 할 수 있지만, 그렇게 되면 수입이 현저하게 적어지기 때문에 일을 해도 별 이득이 없다. 실버퀵에서 일하는 '미성년자'는 사무실에서 근무하는 여자 사무원이 유일하다. 여기서 말하는 미성년자는 '지하철무료승차권이 없는 65세 미만의 사람'을 가리키는 말이다. 실버퀵 스타일의 농담이다.

택배원들이 모두 65세 이상이라는 말은 실버퀵에서 일하는 분들이 적어도 1954년 이전 출생자라는 뜻이다. 1954년이면 한국전쟁이 끝난 다음해이다.

택배원 중에는 일제강점기에 태어난 분들도 간혹 있다. 현재 실버퀵에서 일하는 택배원 중 최고령자는 1934년생으로 올해 85세 된 어르신인데, 이분은 일본에서 태어났다. 택배원 중에는 한국전쟁의 끔찍한 모습을 기억하고 계신 분도 있다.

이분들이 말하는 어떤 이야기들은 현대사에 대한 지식이 없으면 이해할 수 없는 것들도 있다. 그 일을 겪었을 당시는 꽤나 힘들었을 텐데, 큰 감정 없이 얘기를 한다. 때로는 속에서 올라오는 원망을 집어삼키는 것처럼 보일 때도 있지만 말이다.

실버퀵에서 일하는 분들의 모습을 보면서 가끔 다른 곳에서 볼 수 있는 어르신들의 모습이 떠오를 때가 있었다. 내가 실버퀵을 취재하기 전에 살펴본 본 모습들이다.

인터넷에서 노인 문제를 찾아보면 여러 개의 보도 영상과 기사들을 볼 수 있다. 우선 종교단체에서 주는 500원을 받기 위해 이곳저곳을 떠도는 노인들의 모습이 있다. 그분들은 어느 요일에 어느 곳에서 현금을 나눠주는지 메모를 해놓고 그 종교단체를 순회한다. 그렇게 하루에 모으는 돈이 5,000원에서 6,000원이 된다고 한다. 또 다른 모습은 무료급식소 앞에 길게 줄지어 서 있는 모습이다. 서울 여러 곳에 있는 무료급식소에서 또는 지역 종교단체에서 점심때마다 볼 수 있다. 영상이 아니더라도 우리 주변에서 폐지를 줍거나 재활용품을 수거하는 분들의 모습은 쉽게 볼 수 있다.

이분들에 대한 취재 영상과 기사들은 대동소이하다. 노인빈곤이 심각하다. 노인 실업이 심각하다. 더 많은 관심이 필요하다 등등 매번 똑 같다. 기사 내용은 똑같고, 다만 기사가 작성된 연도와 시간만 다르다.

실버퀵에 대한 보도 영상들도 많다. 때로는 지나치게 긍정적으로 보도한 것도 있고, 때로는 지나치게 부정적으로 보도한 것도 있다. 긍정적인 보도는 실버퀵이 노인들의 일자리를 해결하고 있다는 것이다. 일하는 노인들을 긍정적으로 묘사하며 실버퀵에서 노인들이 즐겁게 일하고 있으며, 실버퀵이 노인 실업을 해결하는 방법이라는 식으로 보도한다. 부정적인 보도는 노인들이 일하는 것에 비해 임금을 너무 적게 받고 있다는 내용이다. 시간당 받는 임금이 너무 적어서 문제라는 것이다. 사실 둘 다 맞는 얘기다. 이 두 가지 시선은 노인지하철택배의 양면성이다.

그렇다면 실버퀵에서 일하는 어르신들은 어떻게 생각할까?

실버퀵에서는 저녁때가 되면 행사처럼 벌어지는 일이 하나 있다. 어떤 사람은 '술판'이라고 얘기하고 어떤 사람은 '친교 시간'이라고 말한다. 주로 적당량의 고기를 굽거나 배달음식을 시켜서 사무실에 있는 사람들끼리 술을 마시는 시간이다. 저녁식사라고 말하기에는 조금 부족하고 술판이라고 하기에는 많은 술이 돌지 않는 자리이다. 술을 많이 마시면 내일 일에 지장을 주기 때문에 2차로 연결되는 경우는 거의 없다. 편의상 이 시간을 '저녁 만찬'이라고 부르겠다.

저녁 만찬에 참석하는 사람들은 그날 사무실에 남은 사람들이다. 만찬을 마련하기 위해 돈을 내는 사람들은 그날 수입이 조금 좋은 분들이나, 다른 사람보다 형편이 나은 분들이다. 만찬을 즐기다가도 택배오더가 떨어지면 바로 자리에서 일어나 일을 하러 간다.

　이 자리에서 여러 가지 얘기가 오간다. 과거 이야기를 할 때가 있고, 여자 이야기를 할 때도 있고, 정치 이야기를 할 때도 있다. 그러면서 솔직한 얘기가 툭툭 던져진다. 보통 사람들의 술자리와 비슷하다.

　어느 날, 여느 때와 같이 저녁만찬이 펼쳐졌고, 긴장이 풀린 얘기가 오갔다. 화제는 실버퀵을 하면서 겪는 어려움에 대한 얘기.

　음식을 먹는 도중 택배 일을 끝내고 들어오는 어르신이 생겼다. 그 어르신을 위해서 음식이 다시 차려지고, 다른 어르신이 자리를 내주기 위해 일어섰다. 집으로 돌아가신다는 어르신과 자리에 앉으시는 어르신, 그 혼란한 틈을 타서 한 어르신이 나에게 조용히 말했다.

　"이봐, 작가 선생. 여기가 어떤 곳인 줄 알아?"

　그 말이 무슨 의미인 줄 모르는 나는 어르신을 쳐다만 봤다. 어르신은 어떤 비밀을 알려주듯이 나에게만 들리는 목소리로 말했다.

　"여기는 노인들이 마지막으로 오는 곳이야."

　다시 다른 분들의 이야기가 시작되었다.

　그 말은 집에 돌아오는 내내 내 머릿속에서 계속 맴돌았다. 그리고 그날 이후 종종 그 얘기를 반복해서 듣곤 했다.

　택배 일을 하면서 바쁘게 살아가는 어르신들의 모습, 동전을 받거나 무료 식사를 위해 줄을 서 있는 어르신들의 모습, 나이 든 강아지와 천천히 걸어가는 할머니의 모습. 이 세 가지 모습과 "여기는 노인들이 마지막으로 오는 곳이야"라는 말이 책을 쓰는 내내 나를 떠나지 않았다.

이 책은 크게 세 부분으로 나뉘어 있다. 첫 번째 부분은 어르신들이 일하고 있는 실버퀵 회사에 대한 이야기이다. 어르신들이 어떤 일을 하는지, 일을 하면서 어떤 문제를 겪는지, 어느 정도의 능력이 필요하고 어느 정도의 수입을 벌게 되는지, 동시에 실버퀵 회사를 운영하는 데 힘든 점은 무엇인지, 처리하기 곤란한 문제에는 어떤 것이 있는지 등을 기록한 부분이다. 어떤 문제들은 택배업에 공통적으로 해당되는 것들이겠지만, 어떤 것들은 실버퀵택배업이기 때문에 벌어지는 문제들이다.

두 번째 부분은 실버퀵을 취재하면서 조사한 노령 인구에 관한 자료이다. 실버퀵에서 일하는 어르신들과 이야기 도중 알게 된 노인 문제들을 조사한 내용이다. 노인 문제를 살펴보는 글들로 조금은 우울한 현실을 얘기하고 있다. 하지만 우리가 회피해서는 안 되는 문제이고 개선해야 하는 문제이기 때문에 책에 포함시켰다.

세 번째 부분은 실버퀵에서 일하는 어르신들을 직접 인터뷰해서 쓴 글이다. 그분들의 간략한 인생 스토리라고 할 수 있다. 택배 일을 하시는 분들이 단순히 택배 일을 하는 노인들이 아니라 자기만의 인생역정을 버텨온 사람들이라는 것을 알리고 싶었다. 단순히 돈이 필요해서 노년에도 일을 하는 분들이 아니라 일에 자부심을 가지고 사는 분들이라는 것을 적어놓고 싶었다. 그분들도 높은 자존심과 상처받기 쉬운 마음을 가지고 있다는 것을 기록해놓고 싶었다. 동시에 변하는 시대에 적응하지 못하는 그분들의 모습도 기록해놓았다. 그 변화를 따라가려고 노력하는 모습도 기록해 놓았다. 있는 그대로의 모습을, 그분들이 자신을 설명하는 그대로를 적어놓았다. 이 부분은 글을 쓰면서 가장 재미있게 쓴 부분이다.

이 책에 담겨있는 사실들은 빛과 그림자처럼 밝은 부분과 어두운 부분이 함께 있다. 그러나 이 두 가지 모두 현실에 존재하는 모습이다. 지금의 현실이 보여주는 어두운 부분에 고개를 돌린다면 그 그림자는 결코 작아지지 않을 것이다.

다음 장부터 읽게 되는 내용들은 지금 실제로 벌어지고 있는 일들이다. 그리고 그 모습은 우리 미래의 모습일 수도 있다.

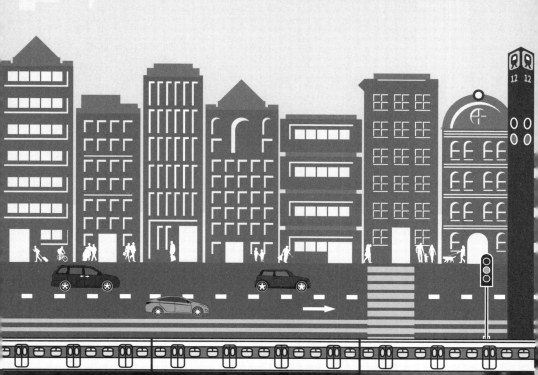

CHAPTER 1

여기가 실버퀵

광화문을 중심으로 동쪽으로 뻗어가며 서울을 동서로 가로지르는 거리들이 있다. 종로, 청계로, 을지로, 퇴계로이다. 1가에서 시작해 5가까지 평행으로 이어지는 이 거리들에는 각종 상점과 사무실, 작은 공장, 시장 등이 몰려있다. 각 거리마다 판매하는 주종목이 다르고, 만드는 주물품이 다른 이 지역은 오래된 건물과 좁은 골목으로 유명하다. 오랜 건물일수록 좁은 골목으로 들어갈수록 요즘 보기 힘든 가게와 공장들을 발견하게 된다.

예전에 사람들은 이곳에서는 잠수함도 만들 수 있고, 탱크도 만들 수 있고, 더 과장하면 핵폭탄도 만들 수 있다고 말했다. 물론 그런 물건을 만들었다는 증거는 없고 만들 수 있는 능력도 확인된 적은 없다. 그러나 그런 말이 떠돌 정도로 이곳에는 그런 물건을 설계할 수 있는 머리를 가진 사람이 있고, 그런 물건을 만들 수 있는 기술을 가진 사람도 있고, 그런 물건을 팔 수 있는 수단을 가진 사람도 있다는 자부심이 있는 곳이었다.

그런 자부심으로 가득했던 이 거리들은 한때 서울에서 가장 경제활동이 활발했던 거리였다. 아니 한때는 대한민국에서 가장 중요한 거리였다. 그러나 우리나라 어디에서나 벌어지는 일이 이곳에서도 일어나고 있다. 우리나라에서 오래된 지역이라면 어디나 그렇듯 이곳에서도 재개발이란 망령이 돌아다니고 있다.

그런데 이 네 거리 사이에 이름이 잘 알려지지 않은 거리가 하나 있다. 을지로와 퇴계로 사이에 있는 거리로 다른 거리와 함께 평행으로 가로지르고 있지만 이름을 알고 있는 사람은 거의 없다. 아마 다른 거리가 6~7차선인데 비해 이 거리는 왕복 2차선이어서 다른 거리의 샛길 같은 느낌을 주기 때문일 것이다. 거리의 이름보다 명보아트시네마가 있는 곳, 중구청이 있는 곳, 오장동 냉면집이 있는 거리라고 말하면 더 잘 알 수 있는 거리다. 이 거리의 이름은 마른내로.

마른내로를 따라가다 보면 중구청 사거리와 오장동 사거리 사이에 공원이 하나 있다. 중부시장의 5문 쪽 맞은편에 있는 길을 올라가면 만나게 되는 묵정공원이다. 정확한 이름은 묵정어린이 공원이다.

그 공원 주위에는 동네와 어울리지 않게 현대식 호텔과 레지던스가 높이 서있고, 한쪽에는 오피스텔 같은 주거 빌딩이 뒷모습을 드러내며 서 있다. 그 외의 건물들은 모두 2~3층짜리 작고 낡은 건물들이다. 주로 인쇄소 건물들.

그런 공원과 건물들 사이에 파란색 타일로 치장한 3층짜리 작은 건물이 한쪽을 차지하고 있다. 파란색 타일은 세월의 때가 많이 묻어 있지만 그래도 푸른색을 제법 유지하고 있다. 이 건물이 바로 실버퀵 사무실이 있는 곳이다. 사무실은 맨 꼭대기 층, 3층이다.

실버퀵 사무실을 가다

요즘 건물들은 2층이나 3층 사무실로 가려면 건물 입구로 들어가 반 층마다 꺾어진 계단을 올라가야 한다. 보통 한 층을 올라가려면 한번은 180도로 돌아야 한다. 그러나 옛날 건물들은 그렇지 않다. 이 동네에 있는 다른 3층 건물들처럼, 이 건물도 문이 없는 좁은 입구가 뻥 뚫려 있다. 입구의 폭은 1미터가 조금 넘는다. 그리고 3층으로 가는 계단은 중간에 한 번의 꺾임도 없이 1층 입구에서 3층 문 앞까지 한 번에 연결되어 있다.

실버퀵 사무실에 들어가기 위해서는 우선 좁은 입구와 가파른 계단을 올라가야 한다. 계단은 거의 45도가 넘어 보일 정도로 가파르다. 계단 하나의 높이도 요즘 계단보다 높다. 그런 오래된 계단은 옛날 공포영화를 연상시킨다. 계단 위에서 무서운 문지기가 나타날 것 같기도 하고, 그 높은 곳에 있는 방은 끔찍한 사연을 가지고 있을 것만 같다. 실제로 올라가보니 숨이 가빠져서 그런 생각은 모두 달아났다. 무릎 관절도 살짝 놀랐는지 좌우로 떨린다. 3층에서 내려다보면 계단의 각도가 훨씬 더 위험해 보인다. 발을 잘못 디디면 어딘가는 금방 부러질 것 같은 느낌이 훅 들어온다.

좁고 가파른 계단 위에 올라서면 정면으로 시계가 보인다. 그 시계 밑에는 출근 시간을 지키라는 경고문이 붙어있다.

"당신의 출근은 몇 시 입니까?"

그러나 실버퀵에서 지내고 보니, 이 경고를 심각하게 받아들이는 사람은 거의 없는 듯 했다.

시계를 바라본 상태에서 오른쪽에 사무실로 들어가는 철문이 있다. 거기에도 경고 문구가 붙어있다.

"보고 => 철저히! 간다, 온다. (장소) => 확실히!"

예상했겠지만 이 문구를 심각하게 받아들이는 사람 또한 거의 없다.

시계가 걸려있는 문 입구 공간은 아주 좁은 공간으로 두 사람이 서면 비좁을 정도로 작은 공간이다. 세 사람이 왔다면 한 사람은 계단을 하나 내려가 서야 할 정도이다. 사무실 문은 고무줄을 사용해서 자동으로 닫히도록 만들어져 있다. 올드 스타일이다. 이 문을 열고 들어가면 바로 실버퀵 사무실이다.

'이곳을 어떻게 설명해야 할까?'

과거의 경험에 따라 사무실을 본 느낌이 다를 것이다. 어떤 사람은 골동품 상점으로 생각할 것이고, 어떤 사람은 드라마 세트장이라고 생각할 것이고, 어떤 사람은 비현실적으로 꾸며놓은 공간이라고 생각할 것이다.

나의 느낌은 갑자기 타임머신을 타고 과거로 돌아간 느낌이었다. 20대 때 인쇄소를 들락거릴 때의 분위기가 이랬다. 20세기의 느낌. 좀 더 정확하게 말하자면 한 90년대 초중반쯤이라고 해야 할까? 25년 전으로 돌아간 느낌이었다. 그렇다고 젊었진 것 같은 느낌은 아니었다. 굳이 표현하자면 옛날 사진을 보며 '내가 이렇게 늙어갔구나'라는 생각을 할 때의 느낌이라고 하겠다.

사무실에 들어가면, 이 건물이 3층이 아니라 정확히는 2층 건물이라는 것을 알 수 있다. 사무실이 있는 3층은 옥상에 지은 옥탑방 같은 느낌이었다. 세 개의 독립된 방이 있고, 각 방에는 문과 창문이 있다. 문과 방은 요즘 보기 힘든 알루미늄 새시. 이중창이 아니고, 두꺼운 문이 아닌 얇은 두께로 짙은 갈색의 새시이다.

방들은 서로 연결되어 있지 않다. 다른 방으로 가려면 문을 나와서 다른 방문으로 들어가야 한다. 두 개의 방은 벽이 붙어 있는 반면, 가장 큰 방은 복도를 사이에 두고 떨어져 있다.

세 개의 방 위에는 지붕이 얹어져 있는데 건물의 모든 면적을 덮고 있지 않고, 3분의 2 가량만 덮고 있다. 나머지는 야외공간이다. 그 공간을 작은 주방 겸 휴게실로 만들어 사용하고 있다. 지붕은 임시로 만든 투명 플라스틱 천장. 여름이 되면 걷어버린다.

방과 방 사이에 있는 복도에는 커다란 게시판이 있다. 거기에는 언론에 소개된 실버퀵 회사의 기사들이 붙어 있다. 가장 오래된 것은 2002년이고, 가장 최근 것은 2017년 기사이다. 오래된 기사일수록 짙은 누런빛으로 세월을 알려주고 있다.

시간이 멈춘 듯한 사무실

각 방은 각각의 용도가 있다. 방 하나는 택배 주문을 받고 회사를 운영하는 사무실. 컴퓨터 세 대와 프린터 두 대, 책상 다섯 개 등 사무실 집기로 가득하다. 무엇보다 많은 것은 종이들. 주문서, 계산서, 홍보전단, 서류들이 쌓여있다. 여기에는 사장과 사무원 한 명이 일을 하고 있다. 정 급할 때는 사무원도 택배 일을 나간다.

사무실과 붙어 있는 방은 창고로 사용한다. 실버퀵에서 택배 일과 함께 하는 일 중에는 축하기와 근조기 설치 업무가 있는데 그 깃발의 일부를 보관하는 창고이다. 그리고 간이침대가 하나 놓여있다. 사장이 쉴 때 사용하는 전용침대이다.

복도를 사이에 두고 있는 나머지 방은 택배원들의 방이다. 대기실이기도 하고 휴게실이기도 하다. 두 벽면은 깃발들을 보관하는 보관대가 설치되어 있다. 한쪽 벽에는 TV와 작은 냉장고가 있고, 지시사항이 적혀있는 보드가 하나 걸려 있다. 나머지 한 면은 창문과 이런저런 액자가 걸려있다. 창문은 주방 겸 식당으로 연결되어 있다. 이 방 가운데에는 요즘 보기 힘든 물건이 하나 설치되어 있다. 바로 연탄난로이다. 연탄난로가 무엇인지 모르고, 한 번도 본적이 없는 분들도 있을 것이다.

연탄난로의 생김새를 알려면 머릿속에 원통형을 떠올려야 한다. 우선 석탄을 원료로 만든 원통형의 연탄이라는 것이 있다. 연탄은 한 뼘 정도의 지름과 한 뼘 정도의 높이를 가진 원통형 연료이다. 그 연료에는 20여개의 작은 구멍이 수직으로 뚫려 있다. 한마디로 작은 구멍이 뚫려 있는 원통형 석탄덩어리이다. 이 연료를 태울 수 있도록 철로 만든 원통형 난로가 있다. 연탄이 2개 내지 3개를 수직으로 쌓을 수 있는 높이에 연탄보다 큰 지름을 가진 난로이다.

이 두 가지만 가지고는 난로가 설치되지 않는다. 연통이라는 것이 있어야 한다. 연통은 얇은 함석으로 만든 원통형 파이프다. 이 연통을 난로 옆의 구멍에 연결한 후 천정으로 올려서 밖으로 나가도록 연결해야 한다. 왜냐하면 연탄은 연소할 때 유독가스를 배출하기 때문이다. 얼마나 위험하냐고? 사람을 죽일 정도다. 바로 일산화탄소를 배출한다. 왜 이런 위험한 연료를 사용하느냐고? 그것은 연탄이 가장 싼 연료이기 때문이다.

연탄과 연탄난로는 1970년대까지 주력 난방기기였다. 1980년대부터 기름난로로 바뀌어갔고, 1990년대에 들어오면서 점점 사라져

갔다. 생명을 앗아가는 가스 배출, 공기 오염의 주범, 연탄재처리 등 여러 가지 요소가 문제가 되어 천덕꾸러기 신세가 되어갔다. 그러나 연탄이 완전히 사라진 것은 아니다. 연말이면 정치인들이나 사회복지단체원들이 줄을 서서 저소득층에 연탄을 배달하는 뉴스가 항상 나온다. 저소득층에게 연탄은 가장 값싸게 이용할 수 있는 난방연료이다. 때로는 연탄불로 고기를 굽는 음식점에서도 연탄을 볼 수 있다. 이 연탄과 연탄난로가 바로 실버퀵 택배원 대기실에 있다.

아직도 연탄난로에 대해 감이 잡히지 않는다면, 책을 잠시 내려놓고 인터넷에서 검색해보시길. 재미있는 모습을 보실 수 있을 것이다.

택배원 대기실에는 화장실이 하나 있다. 화장실 문이 특이한데, 일반화장실 문과 다르게 알루미늄 새시로 만들어진 미닫이 문이다. 이런 미닫이문이 달린 화장실은 내가 아주 어렸을 때 외할아버지 집에서 본 것 같은 기억이 난다. 그 집은 일본식 적산가옥이었고, 그 집 화장실 문이 미닫이였던 것으로 기억한다. 그때가 1970년대 초반이었다.

대기실 창문 하나는 항상 열려 있다. 그 열린 창문은 간이 주방으로 연결되어 있다. 사무실 창문 하나도 간이 주방으로 연결되어 있다. 사무실 창문을 열고 소리를 치면 주방을 향해 열린 대기실 창문을 통해 대기실에 있는 사람들이 들을 수 있다.

주방에는 싱크대와 커피자판기, 그릇을 두는 작은 찬장이 한쪽 편에 있다. 다른 한편에는 조리용 탁자가 설치되어 있고, 휴대용 가스 버너 두 대와 라면, 많은 화분들이 놓여 있다. 주방 한편에는 작은 테이블과 의자들이 놓여있어 식사를 하고 담배를 피울 수 있다. 라면은 세 종류. 끓여먹는 라면 두 종류와 즉석 라면 한 종류가 있는데 모두 유료이다. 물론 커피도 200원 유료.

실버퀵에서는 택배원들이 라면을 끓여 먹으려면 천 원의 이용료를 내야 한다. 그 금액을 내면 라면 1개, 계란 1개, 밥과 김치를 먹을 수 있다. 가스버너 사용료는 무료이다. 요리는 본인이 해야 한다. 설거지도 마찬가지다. 참고로 계란을 두 개 먹는 것은 규칙 위반. 최근에 한 분이 적발되었다고 한다.

이 골동품 같은 사무실이, 과거의 유령 같은 사무실이, 현실감 없는 세트장 같은 사무실이, 실버퀵의 본부이다.

실버퀵에서 하는 일들

실버퀵에서 하는 일은 크게 두 가지로 나뉜다. 하나는 우리가 잘 아는 일반 택배업이다. 또 하나는 깃발 설치일인에, 이것은 설명이 좀 필요하다. 나도 이번에 알았다.

보통 결혼식장이나 장례식장에 가면 동창회나 협의회 사무실, 단체에서 설치한 깃발을 보게 된다. "경축 ○○○고등학교 ○○기 일동," "경축 ○○대학교 ○○과" 또는 "근조 국회의원 ○○○." "근조 ○○회사 일동" 등등. 이 깃발을 경하기 또는 근조기라고 부른다. 경하기慶賀旗는 축하할 때 보내는 깃발로 주로 결혼식 때 많이 설치하고, 근조기謹弔旗는 장례식장에 주로 설치한다. 이 깃발들은 해당 단체에서 와서 설치하는 것이 아니다. 깃발을 전문적으로 보관하고 설치하는 회사가 있다. 실버퀵에서는 이 일을 함께 한다. 실버퀵에서 깃발을 보관하면서 설치하는 경우도 있고, 다른 회사가 보관하고 있는 깃발을 설치만 하는 경우도 있다.

택배업과 행사깃발설치업. 이 두 가지 일이 실버퀵에서 맡고 있는 일이다.

뒤에서 설명하겠지만 깃발설치일은 경하기 일과 근조기 일이 조금 다르다. 경하기는 당일 설치 철거가 이루어지는 반면, 근조기는 설치한 후 사흘 후에 철거를 한다.

사원들이 일찍 출근하는 이유

실버퀵의 영업시간은 평일 오전 8시부터 저녁 7시까지, 주말과 공휴일은 오전 9시부터 오후 6시까지이다. 공식적으로는 이렇다. 그러나 이 시간 외에도 주문이 오면 특별한 일이 아니고는 거절하지 않는다. 게다가 근조기 일은 시도 때도 없이 들어온다. 죽는 사람이 실버퀵의 영업시간을 지키지 않기 때문이다.

이런 이유에서 사무실은 오후 8시가 넘어야 문을 닫는다. 사무실 문은 닫는다고 해도 전화는 열려 있기 때문에, 아주 늦은 시간이 아니고는 택배가 가능하다. 근조기도 어느 시간대나 설치가 가능하다. 그럴 수밖에 없지 않겠는가? 영업시간 끝났다고 내일 아침에 근조기를 설치하겠다고 할 수 없으니까.

사무실이 열리는 시간은 대략 오전 6시 경. 공식 업무시간 2시간 전이다. 문을 여는 사람은 회사 사장. 실버퀵의 사장은 새벽 6시에 출근한다. 그렇게 일찍 나오는 이유는 그렇게 일찍 출근하는 택배원들이 있기 때문이다. 일이 없는데 왜 이렇게 일찍 나오시냐고 물어봤다.

"잠이 없으니까!"

새벽에 일어나면 할 일도 없고, 그냥 있기도 뭐해서 사무실로 나온다고 한다. 평생 아침에 일찍 일어나 일하는 습관 때문에 저절로 일어나게 된다는 어르신도 있다. 어떤 어르신은 그 아침에도 아내가 차려주는 아침을 먹고 나온다. 사모님과 금술이 아직까지 좋으신 것 같다고 말하자 바로 대답하신다.

"아니지. 아직까지 돈을 벌어다 주니까 그러는 거지."

이 말이 사실인지, 괜히 민망해서 하는 농담인지 도무지 알 길이 없다.

아침에 일찍 오는 어르신들은 보통 아침반이라고 할 수 있다. 이분들이 속속 도착하면 전화기도 슬슬 울리기 시작한다. 사무실에 도착한 순서대로 일을 나간다.

일의 시작되다

전화기가 울리면 우선 실장이 받는다. 그러나 사장의 귀는 이미 실장의 통화 내용에 쏠려있다. 어디서부터 어디로 가는지가 정해지면 바로 사장의 말이 떨어진다.

"만 오천 원!"

요금표를 볼 시간을 주지 않는다.

실장이 전화를 받고 있을 때 전화가 울리면 사장이 받는다.

"예, 감사합니다."

목소리가 조금 크다는 생각이 든다. 빠른 속도로 주문을 적어내린 다음 전화를 끊는다. 앞에 있는 창문을 열고 대기실을 향해 소리를 친다.

"○○○씨"

잠시 후, 택배원이 창문 앞에 나타난다. 그 동안 사무실에서는 최첨단 기술을 사용해서 택배배달에 필요한 자료를 뽑는다. 바로 인터넷에서 배달할 곳의 주소가 나온 지도를 인쇄하는 것이다. 왜 스마트폰을 사용해서 주소를 검색하지 않는지는 뒤에 설명하겠다.

실장의 경우, 친절하게도 택배원들에게 직접 가서 오더를 내린다. 실장은 실버퀵에서 일하는 유일한 사무원이며 사무실에 상주하는 유일한 여자 직원이다. 단, 나이는 아직 미성년자이다.

사장은 택배원이 일을 나갈 때마다 항상 똑같은 잔소리를 한다.

"바로 택배주문한 사람에게 전화해요!"

주문한 사람이 물건을 받을 곳과 가져다줄 곳을 말해주었지만, 택배원이 직접 전화통화를 해서 지금 가고 있다는 사실과 물건 받을 곳을 다시 한 번 확인해야 한다. 택배원이 확인 전화를 하지 않으면, 택배원이 안 오는 줄 알고 고객이 다른 택배 업체에 연락하는 경우가 종종 생긴다. 때로는 택배원이 오고 있느냐는 확인 전화가 올 때도 있다. 주문과 주소 확인 차원에서 담당 택배원이 고객과 통화를 하는 것이 좋다.

그런데 이 잔소리가 소용없을 때가 있다. 이상하게도 택배원이 고객에게 전화하지 않는 경우가 생긴다. 고객에게 불만 전화가 오고, 사장은 담당 택배원에게 전화를 걸어 한 소리 한다. 간단한 일인데 하루 몇 번씩 그런 일이 발생한다. 사장에게 왜 그런 일이 자주 발생하는지 물었다.

"나도 모르겠어. 왜 전화를 안 하는지."

정확한 이유는 밝혀지지 않았다. 본인들도 왜 그랬냐고 물으면 웃기만 할 뿐 이유를 알려주지 않는다. 아무래도 실버퀵 배달원들은 핸드폰으로 세세히 통화하는 습관이 없는 세대이고, 고객들은 핸드폰으로 일일이 확인하는 세대이다 보니 문제가 생기는 것이 아닐까 하는 추측만 할 뿐이다. 이런 세대의 습관 차이는 실버퀵 택배에서 종종 보게 되는 모습이다.

택배의 주문량만큼 전화하는 고객들도 가지가지다. 요금만 물어보는 사람, 왜 이렇게 비싸냐고 따지는 사람, 조금이라도 깎아보려는 사람, 너무 무거운 물건을 맡기는 사람, 교통편이 불편한데 추가 요금을 이해 못하는 사람 등등 여러 종류의 문제 고객이 있다.

실버퀵은 다른 업체보다 천 원 정도 비싸다. 고객이 그것을 가지고 뭐라고 하면 사장은 웃으면서 한마디 던진다.

"예, 우리가 좀 비싸요."

역사와 전통, 원조임을 자랑하는 실버퀵 회사는 다른 회사가 가격을 내린다고 함께 가격을 내릴 의향이 없다. 가격을 내리면 그만큼 할아버지들의 수입이 적어지기 때문이다. 비싼 가격 때문에 주문이 줄면 회사의 수입도 함께 줄어들지만, 택배원들의 수입을 생각해서 지금의 가격을 유지하고 있다.

때로는 단골과도 요금 때문에 다투기도 한다. 몇 번의 말이 오간 후, 사장님은 부드럽게 말한다.

"그럼, 다음부터 우리한테 시키지 말아요. 이번을 마지막으로 할 게요."

웃으면서 전화를 내려놓은 후, 걸쭉하게 욕 한 사발을 내뱉는다. 갈등의 이유를 물으니, 택배비 천 원을 깎아달라는 것 때문이란다. 젊은 친구가 단골이라는 이유로 택배비를 내려달라고 요구했고, 그 것을 거절하자 택배회사를 옮기겠다고 말하기에, 그러라고 한 것이다.

오전 11시는 가장 바쁜 시간이다. 그 시간에 택배를 시키면 택배원이 점심식사를 하기 힘들 텐데도 이상하게 그 시간에 전화가 가장 많이 울린다.

12시가 조금 지나 전화가 뜸하기 시작하면 사장과 실장은 빠르게 점심을 먹는다. 그러는 와중에도 택배원들은 계속 들락거린다.

오후 1시. 다시 전화가 울리기 시작한다. 지금부터 3시까지가 두 번째 정신없는 시간대이다. 이 시간대를 지나면 피곤에 지친 사장은 창고로 쉬러 간다. 아침 6시에 나와서 일을 시작했으니 지칠 때도 된 것이다. 간이침대에 누워 쉬지만 전화 벨소리는 계속 울리고 창고에서 이런저런 지시내리는 소리가 들린다. 쉴 틈이 없다.

이제 5시가 되면 슬슬 퇴근을 준비하는 택배원들이 생긴다.

오전반과 오후반, 그리고 알바 혹은 특근

실버퀵에서는 택배원을 세 개의 그룹으로 나누어 운영한다.

한 그룹은 오장동에 있는 사무실로 출근하는 그룹이다. 여기에 속한 분들은 사무실에서 출발했다가 택배를 마친 후 다음 일이 바로 없으면 천천히 본사로 돌아온다. 운이 좋아 택배를 마쳤을 때 그 지역과 가까운 지역에서 주문이 들어오면 그곳으로 가서 다음 일을 맡는다. 그렇지 않은 경우에는 본사로 돌아온다.

두 번째 그룹은 강남버스터미널을 근거로 삼아 움직이는 그룹이다. 본사 직원의 반 정도 숫자이다. 여기에 속한 분들은 아예 강남버스터미널로 출근한다. 그리고 전화로 연락을 받으면서 움직인다. 일이 끝나면 다시 강남버스터미널로 가서 대기한다. 특별한 일이 없으면 본사로 오지 않는다.

세 번째 그룹은 집에서부터 움직이는 그룹인데, 사무실에서는 여기에 속한 사람들을 '알바들'이라고 부른다. 알바로 불리는 분들은 자기들을 '특근조'라고 불러달라고 요구하고 있다. 하여간 이분들은 집에 있다가, 때로는 자신의 생활을 하다가 택배 일을 받으면 움직이기 시작한다. 택배 일과 택배 일 사이에는 자기들만이 아는 장소에서 대기한다. 이 분들도 특별한 일이 아니면 본사에 오지 않는다.

일하는 그룹이 이렇게 다르기 때문에 사무실 입구 시계 아래에 붙은 '출근 시간을 엄수하라'는 말이 제대로 먹이지 않는다.

다양한 퇴근 시간과 조퇴

출근 형태보다 더 다양한 것이 퇴근 형태다.

보통 아침 일찍 시작해 오후 5시쯤 일을 마치고 집으로 가시는 분들이 있다. 정식용어는 아니지만 이분들은 '오전반'이다. 이 분들의 특징은 부인과 함께 살고 있다. 자식과 함께 사는 분도 있다. 너무 늦게까지 일하면 집에서 걱정하기 때문에 일이 많을 때가 아니면 일찍 들어간다. 늦게까지 남는 어르신들은 부인한테 꽉 쥐어 산다며 일찍 들어가시는 어르신들을 놀린다. 놀림을 당한 어르신들은 그저 웃을 뿐 아무 말씀도 하지 않는다. 나로서는 금술이 좋은 건지 꽉 잡혀 사는 것인지 알 길이 없다. 다만 도시락을 싸주고 걱정하는 것을 보면 전자 쪽이 아닐까 추측할 뿐이다.

반대로 10시쯤 일을 시작해 오후 8시까지 일하는 어르신들이 있다. 이분들은 '오후반'이다. 이분들은 저녁때까지 회사에 남아 늦게 들어오는 택배 일을 맡는다. 대개 오전반 어르신들은 조용하고, 오후반 어르신들은 떠들썩하고 얘기를 잘하신다. 오후반으로 늦게 일하시는 분들을 '집에 들어가기 싫어하는 사람들'이라고 놀리는데, 사실인지 확인할 방법이 없다. 정말 집에 들어가기를 싫어하는지, 아니면 저녁에 사람들과 어울리며 술 한 잔 하는 것을 좋아하는 것인지 알 수 없다.

이런 대략적인 두 가지 퇴근 방식이 있는데, 다음으로 소개할 퇴근 방식은 실버퀵에서만 볼 수 있는 특이한 퇴근방식이다.

예를 들어 택배원의 집이 김포다. 그런데 2시쯤 이 택배원에게 김포로 물건을 배달하는 일이 배당된다. 물건을 가지러 가는 시간과 배달하는 시간을 계산하면 대략 3시 반쯤 물건을 전달하게 된다. 그럴 경우, 택배원은 이렇게 말한다.

"우리 집 근처네. 이거 하고 그냥 들어갈게요."

택배원의 입장에서 물건 전달을 마치고 사무실로 오면 5시가 넘는데 다시 와서 택배 일을 기다리느니 오늘은 그만 접는 게 낫겠다고 생각하는 것이다. 택배원은 그대로 퇴근하겠다고 하고, 사무실에서는 굳이 말리지 않는다.

이런 경우를 반대로 이용하기도 한다. 장례식에 설치하는 근조기는 발인당일 일찍 철거해야 한다. 상주 쪽에서 깃발을 챙길 여유가 없기 때문에, 사무실에서 아침 일찍 걷어가야 한다. 장례식장에서 가까운 택배원이 그 일을 담당한다.

때로는 이런 퇴근도 발생한다. 일을 끝낸 택배원에게 사무실에서 다음 택배 일을 배정한다. 그런데 택배원은 오늘은 일을 더 못한다며 그대로 퇴근을 하겠다고 한다. 사무실에서 무슨 일이 있냐고 물어보면, 택배원이 대답한다.

"마누라가 급하게 심부름을 시켰어."

대부분의 남자 어르신들이 가장 무서워하는 것은 건강이나 전쟁이나, 성인병이 아니다. 바로 자신의 부인이다. 이유는 "쫓아낼까봐." 농담인지 진담인지 확인할 수 없지만 본인들 입으로 직접 그렇게 말씀 하신다.

이런 퇴근을 뭐라고 할 수 없는 이유는 어르신들의 부인들이 대부분 고령자인데다가 남편 말고는 딱히 부탁할 사람이 없기 때문이다. 사무실에서도 그런 사정을 알고 있기 때문에 부인 심부름을 해야 한다면 사정을 봐준다. 물론 그냥 봐주지는 않는다. "마누라한테 꽉 줘 사네"라는 부러움 섞인 농담으로 놀린다.

위의 경우는 그래도 조금 웃긴 면이 있지만, 때로는 걱정스러운 일 때문에 조기 퇴근을 하기도 한다. 갑작스럽게 몸이 안 좋거나, 다치는 경우이다. 지하철을 이용할 때 계단을 많이 오르내려야 하고, 붐비는 사람들 속을 지나다 보면 때때로 몸이 갑자기 안 좋아지는 경우가 있다. 사무실에서는 이런 일이 발생하지 않기를 바랄뿐이다. 발생할 경우는 사무실 분위기가 무겁게 가라앉는다.

어르신들의 나이가 나이다 보니, 갑자기 아픈 경우가 종종 발생한다. 게다가 한 번 아픈 경우 2~3일 정도 일을 못하게 된다. 다치는 경우는 더 오래 동안 일을 쉬게 된다.

사무실과 택배원들이 가장 걱정하는 것은 서로의 건강상태이다. 택배 일을 오래 한 분들은 처음 택배 일을 했을 때와 지금과 모습이 다르다고 한다. 몸을 많이 움직여서 건강이 좋아지는 분들도 있고 반대로 점점 기력이 나빠지는 분들도 있다.

저녁 만찬

오후 5시가 되면 사무실은 점점 정리 분위기로 바뀐다. 4시쯤 택배 일을 배당받은 분들은 배달 후 퇴근할 요량으로 사무실을 떠나고, 저녁까지 일할 분들은 사무실로 하나둘씩 돌아온다.

사무실에 남아 있는 식재료들을 사용해서 나누어먹을 음식이 만들어지고, 가볍게 술잔이 오간다. 그날 있었던 재미난 얘기나 옛날 얘기들이 주로 오간다. 그러면서도 누구 하나 긴장을 풀지는 않는다. 택배 일이란 일이 끝나는 시간이 없기 때문이다.

늦게 들어오는 주문들은 영업이 끝나는 7시 넘어까지 들어온다. 사무실에서는 일을 할 택배원이 있는지, 거리가 지나치게 멀지 않는지, 배달한 곳에서 돌아올 지하철이 있는지를 따져 주문을 받는다. 단, 근조기는 급하게 시간에 상관없이 주문이 들어오기 때문에, 영업시간 외에 주문이 들어오면 가능한 택배원을 급하게 찾아서 오더를 내린다.

8시 근처가 되면 자리가 정리되고 퇴근을 시작한다. 집으로 향하는 어르신도 있고, 마지막 택배 일을 수행하러 가는 어르신도 있다.

이제 모두가 떠난 자리를 정리하는 일만 남았다. 지저분한 것과 어질러져 있는 것을 못 참는 어르신 한 분이 모두를 내보내고 정리를 시작한다. 그분이 하지 못할 때는 사장님이 직접 한다. 쓰레기를 버리고, 설거지를 하고, 수저를 삶고……. 모든 정리가 끝나면 사무실의 불이 꺼진다. 마지막 남으신 어르신이 사무실 문을 잠그면, 실버퀵의 바쁜 하루가 끝난다. 바쁜 내일을 위해 잠시 정적이 내려앉는다.

CHAPTER 2 실버퀵 시작되다: 배기근 사장 이야기

때는 2001년 5월초, 계절은 봄의 한가운데로 들어가는 중이었다.

종로2가에 있는 YMCA 건물에서 한 사람이 나왔다. 그 건물 안에서 시계방을 하던 후배를 만나고 나오는 길이었다. 후배와 이런저런 이야기를 나누었지만 별 뾰족한 수가 없어 보였다. 몇 년 전 사업에 실패한 후로 재기하려 했지만 쉽지 않았다. 어려움에서 빠져나갈 실마리가 보이지 않았다.

서서히 걷기 시작한 걸음은 종로2가 횡단보도를 지나 종로3가로 접어들었다. 종로3가가 시작되는 곳에 있는 탑골공원. 그는 아무 생각 없이 공원 안을 들여다보았다. 거기에는 많은 노인들이 모여 있었다. 얘기를 나누는 분도 있었고, 장기를 두고 있는 분들도 있었다. 홀로 앉아 멍하니 생각에 잠긴 분들도 있었다. 그 모습은 이곳을 지나가면 누구나 보게 되는 모습이었고, 새삼스러운 모습도 아니었다. 그도 이곳을 지나다니며 흘려보던 광경이었다.

그러나 그날은 달랐다. 그는 걸음을 멈추었다. 얼마 전에 있었던 일이 머릿속에 스쳤기 때문이다.

며칠 전 그는 급하게 물건을 전달할 일이 있어서 퀵서비스회사에게 전화를 걸었다. 전화를 한 시간은 오전 10시. 그런데 곧 보내준다는 기사가 오후 5시가 되어서야 도착했다. 화가 났지만 어쩔 수가 없어 택배를 보냈었다.

그때의 기억과 함께 아이디어 하나가 떠올랐다.

'아, 여기 일할 사람들 많네. 노인들은 시간이 많고 지하철 교통비가 무료이니까 할아버지들이 지하철로 배달일을 하면 좋을 것 같은데……'

실버퀵 택배가 탄생하는 순간이었다.

배기근 사장을 한 단어로 표현하자면 '호탕하다'라고 할 수 있다. 큰 몸집에 배에서 울려나오는 큰 목소리, 급한 성격, 그에 겸비해 있는 추진력. 몇 시간 함께 지내다 보면 '어떤 일이 생각나면 곰곰이 생각해보고 행동하는 사람'이라기보다는 '어떤 일이 생각나면 먼저 행동으로 옮기고, 나중에 생각하는 사람'이라는 느낌을 받는다.

전라북도 김제 봉남면 석정리 출신. 음력으로 1950년 5월 1일, 4남 1녀 중 3남으로 태어났다. 큰형과는 나이 차이는 15년 가까이 난다고 한다. 생년월일을 양력으로 바꾸면 6월 16일. 9일 후에 한국전쟁이 발발했다.

아버지는 농부셨다. 무척 부지런해서 새벽 일찍 나가 밤늦게까지 일했다고 한다. 자식들이 시간을 허비하는 것을 참지 못했고, 아들도 학교에서 돌아오면 농사일을 도와야 했다. 어린 나이였기 때문에 소에 풀을 먹이러 다니거나 농사 잡일들 도왔다. 아버지가 그렇게 열심히 일한 탓에 가족은 땅을 어느 정도 소유할 수 있었다. 그 바람에 한국전쟁 때 동네 머슴들로부터 얻어맞기도 했다. 그러나 석정리가 워낙 외진 곳이어서 한국전쟁에서 큰 피해를 보지는 않았다.

배기근 씨가 아버지와 함께 보낸 시간은 그리 길지 않았다.

중학교를 졸업하고 고등학교를 들어갈 무렵, 아버지가 세상을 떠난 것이다. 병환이셨다. 어머니와 형, 누나는 어린 그에게 임종을 보여주지 않았다. 아버지는 자식들에게 "농사를 지으라"고 유언을 남기며, 땅을 자식들에게 골고루 나눠주셨다. 형들은 땅을 밑천으로 장사를 시작했고, 어머니는 땅을 팔아가며 어린 배기근에게 공부를 가르쳤다. 그 덕에 형제들과는 다르게 그는 대학교육을 받게 되었다.

아버지가 아들에게 물려준 것은 땅뿐만은 아니었다. 아버지의 부지런한 습성이 배기근 씨에게도 이어졌다. 실버퀵에서 새벽부터 늦은 저녁까지, 일주일 내내 일하고 있지만, 불평을 전혀 하지 않는다. 신세한탄도 없다. 부지런함과 건강은 아버지로부터 제대로 물려받은 것 같다.

고향 김제에서 봉남초교, 김제중학교를 다닌 후, 배기근 씨는 익산으로 유학을 나왔다. 남성고등학교에 입학했는데 익산에서 유명한 명문 학교라고 한다. 그는 어렸을 때부터 같은 연배의 아이들 중에는 키가 큰 편이었다. 활발한 성격에 큰 몸집으로 유도부에서 유도를 배웠다. 당시 남성고는 유도로 유명했고, 전국체전 지역 대표를 뽑는 결승전까지 나갈 정도였다. 그러나 결승전에서 전주고등학교에게 패했고, 전국체전에는 나가지 못했다.

배기근 씨는 어떤 것에든 좀 빠른 면이 있다. 연세에 비해서 스마트폰도 잘 다루시고 컴퓨터도 잘 다룬다. 사업적인 아이디어도 많고, 계산도 빠르고, 결정도 빠르다. 그리고 다른 부분도 빠르다.

고등학교를 다니면서 익산 이리여고 여학생과 풋사랑을 했다. 그 풋사랑은 점점 익어갔고, 깊은 연예로 발전했다. 배기근 씨는 대학 입시를 실패했지만 연인이었던 여학생은 대학에 합격했다. 그는 서울에서 재수를 하면서 연인과 장거리 연애를 했다. 주로 만나던 곳은 온양. 온천이 유명한 곳으로 당시에는 커플들의 메카 같은 곳이었다. 그곳에서 두 사람은 추억을 쌓아갔다.

배기근 씨는 삼수 끝에 단국대학교 법정대학 행정학과에 입학했다. 동시에 장거리 연예도 계속되었다. 그가 대학교 3학년이 되었을 때, 연인은 대학을 졸업하고 교직생활을 시작했다.

그러던 관계가 큰 변화를 맞는다. 대한민국 남자라면 피할 수 없는 군대. 3학년 1학기를 마치고 배기근 씨는 군대에 갔다. 그런데 하필 3군단에 배치를 받는다. 3군단은 강원도 인제군에 있는 부대인데 한마디로 가장 외진 곳이라고 할 수 있다. 3군단에 소속된 부대에 배치되면 "인제가면 언제 오나"라고 슬퍼할 정도로 남자들이 싫어하는 지역이다. 정말 재수가 없었다.

이것이 신호였을까? 여자로부터 소식이 끊겼다. 군생활 동안 한 번도 연락이 되지 않고, 휴가 때도 한 번도 볼 수 없었다. 시간이 흘러 제대하자마자 찾아갔지만, 지난 시간에 대한 사과도 설명도 없었다. 그것으로 관계를 정리했다. 장거리 연애와 첫사랑의 추억을 뒤로 하고, 배기근 씨는 본격적으로 서울 생활을 시작했다.

대학교 졸업반 때, 담당 교수님이 배기근 씨에게 '미래에는 컴퓨터가 중요해질 테니 컴퓨터 프로그래밍을 배우라'며 학원을 소개시켜주었다. 1978년에 컴퓨터 프로그래밍을 배운다는 것은 엄청나게 앞서나가는 일이었다. 그러나 그는 두 달을 배워보곤 포기했다. 영체질이 아니었다. 사람들과 함께 있는 것을 좋아하고, 어울려 다니는 것을 좋아하는 그의 성격상 프로그래밍 작업은 맞지 않았다. 교수님은 이번에는 보험회사를 추천해주었다. 추천을 받기는 했지만 정식으로 입사시험을 치러야 했다. 당당히 입사시험에 합격하여 공채로 회사를 들어갔다. 들어간 회사는 교보생명.

대학을 졸업한 해인 1979년은 배기근 씨에게 정신없이 바쁜 해였다. 졸업하고, 취직하면서 동시에 결혼을 했기 때문이다. 형의 중매로 만난 분은 당시 일본대사관에서 근무하고 있었다. 언제나 행동이 빠르신 그는 살짝 속도를 위반하며 결혼에 골인했다. 다음해인 1980년, 첫딸이 태어났고, 그 다음해에는 아들이 태어났다. 회사일과 집안 모두 잘 흘러갔다. 그 당시 교보생명에는 고향출신들도 많았고 고등학교 선배들도 많아서 적응하기 어렵지 않았다. 입사 얼마 후에 영업소 부장으로 임명되어 일에 재미를 붙여갔다.

그러나 문제가 일찍 찾아왔다. 회사에 들어간 지 4년째 되던 1983년이었다. 외향적이고 활발한 성격이 보험회사 일에 맞았지만, 문제는 상사와의 불화였다. 배기근 씨가 영업소를 운영하는 방식과 일하는 태도를 상사 한 명이 고깝게 본 것이었다. 문제는 그 상사가 회사의 인사 담당이었다는 것. 위험한 줄다리기를 하다 결국 두 사람은 사람들이 보는 앞에서 대판 싸우게 됐다. 당연히 아랫사람인 그가 손해를 볼 상황이었다. 결국 배 소장은 오산 영업소로 좌천되었다. 좌천된 오산 영업소 너무 외진 곳이었고, 도저히 인사명령을 받아들일 기분이 아니었다. 사표를 내겠다는 결심으로 인사명령을 거부했다. 다행이 배기근 씨의 부인이 교보생명 회장님과 먼 인척이어서 인사명령은 취소되었다. 대신 그는 부천영업소로 인사담당은 부산으로 재발령이 났다.

사태는 그것으로 마무리 되었으나, 부천 영업소로 좌천된 배기근 씨는 회사를 위해 일할 마음이 상한 상태였다. 그때 친한 고객 한 명이 자기 사업을 도와달라는 제안을 해왔다. 처음에는 제안이 탐탁지 않았지만, 회사에 정이 떨어진 상태에서 계속 설득이 들어오자 결심을 했다. 사표를 내고 교보생명을 떠났다. 그리고 선택한 직업이 사채업.

사채업에 대한 배기근 씨의 설명은 다음과 같다.

"돈은 많이 버는 일인데, 마음이 편치 않아. 그 일을 하면 마음이 병들어."

그는 10년 동안 사채업에 종사했다. 아이들도 키워야 하고, 가정도 꾸려가야 하고, 내가 먼저 안정된 삶을 사는 것이 우선이라는 생각을 하며 그 시간을 지냈다. 셋째 딸이 태어났고, 아이들은 별 탈 없이 커갔다. 집을 사고, 여분의 아파트도 샀다. 부인이 음악을 전혀 모르면서 대형 교회의 성가대 회장을 하는 것이 못마땅했지만 바쁜 일 때문에 뭐라 할 시간이 없었다. 돈은 쌓여갔고, 다른 것에 투자할 여유도 생겼다. 돈이 돌아가는 방법이 눈에 들어왔고, 사업가 대우도 받았다.

그러나 돈이 모든 것을 잊게 해주는 것은 아니었다. 돈을 못 갚는 사람들에게 돈을 받아내면서 마음이 점점 괴롭기 시작했다. 그때의 기억은 지금도 남아 있다. 특히 안 좋은 일이 생길 때마다 그때의 생각이 떠올랐다.

실버퀵에서 일어난 일 중 안 좋았던 일을 얘기하다가 배기근 씨는 불쑥 이런 말을 꺼냈다.

"나쁜 일이 벌어지면 그때 죄 진 것 때문에 그런 것 같다는 생각이 들어."

사채업 10년. 1993년에 미련 없이 그만두었다. 이어서 바로 음식점을 차렸다.

을지로에 90평짜리 한식집. 일반 식사를 하는 식당이 아니라 고급스러운 한식을 파는 식당이었다. 갈비탕, 숯불갈비, 꼬리곰탕, 도가니탕 등을 파는 한식집으로 저녁때는 은행이나 큰 회사의 회식으로 예약이 꽉 찼었다. 식당 한 쪽을 커피숍으로 만들어 식당과 커피숍을 함께 운영했다.

식당은 장사가 잘 되었다. 돈이 몰리면 사람도 몰린다고, 유력정치인의 사조직을 후원하기도 했다. 사업은 번창했고, 첫째 딸은 미국으로 유학을 갔다. 그렇게 시간이 흐르면서 1997년이 다가왔다.

그해 가을부터 흉흉한 소식이 돌기 시작하더니 11월 19일, 우리나라 정부는 국제통화기금 IMP에 구제금융을 신청하게 되었다고 발표했다. 12월 1일, IMP와의 협상이 타결되었다.

장사를 하던 배기근 씨에게는 마른하늘에 날벼락 같은 소식이었다. 은행은 빌려준 돈을 회수하기 시작했고, 대출의 문을 닫아버렸다.

배기근 씨는 그날부터 백방으로 뛰기 시작했지만, 한번 기울기 시작한 사업은 침몰하기 시작했다. 우선 저녁 예약이 모두 사라졌다. 주 고객이었던 사무원들과 은행원들이 발길을 끊었다. 예전에 손님으로 왔던 사람들을 길거리에서 실직자로 만나게 되었다. 여분으로 사놓았던 아파트는 물론 집까지 경매로 넘어갔다. 투자했던 모든 것은 마이너스가 되었고, 집에서도 내쫓기게 되었다.

유학 간 첫째 딸은 미국에서 혼자 살아가기 시작했고, 아들과 막내딸은 각각 학교 기숙사와 하숙집으로 보내졌다. 부인과 배기근 씨는 음식점 건물 관리인이 내준 빈 사무실에서 숙식을 해결했다. 그 거처도 관리인이 건물주 몰래 내준 빈 공간이었다. 모든 재산이 날아갔다. 그렇게 21세기를 맞이했다.

먹고 살기 위해서 그렇게 싫어하던 사채업을 다시 시작했다. 그때가 2001년이었다.

지금도 배기근 사장은 나라를 그 지경에 빠뜨린 대통령의 이름 뒤에 절대로 존칭을 붙이지 않는다.

"김0삼 그 XX"가 그를 부르는 이름이다. "아직도 원망이 남아 있으세요?"라고 묻자,

"난 그렇게 밖에 못 불러. 에이…… XX놈." 잃은 게 큰 만큼 원망도 큰 법인가 보다.

2000년 12월 4일에 정부는 IMF에서 빌린 돈을 상환했고, 위기에서 벗어났다고 발표했다. 그러나 그 상처는 고스란히 남아 있었다.

배기근 씨는 아는 사람들을 여럿 만나며 재기할 사업을 찾았다. 그러나 다른 사람들도 마찬가지였다. 모두 난파선 피해자들이었다.

2001년 5월 어느 날, 종로거리를 지나던 배기근 씨는 영감을 받는다. "노인들을 이용한 지하철 택배." 그 아이디어는 집에 돌아오

는 내내 머리에서 떠나지 않았다. 집에 돌아와서 생각해 보아도 괜찮은 아이디어 같았다. 당시에 하기 싫은 사채업을 하고 있었으니 이 아이디어가 더 매력적으로 보였다.

머리는 계속 돌아갔다.

'지금 숙소로 사용하는 곳을 사무실로 이용하고, 전화만 있으면 사업을 시작할 수 있고, 사원 모집은 탑골공원 근처에 전단을 돌려서 하고……. 그래, 해보자!'

깊이 생각하는 것보다 괜찮다 싶으면 몸을 움직이는 성격이 발동됐다. 더 이상 생각할 것도 없이, 이 사람 저 사람에게 물어볼 것도 없이 행동에 들어갔다.

이렇게 2001년 6월 '실버퀵지하철택배'가 영업을 시작했다. 그 당시 배기근 씨는 51살이었다. 실버퀵 세계의 용어를 사용하자면 미성년자였다.

배기근 사장은 우선 '실버퀵'이란 말을 만들어냈다. 우선은 현재 살고 있는 사무실에서 사업을 벌이기로 하고, 전단을 만들었다. 택배를 맡겨달라는 전단과 배달원을 모집한다는 전단이었다. 배달원을 모집한다는 전단은 노인들이 많이 모이는 종로를 중심으로 뿌렸다. 전봇대나 벽에 붙이기도 했고, 노인들이 자주 가는 음식점이나 값이 저렴한 이발소 등에 비치했다. 모두 손수 했다. 지금도 손수하고 있다.

며칠 후, 택배원을 하고 싶다는 첫 번째 사람이 사무실에 들어왔다. 전직 군인으로 직업하사관인 준위 출신이었다.

택배 사무실을 소개하는 전단은 새벽부터 사무실 빌딩을 돌아다니며 계속 배포했다. 서서히 주문이 들어오고, 배달원들도 하나둘

들어오기 시작했다.

그 당시 배기근 사장은 실버퀵 일을 18년 동안 계속 할 것이라고
는 생각하지 못했다고 한다. 일단 사업이 괜찮으면 계속 할 생각이
었고, 사채업도 보험용으로 계속 하고 있었다. 그런데 엉뚱한 상황
이 발생해 그는 예상치 못한 결심을 하게 되었다.

택배회사를 차린 사무실은 건물 관리인이 임시로 사용케 해준 사
무실이었다. 실버퀵 일을 시작하면서 임대료를 정식으로 지불했지
만, 건물주는 사무실을 옮기라고 요구했다. 배기근 씨는 건물주에
게 화가 많이 났다. 그 건물에서 오랜 동안 식당을 하면서 한 번도
월세를 밀린 적이 없었다. 그런데 식당이 어려워지자 건물주는 사
정을 조금도 봐주지 않았다. 이제 겨우 어렵게 사업을 다시 시작했
는데 건물주는 무조건 사무실을 비우라고 했다.

이유는 건물에 노인들이 들락거리는 것이 마음에 들지 않는다는
것이었다. 노인들이 자꾸 왔다 갔다 하면 건물의 가치가 떨어진다
면서 건물주는 계속 나갈 것을 요구했다. 화가 난 배 사장은 가만히
물러나고 싶지 않았다. 물러난다고 해도 건물주의 못된 점을 폭로
하고 물러나고 싶었다.

당시 건물주는 자신이 가지고 있던 광산을 폐업했다. 사업이 적자
를 크게 봐서 폐업한다고 신고했지만, 실제로는 노동자들의 임금을
주지 않으려고 위장폐업을 한 것이었다. 건물주가 파산했다고 신고
했지만 숨겨놓은 차명재산이 많다는 비밀도 알고 있었다. 게다가
당시 보수정당에게 50억 공천헌금을 내고 자기 아들을 비례대표로
만들었다는 사실도 알고 있었다.

배 사장은 일간지 기자에게 전화를 걸어 고발할 게 있다고 말했

다. 기자는 대략적인 이야기만 듣고 달려왔다. 고발 내용을 자세히 들은 기자는 배 사장을 말렸다. 기사를 써봤자 보도가 안 될 것 같고, 싸워봤자 크게 다칠 수도 있다는 것이었다.

얘기를 들으면서 배사장의 현재 사정을 알게 된 기자는 한 가지 조언을 했다. 실버퀵 사업은 아이디어도 좋고 잘 될 것 같으니, 사채업은 그만 두고 실버퀵에 전념하는 것이 어떻겠냐는 조언이었다. 만약 실버퀵 사업에 전념하면 기사를 써드리겠다고 약속했다.

배기근 씨는 일단 기자에게 그렇게 하겠다고 말했다. 그리고 혼자 곰곰이 생각했다. 사채업을 하면 돈은 벌 수 있지만 매번 느끼는 심적 부담이 너무 컸다. 게다가 모두 어려운 상황에서 자신과 같은 처지의 사람에게 돈을 빌려주고 받는 일이 더 이상 할 짓이 아니라고 느꼈다. 결국 그는 사채업을 그만두고 실버퀵에 전념하기로 결정했다. 그 기자는 약속대로 기사를 써주었고, 다른 언론에서도 취재가 들어왔다. 그렇게 배기근 사장은 실버퀵에 본격적으로 뛰어들었다.

기사가 여기저기 나왔지만, 사업은 기사로 하는 것은 아니었다. 새벽부터 밤늦게까지 일이 이어졌다. 다행히 몸이 피곤할수록 회사는 조금씩 안정을 찾아갔다. 창업한 다음 해 연 매출액이 2,000만 원을 기록하였고, 다음해부터는 가파르게 상승하였다. 4년이 지나자 연매출이 5억에 다다랐다. 실버퀵사업에 대한 이야기가 퍼져나갔고, 언론에서 꾸준히 취재가 이어졌다. 배기근 사장은 경제잡지와 인터뷰를 하기도 했고, 아침 TV프로그램에도 출연했다. 2006년에는 〈코리아 뉴스〉라는 잡지의 표지모델이 되기도 했다. 그러자 경쟁업체들이 생겨나기 시작했다. 하지만 나름대로 노하우가 있는 배 사장을 따라가지는 못했다.

처음 실버퀵을 설립했을 때, 배 사장을 가장 괴롭힌 일은 택배 일이 아니라 사무실을 구하는 것이었다. 원래 있는 건물에서 나와 새로운 사무실을 구했지만 몇 달 뒤 건물주는 나가달라고 요구했다. 나가지 않겠다고 버티자, 엘리베이터를 타지 말라고 하거나 늦은 저녁에 건물 셔터를 닫아버리기도 했다. 노인들이 들락거려 건물의 가치가 떨어진다는 것이 이유였다.

　배 사장은 이런 편견이 있을 줄은 예상하지 못했다. 여기저기 다른 사무실을 알아봤지만 하는 일을 듣고는 고개를 저었다. 결국 그는 편리한 현대식 건물들은 사무실을 내주지 않을 거라는 걸 깨달았다. 창업한지 3년 만에 구한 사무실은 과거의 향기를 그대로 가지고 있는 지금의 사무실이다. 낡은 건물과 독립된 계단, 다른 사무실과 마주치지 않은 구조를 갖춘 건물만이 실버퀵업체에 사무실을 내주었다.

　사업은 어느 정도 안정적인 괘도에 올라갔지만, 그렇다고 쉴 형편이 되지는 못했다. 입사와 퇴사를 반복하는 택배원들은 배 사장에게 쉴 시간을 주지 않았다. 60~80명이 되는 택배원을 혼자서 또는 둘이서 관리하는 나날이 이어졌다. 사무실을 관리하는 사무원을 추가로 고용해보기도 했지만, 이내 회사를 그만두었다. 오래 근무하는 사무원을 찾기가 어려웠다. 할아버지들을 관리하는 일이 쉽지 않았고, 오래 동안 할 일이 아니라고 느끼는 것 같았다. 그래도 회사는 점점 발전했다. 회사가 가장 번창했을 때는 세 개의 지점도 냈다. 지역 거점과 같은 사무실에서 택배원들이 대기하고 있었다.

　이때쯤 배기근 사장은 실버빌딩을 세우는 꿈을 꾸었다. 건물주의

횡포 없이, 노인들이 눈치 보는 것 없이, 잉여인간이라는 편견 없이, 일하면서 머물 곳을 만들고 싶었다. 그리고 잘만 하면 그 꿈이 이루어질 것 같았다. 좋게 말하면 낙관적이고 긍정적인, 나쁘게 말하면 너무 낙관적이고 주관적인 배기근 씨의 성격이 이런 꿈을 꾸게 만들었다.

그러나 정점을 찍은 사업은 거기서 더 이상 발전하지 않았다. 실버택배사업의 한계가 드러난 것이다. 실버택배의 장점은 전화하는 즉시 택배원이 움직이기 시작하며, 다른 물건과 함께 배달하는 것이 아니라 고객 물건 하나만을 배달한다는 점이다. 그러기 위해서는 택배원 수가 늘어나야 하는데 그러려면 관리자와 사무실이 더 필요하다. 그 말은 운영비가 늘어난다는 뜻이다. 게다가 인터넷 홍보를 해야 하는데 그 비용이 만만치 않다. 수익이 충분하면 그 비용은 감당하겠지만, 실버택배업의 수익이 그 비용을 모두 감당할 정도로 많지는 않았다.

게다가 너무나 다양한 과거를 지닌 택배원들을 다루는 일도 쉽지 않았다. 기본적으로 서비스업인 택배업을 이해하지 못하는 사람들도 있었다. 자신이 노인이라는 것을 잊고 서비스업 종사자라고 생각해야 하지만 그런 생각의 전환이 쉽지 않은 사람들도 있었다.

배기근 사장은 어떤 때는 달래가면서, 어떤 때는 소리쳐가면서 회사를 유지해나갔다. 회사가 안정되면서 흩어졌던 가족들이 다시 모였다. 미국에 유학을 갔던 큰 딸은 미국인과 결혼을 해서 미국에 정착했다.

가족의 삶이 어느 정도 회복되었지만, 계속 악화되는 일이 있었다. 바로 부인과의 관계였다. IMF 때 재산을 날리면서 악화된 관계는 회복될 기미가 보이지 않았다. 서로에 대한 원망이 뿌리 깊게 자리 잡고 있어서 둘 사이가 점점 벌어졌다. 일에 매달리는 배 사장과 집안일을 도맡고 있는 부인은 접점을 찾지 못하고 서로에게 날카로워지기만 했다. 급기야 배 사장은 집을 나와 사무실에서 생활하기 시작했다.

결혼생활의 위기가 찾아왔지만, 배기근 씨에게는 자식들이 유일한 위안이었다. 결혼을 해서 안정된 삶을 살고 있는 큰딸, 자기 앞길을 알아서 개척하며 살고 있는 아들, 그리고 마음이 따뜻한 작은딸이 그를 지탱해주었다. 특히 막내딸은 그에게 소중했다. 큰딸은 타지에 있고, 아들은 다른 아들들과 마찬가지로 집안일에는 관여를 하지 않았지만, 막내딸은 아버지와 어머니를 화해시키려고 노력했다. 사무실에 들려 아버지가 별일 없는지 살펴보기도 하고, 바쁠 때는 일을 도와주기도 했다. 배기근 씨는 이화여대 특수교육과를 졸업하고 학교에서 일을 시작한 딸이 자랑스러웠다.

막내딸은 일요일에 교회에 갈 때면 어리광을 부리듯 차로 데려다 달라고 조르곤 했다. 바쁘지 않을 때는 데려다 주었지만, 바쁘다고 거절할 때가 많았다. 배기근 씨는 그때 그것들이 신호였다고 생각한다. 그리고 그 신호를 읽지 못한 것을 지금도 후회한다.

2010년 어느 날, 배기근 사장은 막내딸이 투신자살을 했다는 전화를 받았다.

딸의 장례식장. 친구를 보내기 위해 온 친구의 딸들이 배기근 사장을 위로했다. "아버님은 열심히 사셨어요," "자책하지 마세요." 그러나 그 어떤 말로도 위로가 되지 않았다.

'내가 옆에 있었으면,' '좀 더 잘 해줄 걸,' '집을 나오지 않았다면,' '왜 눈치 채지 못했을까' 등등. 소용없는 생각들이 몰려왔다. 딸이 떠난 방 책꽂이에는 마음을 달래는 종교서적이 많이 꽂혀있었다. 일요일에 딸을 교회에 데려다주며 시간을 더 많이 보내지 못한 것이 끝내 아쉬웠다.

딸의 죽음은 돌이킬 수 없는 일이었다. 그리고 이 일은 또 하나의 돌이킬 수 없는 일로 발전했다. 부인은 첫째 딸이 있는 미국으로 떠나갔고, 배기근 사장은 부인을 말리지 않았다. 두 사람은 그렇게 헤어졌다.

삶은 야속하지만 계속 진행된다. 배기근 사장에게 남은 것은 실버퀵 회사 하나였다. 이전에도 쉬는 날이 없었지만, 그때부터 쉰다는 생각을 하지조차 않았다. 회사는 조금 발전했다가 조금 후퇴하기를 반복했다. 사람들은 들어왔다가 나왔다를 반복했다. 오랫동안 근무한 택배원은 10년 넘게 근무한 사람도 있지만 1년에서 2년을 하다가 그만 두는 사람들이 더 많았다. 어떤 사람은 더 이상 택배를 할 수 없을 정도로 나이가 들어 자연스럽게 퇴사했고, 어떤 사람은 다른 회사로 옮겨갔다.

비슷비슷한 날들이 계속 되었지만, 환경은 변해가고 있었다. 처음에는 서울 지역만 배달 주문이 들어왔지만, 지금은 천안까지 주문이 들어온다. 어떤 때는 최남단 도시까지 배달을 부탁하는 사람들도 있다. 예전에는 서류나 작은 물품이 주요 물건이었는데 지금은 중고물품, 꽃과 음식, 강아지를 배달할 때도 있다.

18년을 버티면서 배기근 사장이 이끄는 실버퀵 회사는 국제뉴스에서도 소개되었고, 다큐멘터리에서도 다루어졌다. 2017년 아랍계 방송국인 알자지라 방송에서 취재해갔으며, 그 보도 내용은 지금도

유튜브에서 볼 수 있다. 제목은 "노인들을 고용해서 성공한 택배회사 South Korea: Courier find success by employing the elderly." 2017년 6월 11일에 올려졌다. 일본 NHK 방송국은 한국의 노인 택배에 대한 50분짜리 다큐멘터리를 만들어 방영하기도 했다. 다큐멘터리의 제목은 "지하철에 핀 작은 꽃, 한국 – 노인택배편 地下鐵に笑く小さな花 – 韓國 老人宅配便." 2017년 초여름에 만들어져 8월 20일에 방영된 이 다큐멘터리는 일본에서도 큰 반응을 일으켜 재방송되기까지 했다. 이 다큐멘터리에서 주로 나오는 곳이 실버퀵 회사이다.

현재 실버퀵지하철택배는 이전보다 규모를 축소했다. 지점들을 모두 폐쇄했다. 관리가 힘들고 불필요한 지출이 많았기 때문이다. 스마트폰이 발달하고 각종 앱이 발달하면서 사무실에 출근하지 않고 택배 일을 하는 노인들이 늘어났다.

경쟁자도 늘어났다. 다른 노인택배 회사들은 낮은 배송료를 내걸고 손님들을 모으고 있다. 이제는 대기업에서도 어르신들을 이용한 택배업을 하겠다고 나서고 있다.

TV 뉴스에 보면 깨끗하게 차려입으신 어르신들이 회사 이름이 박힌 조끼를 입고 가벼운 상자를 나르는 모습이 보인다.

실버퀵회사에서도 회사이름이 박힌 조끼를 제작해서 입은 적이 있었다. 회사홍보도 되고 멋있을 것 같았다. 그러나 아무도 좋아하지 않았다고 한다. 이유는 간단하다. 창피하다는 것! 배 사장은 조끼 입는 것을 때려치웠다.

앞에서도 소개했듯이 오장동에 있는 실버퀵 회사는 오랜 시간을 간직하고 있다. 건물 자체도 그렇고, 사무실 내의 물건들도 그렇고, 사람들도 그렇다. 벽에 걸린 기사들은 오랜 시간이 쌓여왔다는 것을 보여준다. 일하는 방식도 옛날 방식이다. 작고 낡았지만 직원들이 출근할 수 있는 사무실이 있고, 그 사무실에는 지도를 프린트 해주는 프린터도 있다. 누군가에게는 종이지도가 편하기 때문이다. 주문을 받는 컴퓨터 프로그램은 없다. 택배원들을 연결하는 스마트폰 앱도 없다. 주문이 들어오면 주문서에 직접 글씨를 쓰면서 주문을 받는다. 구식 방법이지만, 그래도 물건을 제대로 배달된다.

배기근 사장은 가끔 언제까지 계속 이 일을 할 수 있을지 생각한다.

"오래는 못할 것 같아. 자꾸 잊어버려. 계산도 점점 늦어지고. 예전에는 안 그랬거든."

그러나 내 생각에는 몇 년 안에 그만 두지 못할 것 같다. 지금까지 버텨온 세월이 힘이 되어서 계속 앞으로 나갈 것 같다. 얼마만큼 더 앞으로 나갈지는 모르겠지만 지금의 힘만으로도 몇 년은 거뜬히 나아갈 것 같다. 세상이 어떻게 변하든, 세상이 어떻게 발전하든, 어떤 새 기술이 나오든, 나이 든 사람들이 그 세상과 기술에 적응을 하지 못하든, 실버퀵 회사는 그런대로 앞으로 나아갈 것 같다. 물건을 보낼 사람이 있고, 받을 사람이 있고, 그곳을 찾아갈 능력만 있으면 되기 때문이다.

어떤 분들이 택배 일을 잘 하냐는 질문에 배기근 사장은 단 일초도 생각하지 않고 대답한다.

"일하려는 의지가 중요해. 그것만 있으면 잘 해."

실버퀵 회사는 한 발은 현대사회에서 각광받는 택배업에 디디고 있고, 다른 한 발은 성장이 거의 멈춘 노인들의 삶에 디디고 있다. 빠르게 돌아가는 도시 생활 속에서 그 속도를 따라갈 수 없는 노인들이 최대한 달리고 있다. "좀 늦게 천천히 오셔도 돼요. 돈은 두 배로 드릴게요"라고 말하는 사람은 절대로 없다. 그러니 달릴 수밖에.

실버퀵 회사는 계속 움직이는 회사이다. 잠시 쉬고 다시 나가고, 잠시 쉬고 다시 나가고……. 일 할 의지를 연료로 사용하며 계속 움직이는 사람들이 모인 곳. 그곳이 실버퀵 회사이다.

꼭 모든 것을 몸으로 부딪치며 살아온 배기근 사장을 닮았다.

인터뷰 뒷이야기

실버퀵 사무실을 취재하면서 맨 처음 놀란 것은 배기근 사장의 노동 시간이었다. 매일 오전 6시에 출근해서 8시에 퇴근. 어떤 날은 하루 종일 혼자 전화를 받는다. 내가 취재를 시작할 당시는 사무실 일을 돕는 실장이 막 입사하던 때였다. 그렇게 하루도 쉬지 않고 일하고, 일주일에 하루는 새벽 4시부터 나와서 여기저기에 사원 모집 전단을 붙인다.

오후가 되면 피곤이 쌓이는 것이 보이고 목소리가 갈라지기 시작한다. 그러다가 누군가 실수를 하거나 문제가 생기면 신경이 날카로워진다. 식사도 밖으로 나갈 수가 없어서 사무실에서 해결한다. 아침은 사무실에서 인스턴트 죽이나 간편식을 먹고, 점심은 배달음식, 저녁은 저녁만찬을 하면서 해결한다.

걱정이 됐다. 아무리 건강 체질이라고는 하지만 저러다가 몸에 문제가 생기면 본인은 물론 사무실에도 큰 차질이 생기기 때문이다. 몸 건강도 걱정이지만 마음의 여유가 없는 것이 더 큰 문제로 발전할까봐 걱정이 됐다. 취재를 하면서 "좀 쉬세요"라는 말을 점점 자주 하게 되었다. 일에 대한 생각을 떨쳐버리고 푹 쉬는 시간이 필요해 보였다.

그런 상황에서 설 연휴가 다가왔다. 일주일 전부터 연휴 때 쉬시는 게 어떠냐고 계속 말씀드렸다. 연휴 앞날은 엄청나게 바빠서 모두 정신이 없었다. 연휴가 시작되는 주말. 배기근 사장은 "설날 당일은 쉴 생각"이라고 말했다. 그래서 나는 설날 저녁을 같이 하자고 제안했다. 혼자 사시는 데다가 챙겨줄 사람이 없어 혼자 식사를 할 것이기 때문이었다. 그리고 외부에서 여유 있게 식사하는 모습을 보고도 싶었다.

설날 당일, 약속한 날. 메시지가 왔다. 약속을 못 지키겠다고. 사무실에 출근한 것이다. 대신 내일 시간을 내겠다고 했다.

다음날 메시지가 왔다. 아침에 다녀올 때가 있어서 나왔고, 지금은 아들과 점심을 먹고 있다는 내용이었다. 음식점 사진도 보내왔다. 그러면서 잠깐 사무실에 들른 후 약속 시간에 만나자고 했다. 사무실을 완전히 닫을 수가 없어서 누군가에게 맡겼단다.

약속시간. 택배원들에게는 장소를 제대로 못 찾는다고 잔소리하던 배 사장은 약속 장소를 제대로 찾지 못했다. 약간의 엇갈림이 있은 후에야 서로를 발견했다. 함께 식사를 하는 도중 배 사장은 연신 맛있다고 말했다. 그러면서도 바쁜 심정을 좀처럼 내려놓지 못했다. 시간이 지나자 조금씩 식사를 즐기게 되었고 말도 제법 느려졌다.

이어서 커피전문점으로 자리를 옮겼다. 점차 여유를 찾아가는 모습에 나는 외부에서 만나길 잘했다는 생각이 들었다.

"바로 옆에 사는데도 여기를 한 번 안 왔네."

배 사장은 대학로 끝 쪽 동네인 이화동에 살면서도 대학로를 처음 나왔다고 한다. 잠시 거리를 즐겁게 걸어가는 젊은 사람들을 보더니 또 한 말씀 하신다.

"젊은 사람들이 많이 있으니까 밝고 좋네."

그러면서 눈으로는 젊은 사람들의 모습을 계속 쫓고 있었다.

순간 나는 내가 약속 장소를 잘못 정한 것이 아닌가 생각했다.

배 사장은 몇 년 만에 쉬는지도 모르는 하루를 보내면서 오전에 딸한테 갔다 왔다.

배기근 씨와 나는 잠시 동안 지나가는 사람들을 바라보며 말없이 앉아 있었다.

CHAPTER
3

실버퀵 사무실
운영하기

택배 일이라는 것이 생각해보면 아주 간단한 일이다. 어떤 사람이 회사로 전화를 해 물건 배달을 요청하면 가격을 흥정한다. 회사는 택배원에서 가격을 알려주고 물건을 받을 곳을 알려준다. 택배원은 일단 고객에게 전화해서 택배원이 가고 있다는 사실을 알리고 회사에서 받은 주소를 확인한다. 택배원이 도착하고 물건을 전달 받는다. 여기서 돈을 받을 수도 있고, 나중에 받을 수도 있다. 택배원은 배달할 장소로 간다. 장소에 도착해서 물건을 전달한다. 요금이 착불일 경우 여기서 돈을 받는다. 그러면 일이 끝난다.

참 간단한 일이고, 큰 문제가 없을 것 같다. 그러나 택배회사를 운영해 보면 그리 간단한 일이 아니다. 특히 실버퀵회사의 경우는 더 그렇다.

본격적으로 실버퀵 얘기를 하기 전에 한 가지 말해 둘 일이 있다. 배기근 사장이 운영하는 회사는 고전적인 회사다. 사무실이 있고, 직원들이 출근을 하고, 대기실 겸 휴게실이 있다. 사무실에서 직접 택배원에게 오더를 내린다.

이 이야기를 하는 이유는 최근 다른 형태의 택배회사가 많기 때문이다. 택배원이 회사에 가입하고 앱을 다운받은 후, 전용 앱에 올라오는 주문을 보고 빨리 클릭해서 일을 따내는 방식이다. 대리기사들이 일하는 것과 같은 방식이다. 그런 회사는 누가 몇 건을 하든, 누가 하나도 못하든 신경을 쓰지 않는다. 택배원은 계속 자신의 스마트폰을 보며 주문을 기다려야 한다.

실버퀵은 그렇게 운영되지 않는다. 사무실에서 모든 것을 직접 관리한다. 그래서 다양한 문제가 생긴다.

가장 중요한 일, 좋은 택배원 찾기

모든 단체에서 가장 중요한 것은 사람이다. 좋은 사람을 가지고 있는 것, 적재적소에 사람을 배치하는 것. 이것만큼 중요한 일은 없다.

그렇다면 여기서 퀴즈. 택배원에게 필요한 능력 중 첫 번째는 무엇일까? 바로 길을 잘 찾는 능력이다. 요즘 내비게이션이 있는데 길을 못 찾을 사람이 어디 있겠냐고 하겠지만 노인들의 경우는 다르다. 실버퀵 사무실에 제일 많이 들어오는 고객 불만은 위치를 물어보느라고 전화가 너무 많이 온다는 내용이다.

실제로 실습 삼아 배달일을 해봤다. 실버퀵 회사의 단골인 집이었다. 도착해서 물건을 전해주니 고객이 말했다.

"이번에는 그냥 찾아오셨네요. 저번에는 대여섯 번을 물으셨는데......."

사정을 물어보니, 택배원이 길을 찾지 못해서 여러 번 전화를 했다고 한다. 장소가 8차선대로를 따라가다가 골목으로 들어서서 20

미터 정도 가면 되는 곳으로 지하철역에서 나와 7분 정도 걸으면 도착하는 곳이었는데 말이다.

실버퀵 택배원들 얘기로는 골목이 조금 복잡하면 찾는데 애를 먹는다고 한다. 찾는데 30분 이상이 걸린다고 한다.

스마트폰이 있는데 길을 찾지 못한다는 것이 이해가 되지 않는다면, 지금 우리가 말하는 회사가 실버퀵 회사라는 것을 떠올려주기 바란다. 여기서 택배 일을 하시는 분들은 최소한 65세 이상이고 1954년 이전에 태어나신 분들이다.

길을 못 찾은 이유를 살펴보면, 우선 원래 길을 잘 못 찾으시는 분이 있다.

그렇지 않겠는가? 사람들 중에는 길치가 있기 마련이니까! 천성적으로 방향에 대한 감각이 없으면 주소를 찾는데 어려움이 많다. 지도가 있든 스마트폰이 있든 상관이 없이 길을 헤맨다.

스마트폰이 있으면서도 길을 못 찾는 분들의 경우, 스마트폰에 있는 지도가 머리에 들어오지 않는다는 어르신이 많다. 물론 스마트폰을 잘 사용하는 분들도 있다. 그러나 이분들도 스마트폰 지도가 헷갈려서 부동산중계소에 묻게 되는 경우가 많다고 한다.

스마트폰 사용법을 배워서 택배 일에 활용하면 좋겠지만, 여기에는 돈 문제도 걸려 있다. 하루 종일 택배 일을 하려면 데이터 무제한 요금제 같은 것을 사용해야 하는데 택배 일을 하는 어르신들에게는 너무 큰 부담이다. 요금이 한 달 꼬박 일해서 버는 돈의 10%가 넘으니까 말이다. 게다가 청소년들처럼 알을 채워서 사용하시는 분들도 있다.

스마트폰을 사용하면서 사용해야 하는 보조기계들도 사용하지 않는다. 충전기를 가지고 다니는 일 같은 것은 없다. 축하깃발을 설치한 후에 사진을 찍어 보내야 하는데, 핸드폰 배터리가 다 되어 지나가는 사람의 핸드폰을 빌려 사진을 찍어 송신하는 경우도 있다. 편의점에서 급속 충전을 하는 것 같은 것도 거의 하지 않는다. 이유는 돈이 들기 때문이다.

그렇다고 실버택배 일을 하는 모든 분들이 경제적 여유가 없는 것은 아니다. 그렇다고 해도 일단은 스마트폰과 친하지 않기 때문에 아주 간단한 기능만 사용하는 게 보통이다.

실버퀵이 가장 바쁠 때

택배 일을 오래 하다 보면 대충 어떤 패턴을 알게 된다고 한다.

축하깃발의 경우 주로 결혼식 때 걸기 때문에 월별로는 큰 변화가 없다. 주말과 휴일에는 바쁘고, 평일에는 일이 많지 않다.

반면, 장례식장에 주로 걸리는 근조기의 경우는 환절기가 되면 다른 달에 비해 일이 많다. 겨울에서 봄으로 변하는 시기와 여름에서 본격적인 가을로 접어드는 시기에 장례식이 많기 때문이다. 또한 혹서기나 혹한기에도 급격한 변화를 견디지 못하고 세상을 뜨는 노년층 많다.

택배의 경우는 패턴이 좀 다르다. 주별로 볼 때 월요일은 바쁨, 화요일부터 목요일은 보통, 금요일 아주 바쁨, 토요일 바쁨, 일요일 보통 수준 이하로 한가함. 이런 패턴을 지닌다고 한다.

예상할 수 있겠지만, 설날과 추석은 눈코 뜰 새 없이 바쁜 시기이다. 지하철 택배는 화물을 모아서 배달하지 않고 한 번에 하나씩 배달하기 때문에, 배달을 신청한 후에 2시간에서 3시간 후에나 배달이 가능한 경우도 많다고 한다. 택배원이 모자라기 때문이다. 밸런타인데이, 화이트데이, 11월 11일 빼빼로데이도 정신없이 바쁜 날들 중 하나이다.

하지만 다른 그 어떤 날보다도 바쁜 날이 있으니, 바로 눈 오는 날이다. 바쁜 이유가 좀 특이한데, 눈이 오면 오토바이 택배에 문제가 생기기 때문이다. 오토바이 택배가 아예 안 하는 경우도 있고, 한다고 해도 기동성이 떨어지기 때문에 택배가 지하철 택배로 몰린다. 눈 오는 날이 바쁘고 좋은 날이지만 지하철택배 회사의 입장에서는 무조건 좋아할 수만도 없다고 한다. 왜냐하면 배달원들이 다칠 위험이 크기 때문이다. 운동신경이 떨어지는 노인층들이 미끄러운 길을 걸어야 하기 때문에 계속 조심하라는 잔소리 아닌 잔소리를 해야 한다.

같은 이유로 비 오는 날에도 일이 몰린다. 이런 날이면 우산을 든 채 택배 일을 해야 하기 때문에 번거롭기는 하지만 일이 많아 즐거운 날이기도 하다.

수입 배분은 어떻게 할까

실버퀵 택배의 수입 배분은 7대 3이다. 10,000원을 벌면 택배원이 7,000원을 가져가고, 회사가 3,000원을 가져간다. 대부분의 지하철택배 회사가 이 비율이다. 비율이 8대 2가 되는 곳도 있고, 6대 4도 있다. 그러나 평균적으로는 7대 3이다. 그러나 비율은 그다지 중요하지 않다. 비율이 좋아도 택배단가가 낮으면 수입이 적기 때문이다.

회사의 입장에서는 택배단가를 낮춰 많은 주문을 받으면 수입이 많아 질 것이다. 그러나 이럴 경우 고생을 하는 것은 택배원들이다. 지하철택배는 한 번에 한 물건을 배달하기 때문에 하루에 할 수 있는 일의 수가 정해져 있다. 평균 2번~3번, 많아야 4번 정도만 배달을 할 수 있다. 그 이상은 시간상 불가능하다. 단가를 낮춰 많은 주문을 받으면 회사 수입은 오르겠지만 택배원의 수입이 도리어 줄어들게 된다.

배기근 사장이 운영하는 회사는 단가를 낮추지 않는다. 동종업계에서 가장 비싼 기준을 적용한다. 다른 회사가 낮추어도 그대로 유지한다. 가끔 고객들은 가격을 물어보고 다른 곳보다 비싸다고 불평을 한다. 대부분 1,000원 차이이다.

가장 어려운 일은 택배원 수와 주문 수 조절하기

실버퀵 운영에서 가장 어려운 일은 택배원 수와 주문 수를 조절하는 일이다.

예를 들어 택배원들이 많이 모여 있는데 택배 주문이 적게 들어오면 택배원들의 수입이 적어진다. 택배주문이 골고루 나뉘다 보니, 한 사람이 하루에 한 건 정도밖에 못하는 경우가 생긴다. 그렇다고 택배원 수를 줄였는데 주문이 넘치게 들어오면 고객의 주문을 거절해야 하는 경우가 생긴다. 회사의 입장에서는 무조건 사원을 많이 확보하고 주문이 오는 대로 받으면 속이 편하겠지만, 택배원들은 수입이 불안정하게 된다.

실버퀵은 현재 있는 택배원 수에 맞게 최대한 주문을 조절한다. 주문이 자연스럽게 넘쳐날 경우에는 주문을 거절하지만, 그렇지 않을 경우도 주문을 조절한다. 주로 인터넷 홍보를 통해서 조절한다.

인터넷에 광고를 올려서 주문량을 늘린다. 그러다가 주문량이 많아지면, 광고를 빼면서 자연스럽게 주문을 줄인다. 이런 방식으로 택배원들에게 하루 평균 2~3개 택배 일이 돌아가도록 관리한다.

일의 양을 조절하는 것 외에 택배원을 관리하는 것도 쉽지 않다. 이런저런 일 때문에 갑자기 빠지는 택배원이 생기거나, 그런 택배원이 많이 발생하는 날이 생긴다. 그럴 때 주문 양이 많아지면 사무실은 엄청나게 바빠진다. 주문을 거절하는 경우가 생기지 않도록 최대한 노력해야 한다. 한번 주문을 거절하면 다시는 그 회사에 택배를 맡기지 않는 고객이 많기 때문이다. 이럴 때는 사장의 임기응변이 효과를 발휘한다. 이전에 실버퀵에 있다가 다른 곳에서 일하는 사람, 일을 쉬고 있는 사람, 다른 일하는 사람 중 한가한 사람까지 연락해서 일을 시킨다. 사무실에 있는 사람이 택배 일을 갈 때도 있다. 특히 단골 고객의 요청은 거절할 수 없다. 정 급한 경우에는 뒤를 돌아보며 열심히 구경하고 있는 나에게 말한다.

"작가 선생, 한 번 하실라우?"

그렇게 나는 바로 케이크를 나르는 일에 투입되었다.

고객 불만 TOP 3

실버퀵에 들어오는 고객들의 불만은 여러 가지 있지만 그 중에서 탑순위를 차지하는 것들이 있다. 어떤 것은 택배원의 잘못이지만 어떤 것은 그렇지 않은 것이 있다.

첫 번째 불만은 택배원들이 전화를 너무 자주한다는 것이다. 길을 잘 찾지 못하기 때문이다. 대부분의 고객들은 전문 택배원들의 서비스를 기본으로 생각하기 때문에 택배원들은 모두 길을 잘 찾을 거라고 생각한다. 그러나 위에서 설명한 대로 노인택배의 경우에는 예외이다.

　두 번째 불만은 택배원이 추가요금을 요구한다는 불만이다. 이 문제에는 두 가지 경우가 있다. 하나는 택배원이 자의적으로 요구하는 경우이다. 이 문제는 사무실을 골치 아프게 한다. 아무리 그러지 말라고 주의를 줘도 그런 일이 가끔 발생한다. 택배원에게 왜 그랬느냐고 물어보면 "그냥 농담으로 한 거지"라든가 "그냥 혼자 말로 한 거지"라는 변명을 한다. 택배원의 입장에서야 그렇게 해서 몇 천 원을 더 받으면 사무실에 신고 안 한 수입이 생기지만 사무실의 입장에서 보면 고객이 떨어져 나가게 된다. 이런 택배원은 경고를 받는다. 계속 그럴 시에는 더 이상 일을 못하게 된다.

　두 번째 경우는 고객측이 문제인 경우다. 실버퀵은 기본적으로 지하철이 무료이기 때문에 가능한 택배이다. 지하철역에서 많이 떨어진 장소일 때는 택배원이 버스를 타야 하기 때문에 추가요금이 발생한다. 전화로 주문을 받을 때 분명히 이 사실을 알려주지만 고객은 못 들었다고 말한다. 택배 일을 하는 어르신들은 세 정거장까지는 봐줄만 하지만 그 이상이 되면 버스비를 받아야 한다고 생각한다. 예를 들어 짧은 거리의 평균인 9,000원 일을 맡았다고 치자. 여기서 택배원의 몫은 6,300원. 그런데 버스를 타게 된다면, 2,400원이 빠지는 3,900원이 된다. 한번 택배 일을 하는데 2~3시간이 걸린다. 시급으로 환산하면 1,950원 또는 1,300원이다. 추가요금을 요구하지 않을 수가 없다.

　어떤 고객들은 이런 사정을 잘 알고 있기 때문에 지하철역까지 물건을 가지고 오는 경우도 많다. 반면 어떤 고객은 사무실 안내를 제대로 듣지 않고 택배원을 부른 후 버스비를 줄 수 없다고 우긴다. 택배원의 입장에서는 애써 거기까지 갔는데 택배 일을 취소하기 쉽지 않기 때문에 투덜거리면서 일을 맡게 된다.

또 다른 고객들의 문제는 물건이 준비되지 않은 상태에서 택배원을 부르고 기다리게 하는 경우이다. 음식 배달의 경우, 택배원이 제 시간에 도착했는데 음식이 아직 요리 중이라고 하면서 30분에서 1시간을 기다리게 할 때가 있다. 택배 일은 돈과 시간이 연관된 일이다. 택배원은 시간이 지연되었기 때문에 추가요금을 받아야 한다고 생각하고, 고객은 주려고 하지 않는다.

위에서 언급한 두 가지 불만이 가장 많다. 이 두 가지 외의 불만은 발생하는 빈도가 아주 낮다.

세 번째 불만은 고객 불만 중 가장 까다로운 것이다. 물건 파손에 대한 불만이다. 택배원은 포장이 잘못되었다고 주장하고, 고객은 택배원의 실수라고 주장한다. 택배원의 실수로 판명 날 경우는 보상을 한다.

회사가 필요로 하는 택배원은

회사의 입장에서 사원들에게 바라는 것은 딱 두 가지다.

첫 번째는 직업의식을 가지라는 것. 택배업을 아르바이트로 하는 허드렛일이 아니라 전문 직종으로 생각하고 일하기를 바란다. 직업의식을 갖고 일하는 분들은 점점 자신을 발전시켜 나간다. 스마트폰 사용법도 배우고, 자기 몸 관리도 철저히 하고, 고객 관리도 한다. 자신의 경험을 잊지 않고 응용하면서 일을 처리해나간다. 이렇게 일하는 분들은 점점 편하게 일을 한다. 고객들의 불만이 없게 일을 처리하고, 단골고객도 생기게 된다.

하지만 택배 일을 돈을 벌기 위한 임시직으로 생각하는 분들이 있다. 그런 분들은 경험이 쌓이지 않고 비슷한 실수를 반복한다. 결국 견디지 못한다.

직업의식을 가진 택배원. 실버퀵 회사에 가장 필요한 사원이다.

두 번째는 택배업이 서비스업이라는 것을 잊지 말라는 것. 이 문제는 다른 서비스 업 회사에서도 공통적으로 발생한다. 여행사를 크게 하시는 분의 얘기를 들었는데 직원 중에는 자기가 서비스업을 하고 있다는 것을 인식하지 못하는 직원들이 많다고 한다.

실버퀵에서 일하는 어르신들 대부분은 젊었을 때 서비스업에 종사한 적이 없는 분들이다. 그래서 고객을 투박하게 대하는 경우가 많다. 게다가 고객들이 나이가 어린 경우 무의식적으로 반말을 하거나 불만을 쏟아낼 때가 있다. 회사에서는 계속 교육을 시킨다. 그런데 그게 그렇게 쉬운 게 아닌 듯하다. 하기야 평생을 투박하게 살아온 세대이기 때문에 지금 사회의 몸 낮추는 서비스를 제공하는게 쉽지 않다. 게다가 노인들이라 개성도 강하고, 자존심도 강하다. 나이 어린 고객을 대하는 일이 편하지 않다.

택배원이 고객의 기분을 상하게 하면 그 손해는 첫 번째로 회사가 입고, 두 번째로는 택배원들에게 돌아간다. 사무실에서는 최대한 고객에게 불만을 직접 이야기하지 말고 참으라고 말한다. 어르신들도 최대한 그러려고 노력한다. 하지만 그런 노력을 모두가 하는 것은 아니어서 가끔 큰소리가 난다.

실버퀵 홍보하기

회사의 홍보는 크게 두 가지로 나뉜다. 하나는 직접 홍보이고, 다른 하나는 인터넷을 통한 홍보이다.

택배원들이 사무실에서부터 출발하는 경우, 사무실 홍보 전단을 가지고 나간다. 고객에게 계속 이용해 달라는 뜻으로 전달한다. 때로는 전단을 사무실 지역에 뿌릴 때도 있다.

또 다른 홍보 방법은 인터넷 홍보인데, 단순히 홈페이지만 운영하는 것이 아니라 인터넷 검색창에 "지하철택배"를 쳤을 때 회사 이름이 제일 먼저 뜨게 만드는 것이다. 이렇게 하려면 거의 경매와 같은 경쟁을 해야 한다. 한 번 클릭에 돈을 얼마 낼 것인가에 따라 인터넷 화면에 나타나는 순위가 바뀐다.

예를 들어 A라는 회사가 한 번 클릭에 1,500원을 내겠다고 했는데 B라는 회사가 1,700원을 내걸면, 화면에는 B회사가 먼저 뜨고, A회사가 다음으로 뜬다. 만약 A라는 회사가 그 화면을 보고 1위로 올라서기 위해서 1,800원을 내걸면 순위가 바뀐다. 물론 서로 얼마를 걸었는지는 알 수 없다. 그렇게 경매 식으로 돈을 걸어 회사 이름 순위를 조절하면서 고객을 유치한다. 다시 한 번 말하지만, 고객이 인터넷을 보고 전화로 연결할 때마다 돈을 내는 것이 아니라 한 번 클릭할 때마다 포털 회사에 돈을 내야 한다. 참 쉽게 돈 번다고 해야 할까?

한 달에 거의 250만 원에서 300만 원 정도가 이 인터넷 홍보에 들어간다고 한다.

사원 관리하기

실버퀵에서 사원에 대해 가장 신경 쓰는 것은 건강이다. 단순히 어디가 아픈 것이 아니라, 나이 들면서 변하는 건강 상태를 염려한다. 65세 이상의 노인들이 일하는 회사이다 보니, 그 문제에 가장 민감하다.

대략 70세까지는 문제가 없다. 그러나 75세 이후의 분들부터는 건강상태를 잘 살펴보아야 한다. 사람마다 다르겠지만 어떤 분들은 건강이 확연하게 나빠지는 것이 보일 때가 있다. 그리고 그런 변화가 급격하게 벌어지기도 한다.

한 번은 택배 물건을 잃어버리는 일이 발생했다. 잃어버린 경위를 따져보다가 새로운 사실이 알려졌는데, 택배원이 얼마 전 낮은 단계의 치매 판정을 받았던 것이다. 돈이 필요한 사정은 십분 이해하지만, 택배 일을 더 이상 시킬 수가 없었다. 택배원은 그날로 퇴사했다.

택배원 본인은 모르겠지만 사무실에서 보면 일 년마다 힘이 빠져가는 모습이 보인다. 건강이 나빠지는 것도 보이고, 점점 판단력이 안 좋아지는 것도 보이고, 귀도 점점 먹어가는 것도 보인다. 그러나 건강이 나빠져 보인다고 사직을 권하는 경우는 거의 없다. 대부분 스스로 건강의 이상을 느껴 사직한다.

택배원 중에는 통장이 없는 어르신들도 있다. 개인파산을 한 사람도 있고, 개인적인 이유로 통장을 만들지 않는 분들도 있다. 부채가 많아 금융거래를 아예 하지 않는 분도 있다. 결산을 거의 현금으로 하기 때문에 통장이 없는 것이 큰 문제가 되지는 않는다. 하지만 고객이 택배비를 통장으로 송금하겠다고 하면, 회사 통장으로 입금했다가 다시 개인에게 현찰로 지불해야 하는 일이 발생한다. 보통은 개인 통장에 입금했다가 수수료만 회사로 보내는데 말이다.

실버퀵에서는 택배원 개인들에 대한 세금을 회사에서 부담한다. 작은 금액을 일일이 떼는 것도 마음이 편치 않아서 세금을 따로 떼지 않는다.

좋은 사원을 모집하는 방법

사원은 수시로 모집한다. 결원이 계속 생기기 때문이다. 사원모집은 인터넷에 광고를 올리거나 인력회사에 부탁하거나 하지를 않는다. 때로는 지자체에서 운영하는 인력센터에서 연결해 주는 분들도 있다. 그러나 실버퀵에서 주로 쓰는 방법은 따로 있다.

일주일에 한 번 거리로 나가 사원 모집 전단을 붙인다. 다른 회사에 맡겨서 하는 것이 아니라 사장이 직접 새벽에 나가 사원 모집 전단을 붙인다.

예전에는 어르신들이 모이는 장소마다 붙였다고 한다. 서울역, 서대문, 종로 등등에 모두 붙였다. 그러나 지금은 종로지역에만 붙인다.

다년간의 경험에 의하면 종로 외에 다른 곳에서 전단을 보고 온 사람들은 오래 일을 하지 못한다고 한다. 이상한 일이지만 종로에 붙인 전단을 보고 온 사람들이 열심히 일하고 오래 일한다. 무슨 이유인지는 모르겠지만 배기근 사장은 나름대로 이유를 추측한다.

"그냥 일이 없어서 배회하는 사람과 누군가를 만나거나 얘기하러 오는 사람들의 차이인 것 같아."

배 사장의 분석으로는 지역마다 분위기도 다르고, 모이는 사람이 다르다고 한다. 서울역이나 서대문 지역은 비슷한 부류의 노인들이 모이고 경제적 상황이 상당히 어려운 분들이 많은 반면, 종로는 노인 노숙자부터 노인 잡화상은 물론 다른 일 때문에 오가는 노인들까지 다양한 노인들이 모인다. 경제적인 상황도 다른 지역보다 조금 위이다.

배 사장의 경험으로는 경제적 상황이 아주 나쁜 사람들은 일을 하려는 여력마저 없는 경우가 많다고 한다. 여기저기서 베푸는 자선에 의존하며 살아가는 분들이 실버퀵에서 일하려고 결정하는 경우는 많지 않다고 한다. 지하철택배 일이 누구나 도전할 수 있는 일임에도 불구하고 말이다.

종로 지역과 다른 지역에 사는 분들이 어떻게 다르냐는 질문에 배기근 사장은 선문답처럼 대답한다.

"무엇보다 일하려는 의지가 가장 중요해."

스타일 지키기 :
안석만 씨 이야기

안석만 씨는 자신이 이름을 가명으로 해달라고 부탁했다.
"가문에 누가 될 수도 있기 때문"이다.

"덩치가 정말 크더구만……."

MBA 농구선수 샤킬 오닐 얘기다.

"내가 사인해달라고 농구공을 줬는데, 인상을 쓰면서 안 된다고 하는 거야. 사인 하나 해주는 걸 가지고 왜 그러나 해서, 다시 해달라고 했는데도 안 되대. 며칠을 같이 있었던 사이인데 말이야. 근데 알고 보니 이게 계약 때문이더라고. 지정된 사인 종이에만 사인을 해준다는 거야. 어떻게 하겠어? 나도 사인지를 사러 갔지. 한 장에 5만 원이나 해. 후원사 마크가 찍혀 있는 종이더라고. 갔다 줬더니 그냥 막 해줘. 사인 받아서 여기저기 갔다 줬지."

안석만 씨는 거의 만담가 수준의 입담을 자랑한다.

"내가 유일하게 배달을 안 가는 곳이 있어."

"배달을 안 가는 곳이 있다구요?"

이런 경우도 있나? 배달을 거부하는 곳이 있는 택배원은 처음 본다.

"난 호텔은 절대로 배달 안 가!"

이건 또 무슨 경우인가?

"왜요?"

"아이! 예전에 내가 거기 있는 벨보이들한테 호통치고, 뭐라고 잔소리하고 그랬는데 지금 어떻게 봐. 걔들이 나를 보면 어떻게 생각하겠어? 그래서 안 가!"

"한마디로 말하면……."

"스타일 구겨지니까!"

스타일 구긴다는 표현은 옛날 표현이다. 1942년생으로 일제강점기에 태어나신 분이니 이해해 주기 바란다.

안석만 씨는 1942년 경기도 강화에서 태어났다. 아버지는 소위 말하는 비단 장사를 했다. 당시 강화도, 제주도, 일본을 오가며 장사를 했는데 너무 바쁜 바람에 아들의 출생신고를 잊었다. 아버지는 당연히 집에서 알아서 했겠지 생각했고, 어머니는 행정 일을 잘 몰랐고, 친척들은 부모가 알아서 했겠지 하는 바람에 그는 45년생이 되었다. 4남 1녀 중 막내였다.

살았던 곳은 안 씨 가문의 집장촌이 있던 마을로 6대 할아버지가 큰 집장촌에서 독립해 새로 만든 집장촌이었다. 200년을 이어온 곳이다. 가문의 어르신들이 대대로 농사를 지으며 사는 마을이었다. 안석만 씨는 여기서 어린 시절을 보내다 초등학교에 들어갈 무렵 가족과 함께 서울 북아현동으로 이사했다.

안석만 씨가 강화도에서 어린 시절을 보냈을 무렵, 한 가지 사건이 있었다. 마을의 아이들이 동네에서 머슴 일을 하면서 살던 젊은 사람을 집단으로 놀리며 구타를 했다. 머슴은 아이들이 동네 지주의 아들들이어서 반항을 하지 못하고 맞기만 했다. 머슴이 피를 흘리며 쓰러졌지만 아이들은 계속 놀리며 때리는 것을 멈추지 않았다. 그때 지나가던 안석만 씨의 아버지가 그 광경을 보고 달려가서 아이들을 야단쳤다. 그리고 쓰러져 있는 머슴을 집으로 데려와 상처 난 곳을 치료해준 다음 밥을 먹여 보냈다. 머슴은 고맙다고 인사를 하며 자기 집으로 돌아갔다. 이 일은 나중에 큰 반전을 가져온다.

안석만 씨가 서울에서 초등학교를 다니고 있을 때 한국전쟁이 발발했다. 아버지는 우선 형들과 함께 제주도로 피난을 갔고, 딸과 어머니와 막내인 그는 강화도로 피난을 갔다. 지금도 안석만 씨는 생생히 기억을 떠올린다. 강화도로 가려고 김포 쪽으로 걸어가다가 인민군을 만나면 모두가 서서 "김일성 만세!"를 외쳤다고 한다.

간신히 강화도로 돌아왔지만 전쟁의 혼란은 마을을 휩쓸고 있었다. 어느 날 인민군 두 명이 누나를 끌고 갔다. 어머니는 끌려가는 누나를 놔달라고 병사들에게 사정했지만 이미 흥분한 병사들은 말을 듣지 않았다. 어린 안석만도 어머니를 따라가며 사정했지만 병사들은 누나를 끌고 인적이 드문 곳으로 가기만 했다. 어머니는 방향을 바꿔 지나가는 군인들이 있는 곳으로 향했다. 그리고 장교를 찾아가 인민군 병사들이 딸을 끌고 갔으니 구해달라고 사정했다. 그 말을 들은 인민군 장교는 어머니가 말하는 곳으로 달려갔다. 병사들이 누나를 겁탈하기 직전이었다. 인민군 장교는 그 자리에서 병사 두 명을 총살했다. 즉결심판을 한 것이다. 남쪽 인민들을 함부로 대하지 말라는 김일성의 명령을 따른 심판이었다. 인민을 겁탈하려는 병사와 그들을 심판한 장교. 아이러니한 일이었지만 그렇게 누나는 구출되었다.

그러나 문제는 이것으로 끝나지 않았다. 고모부 두 명이 완장을 차고 마을을 휘젓고 다니기 시작한 것이다. 땅도 있고, 돈도 어느 정도 있던 안석만 씨의 가문은 타깃이 되었다. 가문으로서는 기가 찰 노릇이었다. 게다가 더 큰 사건이 발생했다. 제주도에 피신해 있다가 가족들이 잘 있는지 보려고 아버지가 강화도로 몰래 돌아왔는데, 고모부들이 아버지를 인민군에 고발한 것이었다. 한마디로 반동분자로 체포된 것이다.

어느 날 밤, 아버지를 포함한 반동분자 70여 명의 처형이 시작되었다. 횃불을 든 사람들이 산으로 끌려 온 반동분자들을 둘러쌌다. 그리고 횃불을 들이밀어 신원을 확인한 후 한 사람씩 죽창으로 처형을 단행했다. 죽음의 비명이 연이어 울려 퍼지는 가운데 안석만 씨의 아버지는 자기 차례를 기다리고 있었다. 바로 옆에 사람이 비명과 함께 쓰러졌다. 이어서 아버지 얼굴에 횃불이 들이밀어졌다. 눈앞으로 다가온 횃불은 뜨거운 열기와 함께 시선을 빼앗아버렸다. 앞 사람이 하나도 보이지 않았고, 그 사람들의 어두운 그림자만 보였다. 죽음이 바로 앞까지 다가왔다.

그때, 횃불이 옆으로 치워지며 목소리가 들려왔다.

"어르신이 왜 여기 계십니까?"

아버지는 눈을 깜박이며 앞 사람을 쳐다보았다. 옆으로 치워진 횃불이 두 사람의 얼굴을 밝혔다. 바로 그 머슴이었다. 몇 년 전에 치료해주고 밥을 먹여주었던 그 머슴.

그날 밤 살아서 산을 내려온 반동분자는 안석만 씨의 아버지 한 명 뿐이었다.

한국전쟁은 그렇게 가족에 큰 상처를 남겼다. 고모부들은 나중에 마포형무소에서 처형을 당했고, 가족의 인연은 영원히 끊겼다.

전쟁이 끝났을 때, 가족의 앞길에는 밝은 미래가 있을 줄 알았다. 그러나 아버지가 가지고 있던 땅이 해병대사령부 부지로 넘어가면서 아버지의 사업은 추락했다. 아버지는 강화도로 돌아가 조용히 농사를 지으며 사셨다.

혼자 서울 친척집에 남겨진 안석만 씨는 학교에 재미를 붙이지 못했다. 같은 반 아이들보다 두 살이나 많은 탓에 함께 어울리지 못했다. 나이가 많고, 덩치는 크고, 공부도 재미없고……. 그래서 아이들을 때렸다. 요새 말로 하면 문제아의 길에 접어든 것이었다. 게다가 집에서 나와 있으니 엄격하게 혼을 낼 사람도 없었다. 얹혀살고 있는 친척들도 모두 바빠 문제 청소년을 야단칠 시간이 없었다.

중학교를 졸업하고 서울공업고등학교를 들어갔다. 취직을 염두에 둔 선택이었다. 그러나 1년을 못 다니고 퇴학을 당했다. 이유는 폭력. 역시 아이들과 어울리지 못했다. 선생님의 소개로 선린상업고등학교 야간부에 편입했다. 여기서는 성질을 죽이며 그럭저럭 생활했다. 그런데 여기서 괴짜 한 명을 만나는 바람에 인생이 다른 방향으로 나가기 시작했다. 아마 순순히 상업고등학교를 졸업했다면 사무원으로 취직해서 살았을 것이다.

안석만 씨는 학교에서 장순영(가명)이라는 친구를 사귀게 된다. 배짱이 좋은 친구였는데, 문제는 그 배짱이 너무 크다는 거였다. 당시에 '새나라자동차'라는 것이 나와서 히트를 치고 있었다. 이 친구는 서울시에서 근무하고 있는 매형으로부터 택시사업을 하면 돈이 된다는 소리를 듣고 사업을 시작하기로 마음을 먹었다. 고등학생인데 말이다. 서울시에 있는 매형은 무슨 생각이었는지 어린 처남에게 택시사업에 대해서 자세히 알려주었다.

사업을 벌이는 데 있어 가장 큰 문제는 사업자금이었다. 그런데 이 과정에서 친구는 그 큰 배짱을 발휘한다. 아버지의 땅문서를 훔친 것이다. 아버지 몰래 땅을 팔아서 자동차 네 대를 샀다. 그리고 매형의 도움을 받아 택시 등록을 하고 택시사업을 시작했다. 매형에게는 택시회사 일을 맡겼다.

택시 사업은 번창했고, 이 친구는 고등학교를 졸업하기 전에 집을 샀다. 나중에는 숙명여자대학을 나온 연상의 연인과 결혼까지 했다. 어린 나이에도 사업적인 냉정함이 있어서 나중에는 매형을 해고하기도 했다. 사업을 한 지 얼마 지난 후 자동차 값이 오르자, 친구는 택시 한 대를 팔았다. 그것으로 다시 아버지 땅을 사서 아버지에게 돌려드렸다. 우스운 얘기지만, 아버지는 그때까지 땅이 팔렸다 다시 돌아온 줄 모르고 있었다고 한다. 그 친구와의 친분으로 안석만 씨는 택시회사에서 수금 일을 거들었다. 실제 나이는 성인이었으나 법적 나이는 고등학생이었는데 말이다.

이렇게 고등학교 때부터 자동차 관련 일을 했고, 고등학교를 졸업 후에는 흥아타이어라는 회사에 들어갔다. 요즘 말로 하면 종합카센터 같은 회사. 자동차와 가까운 환경 덕분에 운전면허를 일찍 따고 군대에 들어갔다. 방첩대 근무를 마치고 제대 후 회사로 돌아와 보니 회사는 크게 변해 있었다. 사장이 사업을 확장했는데, 그 다른 사업이 집장사였다. 당시 땅값이 저렴했던 불광동 지역에 집을 짓고 파는 사업이었다.

사업이 좀 잘되나 싶었을 때, 사건이 터졌다. 1968년 1월 21일,

북한군 김신조 일행이 침투한 것이다. 북한군이 넘어와 청와대를 습격하는 바람에 불광동 지역이 위험한 지역이라는 소문이 쫙 퍼졌다. 당연히 지어놓은 집들은 팔리지 않게 되었다. 회사는 서서히 망해갔고 사원들은 모두 흩어졌다.

안석만 씨는 직장을 잃고 1년여 동안 방황을 하다가 다시 회사에 들어갔다. 그 회사는 신진자동차였다. 신진자동차라고 하면 그런 회사가 있었나 하는 사람들이 많겠지만, 이 회사는 우리나라 초기 자동차회사다. 현재 한국 GM의 조상이라고 할 수 있다. 지금도 명맥을 유지하고 있는 코란도 자동차를 만든 회사이다. 그는 여기서 1983년까지 14년간을 근무했다.

자동차 회사를 다니던 28살 때, 안석만 씨는 결혼을 했다. 신세계 백화점에서 장사를 하던 친구를 만나러 갔다가 옆 매장에서 근무하는 여성에게 반해서 백화점을 수시로 드나들며 공을 들였고, 그분이 지금의 부인이다. (잠깐 샛길로 빠지면, 안석만 씨는 부인에 대한 자부심이 대단하다. 부인은 취미로 수영을 거의 40년간 했고, 수영 아마추어부분 기록을 가지고 있을 정도이다.)

회사가 자동차 회사다 보니 안석만 씨는 다른 사람보다 차를 일찍 구입했다. 당시 신진자동차에서는 일본 도요타 자동차와 협력으로 코로나 승용차를 생산하고 있었는데, 그 모델이 그의 첫 번째 차였다.

신진자동차에서 14년을 근무한 후, 안석만 씨는 이런저런 연줄을 동원해서 자기 사업을 시작했다. 화물차 회사였다. 대형화물차로 한 대로 시작하여 본인이 직접 운전하며 시작한 사업은 두 대로 불어났고, 이이서 운전사를 따로 두어 회사를 운영했다.

하이트 맥주의 전신인 크라운 맥주와 연줄이 생겨 그 회사의 화물 일부를 전속으로 운송했다. 사업은 안정적인 수준까지 발전했다. 그러나 사업이 4년째 들어서던 때, 모든 것이 원점으로 돌아가버리는 사고가 났다. 회사 소속 화물차가 언덕길에서 내려오다 주위 도로와 차들을 파손하는 대형 사고를 내버린 것이었다. 보험이 지금처럼 완벽하지 않았던 시절, 사고 피해보상을 하면서 지금까지 쌓아놓았던 모든 것이 날아가버렸다. 회사는 문을 닫았다.

살길이 막막해진 안석만 씨는 자기가 가장 잘 하는 일을 할 수 있는 회사로 급히 취직했다. CJ에서 막 시작한 렌트카 회사로, 차가 필요한 사람들에게 차와 운전사를 제공하는 회사였다. 급하게 들어간 회사였지만, 59세에서 70세에 퇴직할 때까지 11년간을 고급자동차 전문기사로 근무했다.

안석만 씨는 이 11년간의 회사생활을 고맙게 생각한다. 첫 번째는 유명인들을 많이 만났기 때문에 할 얘기가 많아졌기 때문이고, 두 번째는 이 시기에 냈던 국민연금 때문에 지금도 어느 정도의 연금을 받고 있기 때문이다.

이 회사는 업계의 선두주자여서 유명한 사람이 한국에 도착하면 고급승용차와 함께 운전사를 제공하는 서비스를 제공했다. 이 일을 하면서 안석만 씨는 유명인사들을 많이 만났다. 국내 인사들로는 언론에 자주 나오는 가장 유명한 기업의 고위인사들이다. 외국 인사들은 더 화려하다. 헨리 키신저 전 미국무장관, 나카소네 전 일본수상, 농구 선수 샤킬 오닐 등을 태운 적이 있다. 물론 정치인들이 현직에 있을 때 그들의 차를 운전한 것은 아니다. 그들이 현직에서 은퇴하고 다른 일로 한국에 왔을 때 직접 만났다고 한다.

샤킬 오닐을 만났을 때, 그 사람이 그렇게 유명한 사람인지 몰랐다고 한다. 그런데 회사의 중역들도 샤킬 오닐의 사인을 받아달라고 해서 그 유명세를 알게 되었다. 농구스타이다 보니 회사 중역들이 안석만 씨에게 농구공을 주면서 사인을 받아달라고 했는데, 샤킬 오닐은 아무데나 사인을 하면 안 되는 계약을 맺었기 때문에 공식 종이에만 사인을 해줬다. 그때 여러 사람에게 사인을 받아주었지만, 정작 본인은 샤킬 오닐의 사인이 없다.

안석만 씨는 정년을 넘기고 70세에 퇴직을 한 후, 잠시 쉬다가 실버퀵을 하시기 시작했다. 자기 집이 있고, 적으나마 연금이 있지만 풍족한 편이 아니라고 한다. 수입에 보탤 요량으로, 자기가 쓸 용돈을 스스로 마련할 요량으로 실버퀵에 나온다.

아들은 하나. 일본 오사카에서 여행사를 하고 있어서 집에는 부인만 있다. 그래서 웬만한 일이 아니면 집에 일찍 들어간다.

안석만 씨 자신이 정한 휴일은 매주 화요일. 주말은 바쁜 날이고, 택배원이 부족하기 때문에 평일을 휴일로 잡고 일한다. 물론 밤늦게 일을 한 경우는 다음날을 늦게 나오든지 쉬기도 한다. "오래 동안 즐겁게 일하는 게 남은 꿈"이라고 하지만, 단 한군데만은 그 꿈에서 제외되어 있다. 즐겁게 일 할 수 없는 곳이 있다. 바로 서울에 있는 유명 호텔들이다.

누구든 안 그렇겠는가? 마지막까지 지키고 싶은 자존심은 있지 않겠는가!

우리 모두 스타일 구기지 말자.

인터뷰 뒷이야기

안석만 씨는 한마디로 이야기꾼이다. 마치 무협지 얘기를 하듯이 자신의 삶을 얘기한다. 다른 택배원들도 그 레퍼토리를 들으신 듯하다. 안석만 씨가 어떤 얘기를 신나게 하면, 다른 분이 지나가면서 입을 뻥긋거리며 나에게 말한다. 입모양을 보면 모두 같은 말이다. "뻥~"

강약고저가 있는 이야기 스킬은 정말 타고 난 것 같다.

그의 이야기 중에서 가장 재미있지만 잘못했다가는 사자명예훼손에 걸릴만한 이야기가 있다. 그 이야기는 한 연예인에 관한 것인데, 그 연예인은 우리나라 코미디 계에 한 획을 그은 분이다. 안석만 씨는 젊었을 때 그 분과 5년 동안 함께 생활했다고 한다. 그분을 박 아저씨라고 하자.

박 아저씨는 가만히 있지 못하는 성격에 수단은 좋고, 겁이 없고, 사람들 주목받는 것을 엄청나게 좋아하는 사람이었다. 또한 여자를 사귀는 데 남다른 재능이 있어서, 여자를 가리지 않고 사귀었다. 거기에 도벽이 있어, 옆에 있던 안석만 씨도 누명을 쓸 정도로 사고를 치고 다녔다. 마이크로버스를 운전하다가 인사사고를 내서 감옥에 갔던 적도 있었다.

나쁜 면이 있기는 해도 박 아저씨의 빠른 머리는 대단했고, 행동에는 거침이 없었다. 예전에는 장마가 오거나 비가 많이 내리면 한강이 범람했다. 다른 사람들은 물피해를 입지 않으려고 난리를 치는데, 박 아저씨는 도리어 한강으로 나갔다. 그리고 강으로 들어가 상류에서 떠내려 오는 소들을 끌고 나왔다. 절대로 돼지는 구하지 않았다. 이유인즉, 소는 고삐만 잡으면 순순히 헤엄쳐서 따라오는데 돼지는 잡으면 꿱꿱거리면서 난리를 치기 때문에 구조하지 않는 다는 것이다.

비가 그치면, 박 아저씨는 한강 뻘에 말뚝을 박고 물에서 건진 소들을 묶어 놓았다. 그리고 주인들이 오기를 기다렸다. 혹시나 하는 마음에 한강가로 나온 주인들이 자신의 소가 살아 있는 것을 보고는 박 아저씨에게 수고비를 지불했다. 넉살 좋은 박 아저씨는 소 주인이 맞는지 철저히 따져 물었다고 한다.

박 아저씨는 과일이 먹고 싶으면 안석만 씨를 데리고 밖으로 나갔다. 당시에는 길거리에서 과일 행상을 하는 사람들이 많았는데, 언덕길에서 행상을 하는 사람을 찾은 후, 안석만 씨를 아랫길에 대기시켰다. 언덕 길 위에 있는 과일행상 앞으로 간 박 아저씨는 주인의 시선을 위로 끈 후, 발로 과일을 차서 길 아래로 떨어뜨렸다. 아래에서 기다리던 안석만 씨는 그것을 주워 담았다.

박 아저씨는 안석만 씨보다 세 살에서 네 살 정도 위였는데, 안석만 씨는 나이를 속이고 서로 반말을 했다고 한다. 사람들 앞에서 웃기는 것 좋아하고, 쇼맨쉽이 있던 박 아저씨는 결국 당시 여자 코미디언의 로드 매니저처럼 일하다가 무대에 오르는 기회를 잡아 유명 코미디언이 되었다.

박 아저씨의 재능이 가장 잘 발휘될 때는 공짜 술을 먹고 싶을 때였다. 지금은 많이 사라졌는데, 예전에는 마담이 운영하는 열 테이블 정도를 가진 살롱형 술집이 있었다. 보통 마담 한 명이 서너 명 정도의 여종업원을 데리고 운영하는데, 술도 팔고 노래도 하고 손님들과 함께 술도 마시는 곳이다. 예전에 쓰던 속어로는 매미집이라고 하는데 끝까지 남아있던 지역은 북아현동지역이었다. 지금도 가끔 볼 수 있다. 1960년대 말, 그런 집의 주요 고객은 일본관광객들이었다.

우선 박 아저씨와 안석만 씨는 일본관광객이 많은 술집으로 들어간다. 그리고 무조건 룸에 들어가 가장 싼 술을 시킨다. 그리고 문을 살짝 열어놓는다. 안에서 하는 일이 밖에 들리도록 말이다. 다른 룸이나 테이블에는 일본 관광객들이 술을 마시고 있다.

박 아저씨는 슬슬 젓가락으로 탁자를 치며 박자를 맞춘 후, 노래를 불러 젖힌다. 물론 일본어로. 그러면 밖이 조용해진다. 첫 번째 노래가 끝나면 박수가 터져 나온다. 때에 따라서는 한두 곡 더 부르고, 때에 따라서는 바로 필살기를 펼쳐놓는다. 그 필살기 노래를 부르고 나면 밖에서 난리가 난다. 이어서 마담이 웃는 얼굴을 하고 룸으로 들어온다. 그리고 말을 전한다. 밖에 있는 분들이 술을 사겠으니, 밖에 나와서 노래를 더 들려달라고 부탁한다고. 처음에는 약간 사양하는 척하다가 결국에는 밖에 나가 원맨쇼를 한다. 그렇게 술을 원하는 만큼 마셨단다. 두 사람이 함께.

박 아저씨의 필살기 노래는 63년도에 히트한 일본 유행가 '잘 있거라, 도쿄'

훈장까지 받으신 박 아저씨는 오래전에 이미 고인이 되셨다. 그러나 안석만 씨의 추억 이야기 속에서는 여전히 살아있다.

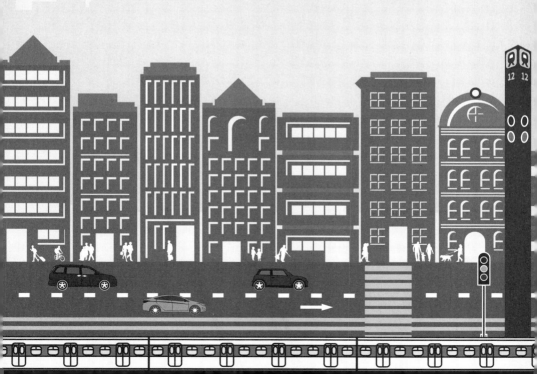

실버퀵에서
일하는 사람들

택배원 입장에서 지하철택배 일을 정리하면 다음과 같다.

일단 대기한다. 이어서 사무실에서 택배 오더가 내려온다. 사무실에 있는 경우 사무실 직원과 대면해서 오더를 종이로 받고, 지도를 받는다. 전화기로 오더가 오는 경우가 있다. 두 경우 모두 택배를 주문한 사람의 전화번호를 핸드폰으로 받는다. 오더가 받은 택배원은 주문한 사람에게 전화를 걸어 주문을 확인하고 자신이 담당 택배원이며 몇 분 후쯤 도착하겠다고 말한다. 그리고 지하철을 타고 물건을 받을 장소로 간다. 장소에 도착해서 주문자를 만나 물건을 인수하고 물건을 받는 사람의 정보를 확인한다. 택배 물건에 대한 주의사항도 받는다. 물건 인수를 마쳤으면 이제 배달할 장소로 가기 위해 지하철을 탄다. 물건을 배달할 장소에서 가장 가까운 지하철역까지 간다. 이 시간 동안은 아무도 참견을 하지 않는 시간이다. 대부분의 택배원들은 이 시간이 가장 편하다고 한다. 내려야할 지하철역에서 내린다. 물건을 배달할 장소와 가까워지면, 물건을 받을 사람에게 전화를 한다. 그리고 잠시 후 물건을 전해준다.

이렇게 따지면 크게 어려운 일이 아닌 것 같고, 일을 하는데 많은 경험이 필요하지 않아 보인다. 그런데 막상 택배원들에게 물어보면 3개월은 정신이 없고, 6개월이 지나면 일에 적응이 되고, 1년이 되어야 편하게 일을 하게 된다고 한다.

수입은 얼마나 될까

평균을 내기가 쉽지 않다. 얼마나 일하느냐에 따라 20~30만 원까지 차이가 나기 때문이다.

보통 하루에 2~3개를 배달하고, 대략 2만 원가량을 번다. 토요일의 경우, 깃발 설치일이 있기 때문에 수입이 두 배가량 올라간다. 깃발일은 설치한 후 철거를 해야 하기 때문에 한 번에 택배 두 번 값을 받는다. 결혼식의 경우 하루에 두 건 정도 경하기를 설치할 수 있어. 4만 원 이상을 벌 수 있다.

대부분의 택배원들은 이런 식으로 한 달에 50~60만 원을 번다. 좀 더 일을 체계적으로 하는 분들의 경우 80만 원까지 월수입을 올릴 수 있다. 깃발 일을 오래 한 분들은 요령이 있어서 그 이상의 수입을 벌기도 한다. 실버퀵에서 최고 매출은 하루에 16만 원을 번 경우라고 한다. 깃발일을 해서 올린 기록이다.

주말에는 경하기 설치 일이 많이 몰린다. 결혼식 때문이다. 결혼식이 비슷한 지역에서 시간별로 진행될 경우, 많은 수입을 올릴 수 있다. 하지만 깃발을 무한정 많이 가져갈 수는 없다. 최대한 들 수 있는 양은 네 개 정도이다. 보통 하루에 두세 군데 설치하는 것이 적당하다. 네 개 이상의 깃발을 카트에 담아 결혼식장을 도는 분도 있고, 조수를 고용해서 다섯 개 이상을 설치하는 분도 있다. 영리한 방법이지만, 다른 택배원들은 이렇게 일하는 분을 별로 좋아하지 않는다. 좀 지나치다고 생각한다. 다른 사람의 일을 빼앗기 때문이다. 그러나 직접 뭐라고 하지는 않는다.

택배 일은 아침부터 나와서 밤늦게까지 하면 수입이 올라가기는 한다. 그러나 무작정 많은 일을 맡을 수는 없다. 일하는 분들이 65세 이상 노인이기 때문에 지나치게 많이 걸으면 다음날 일을 할 수가 없다. 세 개 정도를 배달하면 보통 2만보 가량을 걷게 된다고 한다. 5~6킬로미터를 걸으면 1만보 정도가 나오는데, 세 번을 배달하면 10~12킬로미터를 걷는 게 된다. 매일 이렇게 걷는 것이 운동도 되고 좋을 것 같지만 때로는 몸에 무리가 온다고 한다. 택배원 어르신들의 경험에서 나온 얘기다.

이런 템포를 유지하면서 일을 하면 한달 수입이 50~60만 원 사이를 왔다 갔다 하고, 조금 집중해서 꾸준히 하면 60~70만 원. 운이 좋으면 80만 원까지 번다. 대부분의 택배원들은 50~60만 원 정도를 벌고 있다.

택배 일을 하는 다양한 이유

일반적으로 지하철택배 일을 하는 분들은 경제적으로 어려운 분들일 거라고 생각한다. 그런데 막상 조사해보면 정말 다양한 분들이 택배 일을 하고 있다. 개중에는 딱히 경제적으로 어렵지 않은 분들도 있다. 내가 살펴본 바에 의하면, 실버퀵에서 일하는 분들은 대략 네 부류로 나뉜다.

네 부류를 살펴보기 전에 머리에 한 가지 숫자를 넣어두자. 우리나라에서는 1인가구 수입이 836,053원 이하일 때, 2인가구 수입이 1,423,549원 이하일 때 빈곤층으로 분류된다. 이 숫자에 대한 설명은 뒤에서 하기로 하고, 일단 이 숫자들을 생각하며 다음 내용을 읽기 바란다.

1. 생계를 위해서 일을 하는 분들

택배 일을 하는 것이 자신의 유일한 수입원인 분들이 있다. 저축한 예금이 거의 없거나, 자택을 보유하지 못한 분들이다. 있어도 큰 자산이 안 되는 분들이다. 이분들은 기초연금을 30만 원 정도 받는다. 이것만 받고 있는 분도 있고, 다른 보조금을 함께 받아 50만 원 정도 정부 지원을 받고 있는 분도 있다. 이분들의 경우 주거지가 월세인 분들이 많아 보조금이 거의 월세로 나간다. 나머지 생활비를 마련하기 위해 일을 해야 한다.

이런 상황이기 때문에 택배 일보다 더 수입이 좋은 일자리가 생기면 그 쪽으로 갈 수밖에 없다. 단기 공공근로사업이 단기간이고 땜질식처방이라고 말하는 사람들이 있는데 그것은 현실을 모르고 하는 소리다. 그런 단기간의 사업이 빈곤층 노인들에게는 아주 큰 도움이 된다. 열흘간 하루 4시간 정도 일하고 30만 원가량을 받는 일도 이분들 입장에서 보면 아주 좋은 일자리이다. 다른 일도 함께 할 수 있기 때문이다.

택배회사 입장에서 보면 이런 사람들은 가끔 휴직(또는 취업)을 하기 때문에 달갑지 않을 때도 있다. 하지만 서로 사정을 아는 상황에서 뭐라고 할 수 없기 때문에 허용해주고 있다.

이분들은 인터뷰를 하기 싫어하는 편이다. 실버퀵 회사에 나오는 분들을 살펴보면 이 부류의 어르신들이 두 번째로 많다.

2. 가족들에게 부담을 주기 싫어서 나오는 분들

이분들은 일을 하지 않아도 경제적으로 큰 문제가 발생하지는 않는다. 예금도 있고, 자식들이 주는 용돈도 있다. 일을 해서 돈을 벌지 않아도 절약해서 쓰면 생활할 수 있는 분들이다. 하지만 조금 넉넉한 삶을 살기 위해서, 부인에게 여유를 주기 위해서, 자식들에게 받는 용돈이 불편해서 일을 하는 분들이다. 이런 어르신들이 가장 많다.

이분들의 성격은 대체로 밝고, 부지런하고, 독립심이 강하다. 그만큼 개성도 강하다. 첫 번째 부류의 어르신들은 일을 한다는 것이 곧 돈을 버는 것이지만, 이분들의 경우는 조금 다른 의미를 갖는다.

일을 한다는 것은 어떤 분에게는 "자식들에게 아직 손을 벌리지 않는다"는 것을 의미하고, 어떤 분에게는 "나는 아직 능력 있는 가장이다"라는 것을 의미한다. 어떤 분에게는 "아직 내 삶이 끝나지 않았다"는 것을 의미하고 어떤 분에게는 "아직까지 무엇인가를 할 수 있다"는 것을 의미한다. 독립심, 자신감, 자존심, 책임감 등을 의미한다.

이 부류에 속한 분들은 인터뷰도 재미있게 하고, 재미있는 추억을 많이 말씀하신다.

3. 부수입이 필요해서 하는 사람들

가장 만나기 힘든 분들인데, 이 부류에 속하는 분들은 많지 않다. 주로 부수입이 필요해서 주말이나 휴일에 택배 일을 하는 분들이다. 가끔 나오고, 나와도 바로 일을 맡아 나가기 때문에 만나기가 힘들다.

예를 들어 운전을 하면서 일이 없는 날이나, 휴일에는 택배 일을 하는 분들이 있다. 평소에는 일당직 노동일이나, 청소일을 하지만 일이 없을 때나 휴일에는 택배 사무실로 나오는 분들도 있다.

그분들의 사정을 알 수 있는 것은 사장님이나 친한 동료들을 통해서인데, 아픈 아들을 혼자 간호하며 사는 어르신이나, 부인이 병상에 있는 경우 등이 있다. 현재의 수입보다 더 많은 수입을 마련해야 하는 분들이다.

때로는 65세 미만이지만 차를 이용해서 택배 일을 부업으로 하는 분들도 있다.

이분들의 경우는 정부나 지자체의 보조를 받을 방법이 없다. 어느 정도 수입이 있기 때문에 지원대상에 들어가지 않기 때문이다. 정말 바쁘게 사는 분들이다.

4. 건강과 가족의 평화를 위해서

두 번째 부류로 넣을 수도 있지만, 좀 더 확실한 이유가 있다. 두 번째 부류의 어르신들은 일하는 개인적인 의미도 있지만, 돈이 의미하는 것도 있는 분들이다. 그러나 이 네 번째 부류는 돈은 완전히 2차적인 문제고 나름 일을 하는 이유가 있는 분들이다.

일을 하지 않는 것을 못 참는 성격이어서 일을 하는 경우도 있고, 운동을 해도 건강이 좋아지지 않아서 강제로 운동을 하려고 일을 하는 경우도 있다. 집에 있으면 마음도 우울해 지고 가족들과 다툼이 생기는 것 같아 일을 하는 경우도 있다. 나와도 갈 곳도 없고, 멍하니 있느니 일을 하는 게 나아서 일을 하는 경우도 있다.

잘하는 사람과 못하는 사람

택배원들을 상반되는 능력과 성격, 태도로 분류해 봤다. 각각의 파트에 속한 분들은 상대 파트에 속한 분들을 이해하지 못한다. 잘하는 사람들은 못하는 사람들을 이해하지 못하고, 못하는 사람들은 잘하는 사람들을 부러워하지 않는다. 그런 관계이다.

◆ 길을 잘 찾는 사람 vs. 길을 잘 찾지 못하는 사람 : 길을 찾는 일은 택배원에게 가장 필요한 능력이다. 그런데 앞서도 얘기했지만 길을 잘 찾지 못하는 사람들이 있다. 길을 잘 찾는 분들의 특징을 보면 서울에서 오래 살았거나 운수업과 관련된 일을 하셨던 분, 영업이나 개인 사업을 했던 분들이다. 길을 잘 못 찾는 분들의 얘기를 들어보면 그냥 길 찾기가 쉽지 않다고 말한다. 지도가 있어도 무용지물이다. 얘기를 상세히 들어보면 길을 잘 찾는 분들은 지도에 나와 있는 길의 방향을 잘 따라가는 반면, 길을 못 찾는 분들은 눈에 보이는 건물을 중심으로 찾으려고 한다. 길을 잘 찾는 분들은 길을 못 찾는 분들을 답답해한다. 자기가 하는 일이 택배인 이상, 자기만의 길 찾는 방법을 발견해야 한다는 것이다. 고객에게 자주 전화를 해서 불만을 야기하는 분들이 바로 길을 잘 찾지 못하는 분들이다. 길을 잘 찾는 분들이 이분들에게 하는 충고는,

"고객에게 전화를 하지 말고, 부동산중계소에 들어가서 물어봐요."

◆ **전화를 잘 하는 사람 vs. 전화를 잘 안 하는 사람** : 실버퀵 배기근 사장은 하루에 두세 번 큰 소리를 친다. 회사의 트레이드마크처럼 된 이 장면은 실버퀵을 배경으로 만든 다큐멘터리에도 나온다.

"전화를 하란 말이야, 전화를!"

목소리가 천둥 같고, 진정으로 화를 내는 상황이지만, 옆에서 취재하는 사람은 너무나 웃긴 상황이다.

세상에는 규칙대로 일하는 사람이 있고, 규칙대로 하지 않는 사람이 있기 마련이다. 택배 오더를 받으면 바로 고객에게 전화를 하는 게 규칙이다. 바로 전화를 하지 않으면 고객의 입장에서는 택배원이 오는지 안 오는지 모르기 때문에 회사에 다시 전화를 해서 택배원에게 연락이 안 온다고 말한다. 그러면 회사의 트레이드마크인 장면이 펼쳐진다.

"전화를 하란 말이야, 전화를!"

왜 전화를 바로 하지 않을까? 이것은 그냥 성격과 관련이 있는 듯하다. 일을 저지른 분들에게 물어봐도 "깜빡 잊어버렸어," "하다 보니까 그렇게 됐어" 정도로만 말씀하신다. 나도 전화와 친한 사람이 아니기 때문에 해야 하는 전화를 미루다가 전화하는 것을 잊어버린 적이 종종 있다. 그래서 약간 이해가 가기는 하다.

하여간 딱히 큰 원인은 없지만 고객에게 바로 전화하지 않는 분들이 종종 있다.

◆ **스마트폰을 잘 이용하는 사람 vs. 스마트폰을 못하는 사람** : 스마트폰은 참 고약한 이름이다. 전화기가 아주 영리하다는 말인데, 반대로 생각하면 영리한 전화를 제대로 사용하지 못하는 사람은 멍청

하다는 얘기가 되니까 말이다.

실버퀵에서 일하게 되면 스마트폰이 있어야 좋다. 옛날 3G폰을 가지고 있는 분들에게는 스마트폰으로 바꾸라고 권유한다. 강요는 아니다. 3G폰이 있어도 일은 가능하다. 조금 불편할 뿐이다. 그러나 스마트폰이 있으면 문자와 사진을 주고받고, 배송지 주소를 주고받는데 편하고, 지도나 위치 정보를 얻는데도 편하다.

사무실 입장에서도 스마트폰 사용이 자유로운 사람이 더 좋다. 주소를 문자로 보내면, 택배원이 주소를 지도앱에 연결하여 알아서 장소를 찾아가기 때문이다. 첫 번째 불만 사항인 자꾸 전화하는 일을 줄일 수 있다.

하지만 실버퀵에서 일하는 모든 사람들이 스마트폰을 잘 이용하는 것은 아니다. 여기서 일하는 분들은 스마트폰 세대도 아니고, 컴퓨터 세대도 아니다. IT기술을 이용하는 자체가 어색하다. 스마트폰을 그냥 전화기와 메시지 받는 용도로 사용하는 분들도 많다. 요금에 대한 부담도 있고, 중간에 배터리가 꺼지는 경우도 있고, 다양한 문제가 있다.

가장 기본적인 문제는 새로운 기술을 적극 받아들여 사용하려는 사람이 있는 반면, 새로운 기술을 귀찮아하면서 지금까지의 삶의 방식대로 문제를 해결하려는 사람이 있다는 것이다.

택배 일은 아직까지 최신 기술을 몰라도 할 수 있는 일이다. 단, 얼마나 빨리, 얼마나 쉽게, 얼마나 정확하게 일을 하느냐는 최신 기술 사용에 달려있다.

◆ **배우려는 사람과 vs. 안 배우려는 사람** : 택배 일은 겉으로 봤을

때는 쉬운 일이다. 그러나 서비스업이기 때문에 택배업만의 특성이 있다. 일을 쉽게 하는 방법, 고객이 다시 주문을 하게 서비스하는 방법, 상황에 따라 대처하는 방법 등이 있다.

어떤 택배원들은 실버퀵 사무실이 쌓아놓은 노하우를 배우려고 하는 반면, 어떤 택배원들은 일을 쉽게 보고 자신의 방식대로 일을 처리하려고 한다. 처음 사무실에 일하러 온 사람들에게는 일찍 출근해서 늦게까지 있을 것을 요구한다. 사무실이 돌아가는 전체적인 방식을 보라는 것이다. 때로는 선배 택배원들과 함께 동행할 것을 요구하기도 한다. 이런 일들은 실버퀵 회사의 택배방식에 빨리 적응하도록 하는 것인데 이것을 불편하게 생각하는 분들도 있다.

택배를 하면서 고객과 문제가 생기면 무엇이 문제인가를 따져보게 된다. 택배원이 문제였을 경우, 태도나 일하는 방식을 바꾸라는 지시를 받는다. 때로는 동료들이 문제를 지적하는 경우도 있다. 그러나 종종 이런 것을 못 받아들이는 택배원들이 있다.

스마트폰의 경우, 실버퀵이 막 시작됐을 때는 스마트폰 시대가 아니었다. 그러나 스마트폰 시대가 도랬했다. 여기저기 물으면서 스마트폰 사용법을 배우는 분이 있는가 하면, 스마트폰을 전화기와 사진기로만 사용하는 분들도 있다.

한쪽에서는 사용법을 배우면 편리하다고 말하고, 다른 한쪽에서는 그런 기술 몰라도 잘 살고 있다고 주장한다. 모두 자기가 편한 대로 삶을 선택하기 마련이다.

위의 분류는 택배원들이 두 종류로 나뉜다는 말은 아니다. 길 못 찾는 분이 전화도 잘 하지 않고, 스마트폰을 못하고, 안 배우려든다는 것은 아니다. 어떤 경우에는 이쪽에 속해 있다가 다른 경우에는 저쪽에 속하는 경우도 있다. 다만, 실버퀵을 빨리 떠나는 분들은 대부분 배우려는 생각이 없는 분들이다.

전화가 항상 문제

택배원들을 가장 미치게 만드는 상황은 실버퀵 사무실을 미치게 만드는 상황과 같다. 바로, 연락이 되지 않는 경우이다. 참 아이러니한 일이다. 사무실에서도 택배원과 연락이 안 되면 화를 내게 되는데, 택배원이 배송지에 도착했는데 물건을 받을 사람과 연락이 되지 않으면 가장 힘든 상황이 발생한다.

그렇다고 일반 택배처럼 문 앞에 놓고 오거나 문자만 남길 수는 없다. 개인택배라는 것이 받을 사람에게 직접 전달하고 확인받는 것을 기본으로 하기 때문이다.

때로는 물건을 보낼 사람을 만나러 갔는데 연락이 안 되는 경우도 있지만, 대부분은 물건을 받을 사람이 연락이 안 되는 경우이다. 그럴 경우 물건을 보낸 사람에게 상황을 알려주고 어떻게 처리할지 묻는데 대부분은 조금만 기다려 달라는 요청을 받는다.

결국 연락이 닿을 때까지 계속 전화하며 기다리는 수밖에 없다. 이럴 경우 택배원은 다른 일은 하지 못하고 시간을 소비해야 한다.

이 얘기를 들었을 때 마음이 대단히 찜찜했다. 나도 그런 경우가 몇 번 있었기 때문이다. '왜 이렇게 연락이 안 되냐'는 택배원의 질문에 기분이 상하기도 했다. 속으로는 '내가 택배만 기다리고 있으란 말이야? 잠깐 전화를 못 받은 것 가지고 되게 화내네'라고 생각했다. 이제는 그러지 않기로 했다. 누군가 택배를 보낸다고 하면 전화기를 손에 들고 대기하면서 택배를 기다릴 생각이다.

택배원들이 가장 싫어하는 물건은

실버퀵 택배원들이 가장 배달하기 싫어하는 물건은 무엇일까? 우선 무거운 물건은 모두 꺼린다. 기준은 5킬로그램. 그 이상의 물건은 취급하지 않는 게 기본이다. 그러나 무거운 물건을 가장 싫어하지는 않는다.

두 개의 물품이 선두를 다투었다. 우선 2위를 말하면 꽃이다.

꽃은 가볍지만 형태가 지하철에 들고 타기에 불편하다. 게다가 내구성도 좋지 않아서 배달하는 도중 손상이 될까봐 신경을 많이 써야 한다. 손상이 되면 받는 사람의 기분도 좋지 않고, 보내는 사람도 꽃을 보내는 의미가 반감되기 때문이다. 한껏 멋있게 장식한 꽃다발은 꺾어지지 않도록 주의를 해야 하고, 축하 난이나 화분은 깨지지 않도록 주의해야 한다. 그런데 꽃다발도 그렇고 화분도 그렇고 약하기 그지없다. 승객이 많은 노선이나 사람이 붐비는 시간에 꽃배달을 하게 되면 여간 신경이 쓰이는 게 아니다.

그런데 꽃 배달이 은근히 많다. 택배 오더를 받으면서 물품이 꽃이라고 하면, 대부분 "아이……"라는 반응을 보인다.

이것보다 더 싫어하는 물건이 있는데, 바로 케이크다. 케이크가 가벼운 것은 좋지만, 문제는 파손이 아주 쉽게 일어난다는 것이다. 꽃보다 더 파손되기 쉽다. 케이크를 배달하다가 파손이 생겨서 물어준 택배원들도 있다. 붐비는 지하철 안에서 케이크 박스가 부딪치기라도 하면 택배원은 가슴을 쓸어내린다. 조금만 부딪쳐도 모양이 망가지기 때문이다.

시험 삼아 케이크를 배달해봤더니 정말 신경이 많이 쓰였다. 사람이 앞에서 빠르게 다가오기만 해도 케이크가 든 손을 뒤로 빼게 된다. 그렇다고 케이크를 가슴에 안고 나를 수도 없지 않은가! 아주 골치 아픈 화물이다.

물론 최악의 물건 영순위는 꽃다발 아래 케이크를 매달아놓은 선물이다. 대강 어떤 날에 택배원들의 신경이 곤두설지 추측할 수 있을 것이다.

사무실이 있다는 것의 의미

모든 택배회사가 사무실이 있기는 하지만, 택배원들이 머무를 만한 공간을 갖추고 있지는 않다.

요즘은 택배원들이 머무르는 사무실 없이 앱을 통해 택배회사를 운영하는 회사들이 많다. 택배원들은 어디엔가에 있다가 일이 주어지면 움직이기 시작한다. 일이 끝나면 또 어디엔가에서 시간을 보낸다. 그런 택배회사에서 근무하다가 실버퀵으로 온 한 분은 단 하나 이유 때문에 이곳으로 왔다고 말한다. 출근할 사무실이 있어서.

"사무실이 없으니까, 일하는 것 같지 않더라고요. 예전에는 일이 없을 때 서울시청 시민청에 가서 기다리곤 했어요. 거기에 모인 사람들은 집에서 나와 특별히 갈 곳이 없는 분들이 많아요. 그 속에 있다 보니까, '내가 지금 뭐하나'하는 기분이 들더라고요. 사무실이 있어야 해요. 그래서 여기로 왔어요."

아침에 일어나 갈 곳이 있다는 것, 내가 일하며 머물 장소가 있다는 것, 같이 일하는 동료들을 볼 수 있다는 것. 이런 것들이 옛날 회사의 개념이라고 말하는 사람들도 있을 것이다. 요즘은 앱을 기반으로 하는 회사들이 많이 생겨나고 있고, 지시를 내리는 사람과 지시를 받는 사람이 얼굴을 맞대는 않는 경우도 많다. 같은 소속으로 같은 일을 하는 사람들도 서로를 알지 못한다.

실버퀵 회사는 아직까지 옛날 사무실의 형태를 유지하고 있다. 그것이 자발적인 선택인지 현대 기술을 따라가지 못해서인지는 모르겠다. 하지만 이런 모습을 과거의 형태라고 간단히 치부할 수 있을까? 일하는 사람들이 서로의 얼굴을 보며 일하는 회사가 요즘 더욱 필요한 회사의 형태가 아닐까?

한 여자의
인생 도전기:
김진순 씨 이야기

일주일에 두 번 중국어를 배우러 가고, 일주일에 한 번 노인대학에서 노인들에게 영어를 가르치고, 일주일에 두 번 독거노인 말벗 해드리기 일을 나간다. 이것이 74세 김진순 씨의 일주일 기본 스케줄이다. 일주일에 다섯 번 일이 있다. 때때로 마을 공부방에서 아이들 공부를 봐주기도 한다.

많은 나이에 중국어를 배우는 것이 대단하다고 했더니, 본인은 별로 대단한 일이 아니라고 말한다. 책 읽는 것을 어려서부터 좋아했고, 새로운 것을 배우는 것을 좋아할 뿐이라고 한다. 좋아하는 일을 하는 게 뭐가 그렇게 대단한 일이냐고 하니, 대단한 일이라고 말한 내가 민망해졌다. 동시에 '인생을 즐기는 방법 중에 이런 방법도 있구나'하는 깨달음도 얻었다.

1945년에 태어난 김진순 씨는 택배 일을 시작한지 1년이 채 되지 않았다. 2018년 9월에 시작했다.

딸 다섯에 아들 셋, 8남매 중 맏딸로 서울 종로에서 태어난 김진순 씨는 서울 토박이다. 당시 대부분의 여성들과 다르게 대학교육을 받았다. 경희대학교에서 관광학을 전공했다. 집안은 약간의 땅이 있는 지주집안이었고, 아버지는 공무원, 큰 아버지는 경찰로 근무했다. 학교에 들어가기 전, 집안의 땅이 있는 행주산성 근처로 이사하여 그곳에서 자랐다.

한국전쟁이 일어났을 때 다섯 살이었던 김진순 씨는 인민군이 집안으로 몰려와 총을 쏘던 광경을 지금도 생생하게 떠올린다. 집안 남자들의 행방을 말하라고 다그치던 그들의 행동은 어린 아이의 눈에 너무나 무서운 모습이었다. 또한 얼마 전까지 머슴으로 일하던 사람들이 완정을 차고 완전히 달라진 모습으로 나타났던 일도 충격이었다.

이런 사건보다 김진순 씨에게 큰 영향을 끼친 것은 외가의 종교적 성향이었다. 외증조부께서는 그 당시에 신부가 되기 위하여 마카오에서 공부를 했다고 한다. 성함은 방만재. 거기서 독일어와 프랑스어를 배우고 신부서품을 준비했다. 그런데 갑자기 전염병인 장티푸스에 걸려 사경을 헤매게 되었다. 병으로부터 겨우 회복이 되었지만 학업을 더 이어가기에는 상황이 여의치 않았다. 외증조부는 신부 서품 받는 것을 포기하고 수사로의 삶을 시작했다. 외증조부 입장에서 보자면 신부로 서품 받지 못한 것이 원통할 수 있겠지만 신부가 되셨다면 김진순 씨도 태어나지 못했을 테니, 그냥 운명이라고 생각하자.

외가집의 영향이 있어서 김진순 씨는 모태부터 가톨릭 신자가 되었다. 이후 72년간을 가톨릭 신자로 살았다.

어라? 나이가 74세이신데 72년을 가톨릭 신자로 살아오셨다면 2년은 어디로 갔을까? 그건 잠시 후에 알려주기로 하겠다.

친가 쪽에서는 아버지 영향이 컸다. 아버지는 상당히 개방적이어서 고등학생인 딸과 둘이서 영화를 보러 다니기도 했다. 특히 딸에게 집안 가계부를 쓰는 것을 맡겼는데 이런 교육은 나중에 사업하는데 큰 도움이 되었다. 아버지의 사랑과 신임을 받은 김진순 씨는 형제들을 보살피는 일도 맡았다. 김진순 씨 말로는 아주 엄한 언니이자 누나였다고 한다. 말을 안 듣거나 규칙을 어기면 크게 혼을 냈다. 특히 동생들이 종교 행사가 있는 일요일에 제대로 미사를 드리지 않으면 밥을 주지 않을 정도로 엄하게 동생들을 훈육했다.

관광학과를 졸업한 김진순 씨는 김포공항에 있는 국제관광공사에서 취직했다. 당시에는 공항에서 근무하는 직업이 대단히 선망을 받았다. 60년대 중반에 셔틀버스를 타고 출근할 정도로 근무 환경도 좋았다. 그러나 24살이 되던 해인 1989년 12월에 회사를 그만두었다. 이유는 결혼. 당시는 여자 나이 26살이면 아무도 안 데려간다는 편견이 지배하던 시대였다. 24살에 결혼을 하면서 그 좋은 회사를 그만두었다. 당시는 결혼을 하고 회사를 다니는 사람들을 이상하게 보던 시절이었다.

김진순 씨의 남편은 보건복지부의 의전과에서 근무하는 의사였다. 인터뷰를 하면서 알게 된 사실인데 보건복지부에는 병원과 관계된 업무를 담당하는 의전과와 약과 관련된 업무를 담당하는 약전과가 있다.

직장을 그만두고 주부로의 삶을 시작했고 결혼 이듬해에 아들을 출산했지만, 활달한 성격의 김진순 씨는 집안일에만 충실한 주부로 남지 않았다. 그때부터 동네 아이들을 모아서 과외를 시작했다. 이때부터 영어를 가르치기 시작했다고 한다. 1974년에는 딸이 태어났다. 두 아이의 엄마가 되었지만, 일을 하고 싶은 열망은 더 커져만 갔다.

31세이 되던 해, 김진순 씨는 사업을 시작했다. 아이들을 어머니에게 맡기고 회사를 직접 차린 것이다.

예전에는 초등학교 학생들이 가방 말고 보조가방을 하나씩 들고 다녔다. 서류가방 크기인데 피아노 교재가 들어갈 수 있는 크기여서 보통 피아노 가방이라고 불렀다. 김진순 씨는 바로 이 피아노 가방을 만들어서 백화점에 납품하는 사업을 시작했다. 이 가방은 학원에 다니는 아이들이 꼭 가지고 있어야 할 정도로 당시에는 필수품이었다. 스누피 그림이 있는 가방을 만들어 히트를 치면서 서른다섯이 되는 해에 집까지 구입할 정도로 사업이 번창했다.

그러나 그때를 정점으로 사업은 점차 내리막길을 걷게 되었다. 1980년대 초반의 불안한 사회 분위기와 이어서 내려진 과외 금지령 때문에 학원산업이 불경기를 맞았기 때문이었다. 결국 마흔살 즈음에 사업을 접었다.

사업을 접은 후, 김진순 씨는 그냥 가정으로 물러나지 않았다. 40대 나이에 입사시험을 보고 삼성에 들어갔다. 삼성생명과 삼성전자 등에서 판매담당으로 근무했다. 당시는 아날로그에서 디지털로 넘어가는 시기. 김진순 씨는 판매사원으로 일하는 부녀 사원들을 관리하며 제품 시연회를 통해 주부들에게 직접 상품을 소개하고 판매하는 일을 했다. 예를 들면, 전자레인지가 처음 나왔을 때 사람들은 처음 접하는 주방기기여서 많이 생소해 했다. 그는 동네를 돌아다니며 사람들을 모아 전자레인지가 할 수 있는 일들을 직접 보여주며 홍보과 판매일을 했다. 김치 냉장고가 나왔을 때도 마찬가지였다.

같은 연배의 다른 여성들과 다른 인생을 선택한 것처럼, 김진순 씨는 아이들의 교육에 있어서도 자신만의 기준을 적용했다. 아이들이 고등학교를 졸업하면 무조건 독립을 시키는 것이었다. 물론 경제적인 지원을 끊는 것은 아니었다. 공부에 필요한 최소한의 돈만 지원하고, 그 외에 필요한 돈은 스스로 벌게끔 했다. 부모의 그늘에서 떠나 자신의 삶을 계획하고 살아가게 하는 것이 목표였다. 다행히 아이들도 부모의 뜻을 이해해서 자신의 길을 잘 개척해 나갔다.

대기업들은 일반 사원이 회사 업무를 원활하게 처리하고 실적이 좋다고 해도, 정년퇴직을 하게끔 놔두지는 않는다. 김진순 씨도 쉰살이 넘어가자 슬슬 압력 아닌 압력을 느꼈다. '이제 회사에서 나가셔야 하는 거 아닌가요? 다른 사람들도 올라와야 하는데' 같은 느낌을 받게 되었다. 조금 더 버티다가 50대 중반이 되기 전에 회사를 나왔다.

회사를 나왔다고 가만히 있을 김진순 씨가 아니었다. 바로 다음 사업에 도전하는데, 도전한 사업은 서점운영이었다. 단순히 하나의 서점을 운영하는 것이 아니라 몇 개의 서점을 동시에 운영하는 방식의 서점사업이었다. 워낙 책을 좋아하는데다가 평소에도 서점을 하고 싶은 마음이 많아 서점사업을 선택했다. 주로 대학 앞에 서점을 오픈했다. 가장 크게 했을 때는 세 개 서점을 동시에 운영하기도 했다. 모두 국립대학 앞에서였다.

그러나 생각만큼 서점 운영이 잘 되지 않았다. 책을 읽는 사람들이 점점 적어지기 때문이었다. 대학생들이 주 고객이었지만, 대학생 외의 고객들이 점점 줄어갔다. 고객을 끌어들이기 위해 다양한 시도를 했다. 서점 한 편에 음악 CD나 영화 DVD등을 함께 팔면서 사람들을 끌어들였다. 어떤 대학 앞 서점이 수익을 내지 못하면 다른 대학으로 서점을 옮기기도 했다. 더 이상 대학 앞 서점이 수익을 내지 못하자, 신도시로 서점을 옮겨 운영했다. 일산에서도 서점을 운영했다. 10년이 넘게 서점을 운영하며 시대와 유행에 따라 이런저런 시도를 해봤지만, 책을 안 읽는 사람들은 갈수록 늘어났고, 인터넷 서점은 그나마 남은 책구매자를 통째로 빼앗아 갔다. 메르스 사태로 공포가 사회에 만연했을 때, 서점운영은 최저점을 찍었다. 더 이상 버틸 여력이 없었다. 김진순 씨는 오랜 세월 공들였던 서점 사업을 접었다. 그 당시가 70세였다. 오랜 기간 앞만 보고 달려온 인생이었다.

사업을 정리하던 그 해, 그 동안 쌓였던 피로 때문인지 김진순 씨 건강에 문제가 생겼다. 당뇨와 고지혈증 증세가 나타나는 등 몸에 이상신호가 포착되었다. 몸의 이상신호는 몸 전체로 퍼져나갔고, 거동이 불편할 정도까지 건강이 악화되었다. 당시 상황은 걸음을 걸을 수 없을 정도였고, 팔을 위로 들 수 없는 상태였다. 병원을 다녔지만 치료에 별 효과를 보지 못했다.

그때 동네 아는 분이 비슷한 병을 잘 치료하는 목사님이 있다고 한 번 가볼 것을 권했다. 처음에는 목사님이 병을 치료한다는 말이 믿기지 않았고, 가톨릭 신자로 다른 종교단체에 간다는 것이 꺼림칙했다. 그러나 몸이 회복될 기미가 보이지 않자, 소개한 분을 따라 교회에 갔다.

처음 김진순 씨를 진찰한 목사님은 병이 위중하다면서 1주일간의 치료를 권했다. 다른 방법이 없던 그는 치료를 받아들였고, 침과 뜸을 기본으로 한 치료를 받았다. 신기하게도 시간이 지나자 몸을 점점 움직일 수 있었고, 1주일이 지나자 몸을 거동할 정도로 회복이 되었다. 이후에도 기본 치료와 식이요법이 계속되었고, 몸이 점점 좋아져서 이전과 같은 상태로 돌아왔다.

건강은 회복되었지만, 김진순 씨는 고민에 빠졌다. 아주 심각한 고민이었다. 자신의 목숨을 구해주었는데 그 교회를 나가지 않는다는 것이 너무 배은망덕한 일이라는 생각이 들었기 때문이었다. 그렇다고 72년 동안 다니던 성당을 다니지 않는다는 것도 너무나 미안한 일이었다. 교회에서는 개종하라고 요청하지 않았다. 건강에 대한 도움을 계속해서 받는 상황이 이어졌고, 고마움을 마음과 헌금으로만 표현할 수는 없는 노릇이었다.

김진순 씨는 가족에게만 자신의 결정을 얘기하고 홀로 개종을 했다. 그 교회가 속한 교파는 제칠일안식일예수재림교회로 보통 제칠일안식일교, 안식일교회, 재림교회 등으로 알려져 있다. 이 교파는 교단의 교리를 중요시하는 교파로 일요일에 예배를 보는 것이 아니라 토요일에 예배를 보는 교회로 유명하다. 우리나라에서는 작은 교파이지만 세계적으로는 큰 규모의 교파이다.

이 교파에 대한 종교적인 이야기는 이 책에서 다룰 사항이 아니기 때문에 넘어가고, 이 교파의 독특한 특징에 대해서만 얘기하겠다. 이 교파는 몸의 건강을 대단히 중요시하기 때문에 음식에 대한 규칙이 엄격하다. 성경 구약에서 나오는 율법을 거의 그대로 지킨다. 소고기나 양고기는 먹어도 되지만 돼지고기는 먹어서는 안 된다. 비늘이 없는 생선도 먹으면 안 된다. 새우, 조개, 낙지, 오징어,

갈치, 꽁치, 고등어 등등 맛있는 해산물이 거의 해당된다. 대신 콩을 대단히 중요한 음식으로 생각한다. 콩을 고기처럼 만든 콩고기를 장려하고 두유는 거의 우유처럼 소비한다. 전체적으로 보면 조상에게 받은 몸을 함부로 다루지 말라고 하는 유교처럼 신께서 주신 몸을 함부로 하지 말고 가르친다.

처음 1년 동안, 김진순 씨는 너무나 힘이 들었다. 그동안 맛있게 먹던 음식을 먹지 않으려니까 스트레스가 장난이 아니었다. 음식에 대한 스트레스를 받아서 너무 힘들어 하자 목사님이 그냥 좋아하는 음식을 먹으라고 권했다. 율법을 지키는 것보다 구원을 받는 게 더 중요하다고 말씀하셨다.

그러나 김진순 씨는 한 번 그 교회에 다니기 시작했으면 철저하게 교리를 따라야 한다고 생각했다. 지금까지 곧고 성실하게 살아왔기 때문이다. 타협은 없었다. 교리를 따르며 신앙생활을 계속 했다. 개종을 한지 3년째인 지금은 음식을 조절하는 것에 큰 문제없이 지낸다.

하여간 김진순 씨는 이 교회에 나가고서 건강을 많이 돼 찾았다. 친척들에게 비밀로 하던 개종도 부모님 장례식에 교회 교인들이 오는 바람에 친척들이 알게 되었고 이제는 김진순 씨의 개종을 모두 받아들였다고 한다. 단, 따라서 개종한 분들은 없다고.

건강 문제는 김진순 씨의 생활 패턴을 바꾸어 놓았다. 당뇨수치를 낮게 유지하기 위해서는 끊임없이 운동을 해야 했다. 그런데 계속 운동을 하는 것이 쉽지 않았다. 운동을 좋아하지 않기 때문에 이런저런 핑계를 대며 운동을 빼먹기 일쑤였다. 운동을 강제적으로 할 장치가 필요했다.

김진순 씨는 이런저런 생각을 하다 일하는 것이 가장 좋은 방법이라고 결론을 내렸다. 그리고 택배 일을 선택했다. 택배 일을 하면 회사에 대한 책임감 때문에 쉽게 그만두지 않을 것이고, 좋거나 싫거나 계속 걸어야 하기 때문이다. 자발적으로 운동을 하면 핑계를 대고 빠지기 쉽지만, 회사에서 일을 하면 어쩔 수 없이 몸을 움직일 수 밖에 없다. 김진순 씨는 자신을 잘 알고 있었다. 일이 앞에 있고, 그 일에 대해 책임감을 느끼면, 자신이 몸을 움직인다는 사실을 말이다.

　　이것이 일주일에 다섯 번 스케줄이 있고 아직도 배움의 길을 가고 있는 김진순 씨가 실버퀵회사의 일원이 된 이유이다.

　　김진순 씨의 건강은 조금씩 좋아지고 있다. 걸음에서 살짝 어색한 부분이 있고, 당뇨와 고지혈증이 아직 있지만 특유의 긍정적인 마음으로 극복해 가고 있다.

　　스케줄이 바쁜 김진순 씨는 사무실 출근파가 아니고, 버스터미널 파도 아니다. 특근조이다. 사무실로 출근을 하지 않은 채, 집에서부터 일을 시작한다. 주로 오전에 본인의 스케줄을 소화한 후 일을 맡는다. 사무실에서 오더를 받을 때면 언제나 밝게 전화를 받는다. 영어 선생님답게 배기근 사장과 영어로 인사를 나눈다. 친절하시고, 긍정적이고, 배려를 많이 하시는 성격이지만, 경우에 틀린 일이 발생하면 바로 항의를 한다. 고객이 잘못하면 가만히 있지 않는다. 다루기 쉬운 직원은 아니지만, 이해심이 많은 직원이다. 회사 운영상 벌어지는 많은 일들을 이해해준다. 본인도 사업을 해본 경험이 있기에 사무실을 운영하는 것이 얼마나 어려운지 잘 알고 있기 때문이다.

김진순 씨는 공부하고, 가르치고, 말벗하기 봉사를 하면서, 매일 택배 일과 함께 2만보를 걷고 있다. 지하철로 이동하는 시간 동안은 자신이 좋아하는 독서를 즐기면서 말이다.

인터뷰 뒷이야기

김진순 씨와의 인터뷰는 처음부터 즐겁게 시작되었다. 나와 우연한 인연이 있었기 때문이다.

나의 어머니가 김진순 씨와 같은 대학 출신이었다. 계산을 해보니 어머니가 1년 선배 같았다. 김진순 씨는 당시에 여학생이 많지 않으셨기 때문에 혹시 알 수도 있다며 세부적인 것을 물으셨다. 어머니가 유아교육과를 다니셨다고 알려드리자, 김진순 씨가 말씀하셨다.

"유아교육과 애들은 대부분 예뻤는데……."

어머니에 대한 미모에 대해 자랑할 자리가 아니어서 자제했다.

"혹시 어머니 사진 가지고 있어요?"

당연히 가지고 있을 리가 없지 않겠는가.

"어머니 사진이 없는데요."

그러자 김진순 씨는 짧게 한 숨을 쉬시더니,

"아들들이란……."

내 웃음이 퍼졌다. 대한민국 아들 중에 어머니 사진을 가지고 다니는 사람이 얼마나 될까? 아니 세계의 남자들 중에 어머니 사진을 가지고 다니는 사람이 몇 퍼센트나 될까? 이탈리아 남자들이라면 좀 있을까?

"아들들이 부인이나 자식들 사진은 가지고 있어도 엄마 사진을 가지고 다닐 리는 없지."

또다시 웃음이 터졌다. 차마 내가 말할 수 없는 대답을 직접 하셨기 때문이었다.

하여간 인터뷰는 이렇게 시작되었고, 워낙 재미있게 말씀하셔서 시간이 금세 지나갔다. 어느새 저녁시간이 되어서 저녁을 먹으면서 인터뷰를 이어가기로 했다. 사무실에서 나눈 마지막 얘기는 제칠일안식일교로 개종한 이야기였다.

나는 음식을 고르는데 아주 서툴기 때문에 보이는 식당마다 "여기 어떠세요?"라고 물었으나 큰 반응이 없었다. 그러다가 사무실을 근처에 있는 쌈밥집이 생각나서 "쌈밥 어떠세요?"라고 물으니 김진순 씨가 흔쾌히 좋다고 하셨다.

쌈밥집에 앉자마자 쌈밥정식 2인분을 시켰다. 바로 이어진 2차 인터뷰. 사무실 인터뷰 끝부분에 나왔던 종교 이야기가 이어졌다. 식당종업원이 반찬을 차려놓았을 무렵, 제칠일안식일교는 음식에 대해 엄격하단 얘기가 나왔다.

"어느 정도인데요?"

"레위기에 나오는 그대로 지켜요."

"예?"

나는 놀랐다. 레위기는 구약성경에 속해있는 한 장인데 신앙생활 규칙을 세밀하게 적어 놓은 재미없는 책이다. 가장 유명한 것은 돼지고기를 먹으면 안 된다는 계명이다. 그런데 조금 전에 우리는 쌈밥을 시켰다. 그리고 나오기 직전이었다.

"그대로 지키세요?"

"거의 그대로 지켜요. 돼지고기도 안 먹고, 비늘이 없는 물고기도 안 먹어요."

'어떡하지?' 하는 생각이 내 머리를 강타했다.

"저희 쌈밥 시켰는데요?"

음식을 다시 시켜야 될 상황이었다. 나오는 음식들은 포장해 달라고 해야 할 판이었다.

김진순 씨가 웃으면서 말했다.

"괜찮아요. 알고 있었어요. 전 야채만 먹을 거예요."

말문이 막혔다. 내가 하는 일이 매번 이 모양이다. 항상 약간의 코메디가 벌어진다.

김진순 씨는 그 외에 먹어서 안 되는 것들을 알려줬다.

"낙지, 오징어, 갈치, 고등어, 꽁치……."

모두 메뉴판에 있는 것들이었다. 돼지고기를 먹지 않으신다는 말을 듣자마자 다른 것을 시키려고 메뉴판을 보았으나 시킬 것이 하나도 없었다. 정확히 일치했다. 이렇게 정확할 수가!

결국 나는 돼지고기 2인분을 먹었고, 김진순 씨는 반찬으로 나온 2인분 나물과 야채를 드셨다.

이어서 먹으면 안 되는 음식과 피해야 하는 음료들을 말씀해 주셨다. 조개, 새우, 게, 커피 등등. 아무래도 나는 이 교파로는 개종하지 못할 것 같았다.

인터뷰와 식사를 마치고 지하철역으로 갈 때, 가족에 대한 이야기가 오갔다.

"애들이 그래요. 엄마, 아빠가 벌어놓은 것 다 쓰고 돌아가시라구요. 자기들에게 남기지 말고 다 쓰라고 말이에요. 좋아하는 여행도 다니고."

"자식들을 잘 키우셨네요."

내 말에 기분이 좋으셨는지 활짝 웃으신다. 그리고 약간의 자식들 자랑을 곁들이신다. 그런데 말을 마치시면서 한 마디 덧붙이신다.

"그래도 다 쓰고 가라는 것은 진심은 아닐 거예요."

한 1초 동안 내 머리가 최고속도로 돌아갔다. 자칫하면 내 다음 말이 가족 간의 분란을 일으킬 수도 있기 때문이다. 하지만 솔직하게 말하는 것이 가장 좋을 것 같아서 망설이지 않고 말했다.

"진심일 거예요."

김진순 씨가 나를 쳐다보시며 물었다.

"정말?"

"예. 그렇게 생각하는 자식들이 꽤 있어요."

김진순 씨는 만족하신 듯이 웃었다.

지금도 난 아드님과 따님의 말이 진심일 것이라고 생각한다. 김진순 씨가 키운 아이들이기 때문에 당연히 그렇게 생각했을 거라고 믿는다.

그 말과 함께 우리는 헤어졌다. 걸어가는 김진순 씨의 걸음이 조금 가벼워보였다고 한다면 지나친 착각일까?

CHAPTER 7

여러 가지
사고들:
실수와 실망

　실버퀵에서는 배달 사고가 종종 일어난다. 가장 많이 일어나는 사고는 분실이다. 물건을 파손하는 경우보다 분실하는 경우가 좀 더 많다.

　지하철역에서 전철을 기다리다가 물건을 플랫폼에 놓고 몸만 타는 경우가 있고, 반대로 지하철 선반 위에 물건을 두고 이동하다가 도착한 역에서 물건은 놔둔 채 몸만 내리는 경우가 있다. 두 번째 경우가 물건을 찾을 확률이 더 많다고 한다.

　항상 "물건을 손에서 놓지 말라," "물건을 선반에 놓지 말고, 무릎위에 놓아라," "다리 사이에 끼고 있어라"라고 잔소리를 하지만 어쩌다 분실사고가 발생하는 것은 피할 수 없다. 분실물센터에 물건이 돌아오지 않아 분실이 확정되면, 고객에게 물건을 배상한다.

　다음의 경우는 지금까지도 농담 삼아 얘기되는 실수담이다.

옷 분실 사건

배달원은 옷을 전달해달라는 부탁을 받고 이동 중이었다. 가벼운 물건인데다 들기도 편해서 마음이 놓였다.

지하철역에 도착해 다음 기차 도착 시간을 보니 여유가 있었다. 그날따라 기분도 좋고 하여 택배원은 자판기에서 커피를 뽑아 의자에 앉았다. 바쁜 도시의 한가운데서 커피의 맛을 즐기며 앉아 있는 자신의 모습에 취했는지 생각은 점점 이리저리 날아가고 따뜻한 차 한 잔은 마음을 느긋하게 만들었다. 그러던 중 벨 소리와 함께 지하철이 플랫폼으로 들어왔다. 지하철이 속도를 줄이면서 플랫폼으로 들어오고, 배달원은 아직 남은 커피를 크게 한 모음 입에 문 후 빈 컵을 휴지통에 던져 넣었다. 다른 승객들과 함께 지하철에 오른 택배원은 노약자 좌석으로 가서 자리에 앉았다. 모든 것이 순조롭게 흘러갔다.

몇 정거장을 지났을 때 배달원은 무엇인가 이상하다는 느낌을 받았다. 손이 너무 허전한 것이었다. 그 순간 택배원의 머리에 어떤 단어와 문장이 떠올랐는지는 차마 쓸 수 없을 듯하다.

전속력으로 돌아갔지만, 조금 전 앉아있던 벤치 근처에 그 물건은 보이지 않았다. 역무원에게 물어봤지만 찾을 수 없었다. 배달원은 참담한 심정으로 실버퀵 사무실에 상황을 보고했다. 아마 사장은 소리를 질렀을 것이고, 택배원은 아무 말도 못하고 듣고 있었을 것이다.

사무실은 물건을 받을 사람에게 비극적인 소식을 전했다. 물건이 사라졌다는 소식을 들은 사람은 예상했던 것보다 더 상심한 듯한 반응을 보였다. 계속 죄송하다고 말하는 사장의 귀에 들린 말은.

"그 옷은 내일 결혼식 때 입을 예복이란 말이에요."

결혼 예복이 사라진 것이다.

배달원과 사무실은 50대 50으로 물건 값을 물어주었다. 다만 물건을 잃어버린 사람들이 그 상황을 어떻게 대처했는지에 대해서는 지금까지 알려진 바가 없다. 궁금했지만 아무도 물어볼 수가 없었다고 한다.

핸드폰 분실 사건

분실사고의 전형적인 두 번째 경우이다. 플랫폼에 두고 내릴 경우, 그 물건을 찾을 수 있는지 없는지는 바로 알 수 있다. 그 플랫폼에 가서 확인해보고, 그 역 사무실에 물어보면 알 수 있다.

그런데 지하철 안에서 잊어버리면 시간이 걸린다. 어떤 승객이 분실물을 가지고 내려서 신고하면, 우선은 그 역에서 물건을 보관한다. 주인이 나타나지 않으면 며칠 후에 물건은 종합분신물센터로 보내진다. 종착역에서 청소를 하다가 분실물이 발견된 경우는 종착역에서 보관했다가 종합분실물 센터로 간다.

여러 개의 핸드폰이 들은 짐을 배달하는 도중 분실사고가 발생했다. 택배원이 전철에 두고 내린 것이다. 지하철 사무실에 빨리 연락을 했지만 물건을 찾지 못했다. 사무실에서 고객에게 이 사실을 전달하자, 핸드폰 상점 사장은 핸드폰이 여러 대이며 300만 원을 보상하라고 했다.

돈이 걸리면 세세하게 따지게 되는 법. 다년간의 경험에 의해 뭔가가 이상하다고 느낀 배 사장은 택배를 맡기는 과정을 따졌다. 핸드폰 상점에서 물건의 금액을 미리 알려주지 않은 것과 핸드폰들이 모두 중고폰이라는 것도 알게 됐다. 뭔가 느낌이 좋지 않은 화물 같았다.

사장님은 화물운송원칙에 따라 손실액을 따져보자고 버텼다. 결국 120만 원을 물어주는 것으로 타협을 보았다.

엉뚱한 깃발 설치하기 1

상가喪家에 근조기를 설치하거나 예식장에 경하기를 설치하면 예식을 운영하는 사람으로부터 확인 서명을 받게 되어있다. 그리고 설치한 모습을 사진 찍어 사무실에 보내야 한다.

상가집에 근조기를 설치하는 일이 항상 그렇듯이 갑작스럽게 연락이 왔다. 택배원은 서둘러 깃발을 챙겨 장례식장에 갔다. 그리고 슬픔에 빠진 상주들이 신경 쓰지 않도록 근조기를 조용히 설치했다. 깃발을 잘 보이는 곳에 설치한 택배원은 상주 중 한 분에게 근조기를 보내신 분 성함을 말하면서 근조기가 설치 된 것을 확인해 달라고 부탁했다.

근조기 앞으로 온 상주는 설치된 근조기를 바라봤다. 그런데 이상하게 한참을 바라보는 것이었다. 그리고 한마디.

"○○○가 누구시죠? 저희는 모르는 분 같은데."

모든 상주들이 근조기 앞에 모였다. 그리고 근조기에 이름이 쓰여 있는 분을 아는 사람이 있는지 확인했다. 아는 사람이 아무도 없었다. 상주들의 친척까지 확인했지만 아는 사람이 없었다.

택배원이 사무실에 전화를 걸어 확인했다. 주문한 사람과 걸려 있는 깃발의 이름이 달랐다. 엉뚱한 사람의 깃발을 가져간 것이다. 원래 주문자의 이름을 확인했더니 상주들이 아는 분이었다.

고맙게도 상주들은 너그러이 이해해 주었다. 다시 새로운 깃발을 설치할 필요도 없이 받은 것으로 하겠다는 것이었다. 깃발을 보내려고 했던 분께도 잘 받았다고 연락을 해주었다.

아주 가끔 이런 일이 발생해서 두 번 걸음을 한다고 한다. 5년에 한 번 정도.

엉뚱한 깃발 설치하기 2

다음은 결혼식. 결혼식은 장례식과 달리 스케줄이 미리 나온다. 그래서 실수가 적다. 하지만 실수를 하려면 귀신에 씌운 듯 실수가 나온다.

결혼식 경하기는 보통 예식 1시간 전에 설치한다. 시간이 되자 택배원은 준비해 온 경하기를 설치하고 결혼식 진행자에게 깃발 설치 확인을 요청했다.

깃발을 확인하는 순간 진행자는 택배원을 쳐다봤다. 아주 난감하고도 미심쩍어 하는 표정이었다. 마치 '이건 뭐죠?' 라는 표정이랄까? 택배원은 뭐가 잘못된 건지 확인하기 위해 경하기를 쳐다봤다.

이런. 설치된 깃발은 경하기가 아니라 근조기였다. 가장 경사스러운 일에 가장 우울할 때를 의미하는 깃발을 설치한 것이다. 너무 놀란 택배원은 연신 '죄송합니다'를 연발하며 깃발을 철거했다. 그리고 빠른 시간에 경하기를 가져오겠다고 했다. 하지만 긴급하게 깃발을 가져온다고 해도 예식이 시작할 때나 도착할 것 같았다.

다행이 신랑 신부 측 모두 이 해프닝을 재미있어 했다. 진행자들은 이것을 좋은 징조로 받아들이겠다고 말했다. 아침에 영구차를 보면 재수가 좋다는 얘기가 있는 것처럼 좋은 날 근조기를 본 것을 재수 좋은 일로 여기겠다는 뜻이었다.

　큰 실수가 좋게 마무리 된 경우였다.

멋있게 거래를 끊었는데

단골은 중요하다. 하지만 짜증나는 단골은 빨리 거래를 끊는 게 최선이다.

　한 번은 계속 택배비를 깎아달라고 귀찮게 구는 단골이 있었다. 사무실에서야 인심 쓰는 척 하면서 깎아주면 되겠지만, 그렇게 되면 가장 큰 타격은 택배원이 받게 된다. 처음에는 타이르면서 그 금액을 지켜달라고 했지만, 배달할 때마다 깎아달라고 하자, 사장님도 더 이상 참기 힘들었다.

　"이번만 저희가 하고, 다음부터는 다른 데 시키세요."

　단호한 결정이었다.

　몇 시간 후, 사장님에게 긴급하게 전화가 왔다. 사장님의 얼굴빛이 점점 굳어갔다.

　"그러니까 어떻게 하다가?"

　더 굳어지는 얼굴. 전화를 끊고 깊은 한숨이 흘러나온다. 이유를 물어보니. 조금 전에 멋있게 거래를 끊었는데 그 회사 물건을 마지막으로 배달하다가 분실했다는 것이었다. 그 회사에 전화를 걸어 사과해야 할 생각을 하니 깊은 한숨이 나올 수밖에.

　잠시 후, 사장님은 하기 싫은 숙제를 억지로 하는 아이의 표정을 하고 거지같은 옛 단골에게 정중한 척 사과를 했다.

　그래도 다행인 것은 다음날 그 물건을 지하철분실물센터에서 찾았다는 사실이다. 거래는 그렇게 끝났다.

강아지 배달하기

이 사건은 실수라기보다 민폐를 끼치게 된 경우이다.

　가끔 반려동물을 배달하는 일을 맡게 된다. 보내고 받는 사람이야 단순하게 생각하겠지만 택배원이나 배달되는 동물의 입장에서는 여간 골치 아픈 게 아니다.

　반려동물이 잠이 들거나, 배송하는 거리가 짧으면 다행이다. 그런데 시외버스를 타고 장거리를 가야하면 문제가 생긴다. 답답한 강아지는 낑낑거리거나 짖기 일쑤이고 그러면 버스 승객들이 불만을 표시하기 때문이다.

　한번은 직행시외버스를 타고 강아지를 배달하고 있었다. 그런데 긴장한 강아지가 그만 케이지 안에서 배설을 한 것이다. 그것도 큰 것을. 냄새는 버스 안 전체에 퍼졌고, 승객들은 난리였다.

　하지만 어떻게 하겠는가? 다시 내려서 다음 차를 탈 수도 없었다. 시외버스여서 추가비용이 많이 들 것이었다. 택배원이 선택한 것은 진상승객이 되는 것이었다. 한마디로 '나는 괜찮은데……' 표정을 지으며 끝까지 버텼다고 한다.

　다행인 것은 후각이 가장 빨리 마비되는 감각이라는 사실. 1시간 후 승객들의 불만은 잦아들었다고…….

　물건을 배달하면서 있었던 사건들도 많지만, 사람들이 많이 모이는 곳이다 보니 사람과 연관된 사건들도 많았다. 회사에 손해를 입히는 사람들이 종종 있었다.

　택배 일은 현찰이 오가는 일이다. 때문에 돈을 가지고 사라져 버리는 사람들이 가장 많다고 한다. 예전에는 그런 일을 방지하기 위해서 입사할 때 30만 원 보증금을 받았지만 그마저 내지 못하는 사람들이 많아 보증금을 없앴다.

의사의 배신

한 어르신이 택배 일을 하겠다고 왔다. 어떤 사람인지 파악하기 위해서 이런저런 과거를 물어보니, 경기고등학교에 서울대 의대를 졸업했다는 것이었다. 최고의 엘리트 학벌이었다.

이 어르신의 말은 많은 사람들에게 궁금증을 자아냈다. 우선은 서울대 의대를 나왔다는 말이 사실인가 하는 것이었다. 실버퀵에서 일하는 분들 중에는 자기의 과거를 부풀리는 분들이 종종 있기 때문이다. 또 하나의 궁금증은 의대를 나왔다는 것이 사실이라면 무슨 사연이 있기에 여기까지 왔냐는 것이었다. 그러나 이것도 직접 물어볼 수가 없었다. 실버퀵에 오는 분들 중에는 과거를 말하기 싫어하는 분들도 있기 때문이다.

어쨌거나 의사를 했던 사람이 지금 와서 택배 일을 한다는 사실은 믿기지 않는 일이었다.

몇 주 후, 이 어르신은 며칠 동안 자기가 받은 택배비를 정산하지 않았다. 나중에 한꺼번에 정산을 하자며 결산을 미뤘다. 그리고 그날은 먼 곳으로 택배 일을 나가는 바람에 큰 수입이 발생했다. 모든 돈을 합하면 10만 원이 넘었다.

그날부로 그 분과 연락이 되지 않았다. 돈과 함께 사라진 것이다.

돈도 돈이지만 너무 괘씸해서 배 사장은 경찰에 신고를 했다. 그리고 도대체 어떤 사람인지 알아봐 달라고 했다. 얼마 후 경찰에서 연락이 왔다. 그분을 아직 찾지는 못했는데 어떤 분인지는 알아냈다는 것이다. 실제로 그분은 경기고등학교를 나왔고, 서울대 의대를 나왔으며, 의사로 일을 했다는 것이었다.

실버퀵 어르신들은 한 가지 의문은 풀었지만, 두 번째 의문은 풀지 못했다. 도대체 어쩌다가 그런 인생이 됐는지 궁금할 뿐이었다.

배 사장은 신고를 취하했다. 만나봤자 기분 좋을 일이 없을 것 같았기 때문이란다.

이불과 함께 사라지다

실버퀵에서는 조금 젊고 건강한 어르신이면 대우를 받는다. 택배일에 적응이 되면 사무실 일도 도울 수 있고, 택배원들 관리도 맡을 수 있고, 은행업무나 사원모집일도 할 수 있어 회사에 큰 도움이 되기 때문이다.

66세 된 어르신 한 분이 왔는데 딱 그런 일을 맡길만한 분이었다. 그런데 잘 곳이 마땅치 않아 어려움을 겪고 있었다. 사장은 장기적인 안목으로 그에게 자기 집의 빈방을 제공했다. 거처가 마련될 때까지 머물라고 한 것이다. 그분은 일도 착실히 배웠고, 성실해 보였다.

3주가 지난 어느 날. 그분은 개인적인 일이 있다며 일찍 퇴근을 하겠다고 말했다. 배 사장은 나중에 집에서 보자며 일찍 퇴근을 시켰다.

늦은 시간까지 일을 끝내고 집에 돌아간 배 사장은 거실에 작은 쪽지 하나가 놓여 있는 것을 발견했다.

"나중에 형편이 좋아지면 돌아와서 반드시 갚겠습니다. 죄송합니다."

며칠 동안 번 택배비를 가지고 사라진 것이다. 그런데 자기 물품만 가지고 간 것이 아니었다. 배 사장의 새 이불을 가지고 간 것이었다. 자기가 쓰던 헌 이불은 놔두고 말이다.

그 일이 있은 후 2년이 지나가지만 아직까지 연락이 없다고 한다.

동료에게 일 가르쳐주랬더니

실버퀵에서도 사람을 해고시킬 때가 있다. 배송에 문제를 일으키거나, 고객과 문제를 일으키거나, 동료와 문제를 일으킬 때 더 이상 나오지 말라고 한다. 물론 바로 해고하는 게 아니라 몇 번 주의를 줘도 변화가 없을 때 해고한다.

이 경우는 조금 특별한 경우였다. 새로운 택배원이 왔는데 택배를 처음 하는 분이었다. 사무실은 새로 온 택배원에게 처음 일을 시키면서 기존에 있는 택배원 한 분에게 도움을 청했다. 한 번만 따라가서 택배 하는 것을 봐줄 수 있겠냐고 말이다. 기존 택배원은 흔쾌히 승낙을 했고 신입 택배원과 함께 떠났다. 그런데 문제가 생겼다.

택배 일을 마쳤을 때, 기존 택배원이 신입 택배원에게 택배비의 반을 요구했다. 새 택배원은 기존 택배원이 일을 봐주는 것으로 알았고, 돈을 요구하는 것이 맞는지 알 수 없어서 사무실에 연락을 했다.

사무실에서는 아무런 상의도 없이 돈을 요구한 기존 택배원에게 실망했다. 배 사장은 나름대로 그 택배원에게 이런저런 편의를 제공해왔기 때문이었다. 새로 온 택배원에게 봉사차원에서 해주기를 바랐고, 본인도 동의했는데, 사무실 몰래 돈을 요구한 것은 용인할 수 없는 일이었다. 어려운 사람끼리 너무 야박한 일이라고 여겼다.

모두가 돈이 필요한 것은 사실이다. 하지만 서로를 도와주는 마음도 필요하지 않을까? 이런 이유로 기존 택배원은 해고 통보를 받았다.

식료품 살 돈과 함께 사라지다

실버퀵 사무실에는 항상 식료품을 비치되어 있다. 실버퀵 택배원들에게 외식이란 사치이기 때문이다. 한 끼를 사먹으면 하루 번 돈의 3분의 1이 날라 갈 수도 있다. 외식을 하는 분은 거의 없다.

김치와 기름, 이런저런 것이 떨어졌다는 얘기를 들은 배 사장은 사무실 일을 잘 도와주던 택배원에게 돈을 주고 필요한 물건들을 사와 달라고 부탁했다. 돈을 받은 택배원은 식료품을 사러 나갔고, 다른 택배원들은 평상시와 같이 업무를 보았다. 사장은 계속 걸려오는 전화를 받느라 다른 일에 신경 쓸 시간이 없었다.

그렇게 저녁이 되었다. 하지만 식료품도 심부름을 간 사람도 돌아오지 않았다. 전화를 걸었지만 받지를 않았다. '설마 그럴 리가' 라고 생각했지만 설마가 사람을 잡았다.

심부름을 맡았던 그분은 그 돈을 가지고 그대로 사라졌다. 어이가 없는 일이지만, 그 돈 때문에 일자리를 버린 것이다.

물론 필요한 물건은 다른 분이 새로 사와야 했다.

식료품 도둑

이것도 식료품과 관련이 있는 사건이다.

실버퀵 사무실 문 열쇠는 여러 명이 가지고 있다. 새벽부터 문을 여는 것은 주로 사장이지만 퇴근 때는 일이 남은 분들이 있어서 키가 여러 개 있다.

그런데 언제부터인가 식료품이 빠르게 소모되는 것이었다. 아무리 생각해도 사오는 양과 소모되는 양이 맞지 않았다. 자세히 살펴보니 누군가가 밤사이에 식료품을 가져가는 것 같았다. 식료품이 통째로 없어지는 적도 있었다.

실버퀵 사무실에는 CCTV가 설치되어 있다. 24시간 켜져 있다. 문제는 저장된 CCTV화면을 불러내서 검색할 줄 모른다는 것이다. 그것을 할 수 있는 사람은 CCTV를 설치한 후에 퇴사를 했다. 사무실 여기저기 "CCTV 작동 중"이라고 쓰여 있지만, 작동이 될 뿐 확인은 하지 못한다.

CCTV 화면을 다룰 수 있는 사람을 구해서 범인을 잡을 수도 있지만, 굳이 범인을 확인하지 않기로 했다. 잡으면 뭐 하겠는가? 괜히 사람에게 배신감만 느낄 뿐이지.

배 사장은 열쇠를 가지고 있는 사람 모두에게 열쇠를 반환하라고 지시했다. 열쇠는 모두 반환되었고 식료품은 더 이상 사라지지 않았다. 사장의 추리로는 범인은 열쇠를 가장 늦게 반납한 사람일 거라고…….

이런 일들을 겪으며 실버퀵은 계속 운영되고 있다.

어둠 속의 댄서:
김재선 씨 이야기

CHAPTER 8

실버퀵 회사는 7시에서 8시 사이에 문을 닫는다. 공식적인 업무 시간은 7시에 끝난다. 사람들이 남아 이렇게 저렇게 보내다 보면 거의 8시. 그제야 사람들이 사무실을 나서기 시작한다.

모든 사람이 떠난 사무실. 한 사람이 남아 뒷정리를 한다. 여기저기 놓여있는 쓰레기를 치우고, 더러워진 곳을 빗자루로 쓸고, 그날 쓴 수저를 뜨거운 물로 소독하고, 더러워진 그릇들을 설거지한다. 모두 정리하는데는 빨라야 30분 정도가 걸린다.

마지막으로 사무실 불을 끄고 문을 잠그고, 쓰레기봉투를 건물 앞에 가져다 놓는다. 왜 이 일을 도맡아 하시냐고 물었다.

"다른 사람이 안 하잖아요. 내가 안 하면 사장님이 혼자서 매일 해야 하는데, 그러면 힘들잖아요."

김재선 씨는 항상 뒷정리를 하신 후, 자기 숙소로 향한다.

전북 고창에서 2남 3녀 중 맏아들로 태어난 김재선 씨는 53년생으로 올해로 66세이다. 지하철택배 일을 할 수 있는 지하철 무료 혜택을 받은지 2년째이다.

가난한 집에서 태어난 그는 평범한 어린 시절을 보냈다. 학교에서도 별로 눈에 띠지 않는 학생이었고, 공부에도 재미를 못 붙이고 졸업만 바라보며 다녔다. 고등학교에 다니던 중 크게 아파서 학교를 오랫동안 쉬게 되었다. 병은 나았지만 학교를 그대로 그만 두고 친구와 함께 서울로 올라왔다.

당시에는 시골에서 빈손으로 올라오는 사람들이 주로 하게 되는 일이 있었다. 바로 중국집 배달 일이었다. 김재선 씨도 그 길을 따라 배달원으로 시작해서 주방 보조까지 올라갔다. 서울 사정에 조금 밝아지자 중국집을 떠나 다른 직업을 찾았다. 그러나 운명인지 다른 일을 전전하다가도 다시 주방일로 돌아오게 되었다. 방위생활로 군생활을 시작하기 전까지 북창동에 있는 갈비집에서 일을 했다.

방위 생활을 했기 때문에 저녁에는 생계를 위해 계속 이런저런 일을 해야 했다. 전전했던 일들을 다 기억할 수 없을 정도로 다양한 일을 거쳤다.

군대에서 제대한 후에는(방위에서의 제대는 원래 소집해제라고 한다) 다방쿡으로 일하기 시작했다.

다방쿡이라고 하면 무슨 직업인지 잘 모르는 분들이 있을 것이다. 지금의 커피숍 이전에 다방이라는 게 있었다. 거기에서는 온갖 차를 팔았다. 커피는 물론, 홍차, 쌍화차, 다양한 과일차, 생강차 등 많은 종류가 있었다. 커피도 어떤 커피를 넣느냐에 따라 그냥 커피, 맥심 커피, 초이스 커피 등, 아예 대놓고 제품 이름을 붙인 메뉴가 있었다. 요즘처럼 원두를 갈아 만든 커피나 추출 커피는 보기 힘들었다. 다방에서는 차는 물론 가벼운 식사도 할 수 있었다. 샌드위치나 계란 후라이도 다방에서 먹을 수 있었다. 차를 만들고 가벼운 음식을 요리하는 주방장이 바로 다방쿡이다. 김재선 씨는 지금도 그때의 레시피를 기억하고 있다.

처음에는 서울에서 일을 하다가 경기도 고양과 광주에서 일하기도 했다. 나중에 김재선 씨가 일하던 곳은 낮에는 다방으로 운영하면서 차와 가벼운 식사를 팔고, 밤이 되면 살롱으로 운영하면서 술과 안주를 파는 가게였다. 밤낮 일을 하면 모든 돈은 2살 아래 여동생의 학비로 보냈다. 수입이 많지 않기 때문에 정기적으로 보내줄 수는 없었지만 돈이 모이면 여동생에게 보내주었다. 이렇게 살던 시기에 첫 번째 결혼을 할 여성을 만나게 된다. 그렇다. 첫 번째 결혼이다. 앞으로 두 번이 더 남았다.

두 사람이 만난 것은 펜팔을 통해서였다. 펜팔을 모르는 분들을 위해 잠깐 설명하자면 옛날에는 펜팔이라는 것이 있었다. 펜팔을 원하는 사람이 잡지사나 펜팔회원단체에 자기 소개와 주소를 공개하면, 그것을 보고 사람들이 그 사람에게 편지를 쓴다. 그러면 온 편지 중 마음에 드는 사람에게 답장을 하고, 그렇게 교재가 시작된다.

김재선 씨기 펜팔을 하게 된 여성분은 말죽거리에서 편물을 하던 분이었다. 편물을 모르는 분들을 위해서 잠깐 소개하자면 옛날에는 기계를 가지고 천을 직접 짜는 분들이 있었다. 옷감을 개인이 직접 짰다. 편물 기계를 집에다 설치하고 개인적으로 일을 맡아할 수도 있었다.

편지로 서로를 알아가던 두 사람은 직접 만나게 되었고, 곧바로 연인 관계로 발전했다. 김재선 씨는 여자를 만나면서부터 가정을 꾸리는 일을 심각하게 생각하게 되었다. 22세에 동거로부터 시작한 가정은 결혼으로 이어졌고, 이어서 첫아이로 딸이 태어났다. 딸이 태어났을 때 김재선 씨의 나이는 25세였다. 그리고 2년 뒤에 아들이 태어났다. 이제 더 이상 다방쿡으로만 가정을 꾸려갈 수가 없었다.

다방에서 나온 김재선 씨는 수입이 더 좋은 일들을 전전하며 안정된 직장을 찾으려고 노력했다. 그러던 중, 함께 일하던 사람의 형이 콘타빵에 근무하고 있다는 사실을 알게 되었다. 그는 아는 사람에게 형을 만나게 해달라고 부탁했다. 그 형을 만나서는 자신의 사정을 설명하며 간곡하게 취직을 부탁했다. 그 형의 도움으로 김재선 씨는 드디어 콘티빵에 출하담당으로 취직을 하게 되었다. 첫 번째로 근무한 회사였다. 그는 그곳에서 2년 동안 착실하게 직장생활을 했다.

당시는 사우디 건설붐이 일어나던 시기였다. 남자들은 목돈을 벌기 위하여 가족을 남겨두고 사우디로 떠났다. 김재선 씨도 가족을 위해 사우디로 떠나기로 결심했다. 사우디로 가는 방법을 수소문하다가, 사우디 행을 도와준다는 사람을 알게 되었다. 머지않아 사우디로 갈 것이라는 얘기에 다니던 회사에 사표를 냈다. 그러나 확실할 것 같았던 사우디행이 갑자기 무산되었다. 그는 졸지에 직장을 잃은 실업자가 되어버렸다.

다시 직장을 찾기 위해 노력했지만, 고등학교를 졸업하지 못했고 제대로 된 연줄도 없는 김재선 씨는 안정된 직장을 찾지 못했다. 불안정한 생활은 결국 가정에 큰 타격을 입혔다. 부인이 그를 "능력이 없다"고 비난하며 집을 나간 것이었다. 여덟 살과 여섯 살인 아이들을 놔둔 채 말이다.

김재선 씨는 다시 직장을 전전하는 삶을 시작했다. 아이들을 맡길 곳이 없어서 아이들을 데리고 다니면서 일을 했다. 그렇게 힘들게 키우는 상황이었지만, 그는 아이들을 절대로 야단치지 않았다. 부모님 세대의 사람들이 아이들에게 함부로 대하고 때로는 폭력을 쓰는 것을 많이 봐와서 자신은 절대로 아이들을 그렇게 키우지 않겠다고 맹세했기 때문이었다. 나이 차이가 많이 나는 막내여동생을 키울 때부터 항상 다짐하던 것이었다. 김재선 씨는 할 수 있는 한 아이들에게 최선을 다했다. 아이들도 최선을 다하는 아버지를 잘 따랐다.

그렇게 3년을 고생했을 때 기회가 찾아왔다. 동양정밀에 다니는 이웃을 알게 된 것이다. 마침 회사는 사원 모집을 하고 있었는데, 문제가 하나 있었다. 사원이 되려면 고졸이어야 했다. 김재선 씨는 어쩔 수 없이 일을 저질렀다. 서류에 고졸이라고 기재하고 입사원서를 낸 것이다. 다행히 취직이 되어 도장부에서 일하게 되었다.

안정된 직장을 얻게 되자, 김재선 씨는 고향에 있는 아버지와 어머니를 서울로 올라오시게 했다. 아이들을 맡기 위해서였다. 이제 직장이 생겼고, 아이들을 맡길 수도 있었다.

그러나 직장에서의 문제는 끝나지 않았다. 회사가 입사한 직원들의 서류를 받으면서 졸업증명서를 요구했기 때문이다. 고등학교를 중퇴한 그는 졸업증명서를 제출할 수 없었다. 이리저리 핑계를 대며 시간을 끌었다. 고향에 못 내려갔다, 고향에 갔는데 사정이 생겨서 학교에 들를 수 없었다 등등을 얘기하면 2년 가까이를 버텼다.

이 문제를 풀 수 있는 유일한 희망은 고등학교 졸업증이 필요 없는 부서로 가는 것이었다. 그 부서는 구내식당. 구내식당을 맡고 있는 주방 담당에게 찾아가 주방 부서로 옮기는 방법을 문의했다. 그러나 인원이 모두 차서 올 수 없는 상황이었다. 다행히 주방담당자가 김재선 씨를 도와주기 위해서 최대한 노력을 해주기로 약속했다. 고등학교 졸업장이 없는 것이 탄로 나는 것이 먼저냐 주방으로 이동이 먼저냐에 따라 그의 운명이 또다시 요동칠 상황이었다. 그런데 이번에는 행운의 여신이 미소를 지어주었다. 주방에 결원이 생겼고, 주방장이 김재선 씨를 파견해 달라고 회사에 요청한 것이다. 그는 그렇게 아슬아슬하게 직장에서 살아남았다. 이후로 20년 동안 그 회사에서 근무하면서 요리사로서의 인생을 살았다.

잠깐 이야기를 건너뛰겠다.

김재선 씨는 현재 혼자 사신다. 인터뷰 도중 내가 외롭지 않냐고 질문을 던졌다. 그러자 그는 담담하게 말했다.

"외롭기는. 내가 원하면 여자는 언제든지 사귈 수 있어."

'어라. 이게 뭔 자신감이지'라는 생각이 들었다.

"여자를 그렇게 쉽게 사귀신다구요?"

"그럼, 하려고만 하면 금세 사귀지."

그 비결이 너무나 궁금했다.

"어떻게요?"

김재선 씨는 말을 잠시 멈췄다. 원래 말을 천천히 하는 편이지만 그보다 더 긴 침묵이었다. 마치 이것을 말할까 말까 망설이는 것 같았다. 재촉하면 말을 안 할 것 같아서 계속 기다렸다. 이윽고.

"난 춤을 추거든."

"에~~~o."

김재선 씨는 20년의 춤 경력을 가지고 있다. 스포츠댄스를 시작한 지 20년이 넘었다.

지금까지 살아온 인생과 20년 동안 춤을 췄다는 사실이 순간 매치되지 않았다. 그래서 어떻게 춤을 배우게 됐는지 물어보았다. 그런데 춤을 배우게 된 경위가 좀 웃겼다.

동양정밀에서 큰 파업이 일어났다. 모든 업무가 중지되었다. 협상은 느리게 진행되었고, 직원들은 회사로 출근한 후, 아무 것도 하는 것 없이 시간만 보내고 있었다. 당시 그는 후생복지부장을 맡고 있었는데, 동아리를 만들어 사원들이 원하는 프로그램을 운영하는 일을 담당하고 있었다. 그때 만들게 된 프로그램 중에 하나가 스포츠댄스였다. 옛날 용어로 하자면 사교댄스. 당시에 쓰던 멋진 용어로 말하자면 볼룸 댄스Ballroom Dance였다. 그 덕에 김재선 씨는 사교댄스를 배우게 되었다.

다시 과거로 가자.

동양정밀에 다니면서 김재선 씨는 잠시 동안 안정적인 삶을 맞이했다. 부모님들이 아이들을 키워주는 바람에 마음 편히 일에 전념할 수 있었고, 집을 나가 돌아오지 않는 첫 부인과는 정식으로 이혼했다. 취미로는 시작한 스포츠댄스도 점점 능숙해져서 이제 실전 무대에서 춤을 출 정도로 발전했다.

그 즈음 아는 분의 소개로 한 여성을 만나게 되었다. 아이들이 막 사춘기에 들어갈 무렵이었고, 아이들에게 엄마가 필요할 것 같은 생각에 결혼을 진지하게 생각했다. 여성분도 결혼을 한 적은 있지만 아이를 낳을 수 없는 분이었다. 서로 두 번째 결혼이고 가정을 이루는 것이 좋을 것 같다는 생각에 결혼을 했다.

그런데 운명은 장난을 멈추지 않았다. 부인의 돈 씀씀이가 이상한 것이었다. 항상 돈이 없다고 하면서 김재선 씨를 닦달하는데, 그의 입장에서는 아무리 계산을 해도 그렇게 돈이 빨리 떨어질 리가 없었다. 그러다 충격적인 사실을 알게 되었다. 이 여성에게는 아이가 두 명 있었던 것이었다. 아이를 낳을 수 없는 것이 아니라 아이 둘을 낳고 더 이상 아이를 갖기 않기 위해 수술을 한 것이었다. 그 여성은 이 모든 사실을 숨기고 아이가 없으며 아이를 낳을 수 없다고 말했던 것이다. 그러면서 몰래 두 아이에게 돈을 갖다 주고 있었다. 김재선 씨는 몇 년이 지나도록 그 사실을 알지 못했다.

처음에는 어쩔 수 없는 일이라고 생각하고 계속 함께 사는 방법을 생각했다. 그러나 한번 깨진 신뢰는 돌이킬 수 없었다. 두 번째 부인도 첫 번째 부인처럼 어느 날 집을 나갔다. 아이들이 고등학생이었을 때였다. 결국 변호사 사무실을 찾아가 이혼 수속을 밟았다.

이후 아이들이 공부를 마치고 사회인으로 자리 잡을 때까지 김재선 씨는 구내식당에서 일하며 아이들을 뒷바라지 했다. 딸은 결혼을 했고, 아들은 취직을 했다. 더 이상 뒷바라지를 할 필요가 없을 때까지 아이들을 키워놓았다.

아이들이 자기들의 인생을 살아가기 시작했을 때, 김재선 씨는 자신의 처지와 비슷한 여성을 만나 세 번째 가정을 차렸다. 이제는 조금 여유를 가질 수 있을 것만 같았다. 춤을 추다가 만난 여성으로 취미도 같고 마음도 맞았다.

하지만 평온한 결혼생활은 또다시 그를 비켜갔다. 시간이 지날수록 점차 타협할 수 없는 성격 차이만 드러났다. 세 번째 실패는 하고 싶지 않았지만, 결혼과는 인연이 없는 것 같았다. 결국 세 번째 부인과도 이혼했다.

불행은 하나씩 오는 것이 아니라 함께 몰려온다고 했던가! 김재선 씨를 절망의 구렁텅이로 떨어뜨리는 일이 발생한다. 애지중지 키웠던 아들이 사망한 것이다. 자살도 타살도 사고사도 아니었다. 회사 근처 자취방에서 갑자기 주검으로 발견되었다. 원인은 밝혀지지 않았고, 잠을 자는 도중 심정지가 일어나 사망한 것으로 판명되었다. 너무나도 급작스러운 죽음이었고, 너무나도 큰 타격이었다.

김재선 씨는 이때 자신이 완전히 무너졌다고 말한다. 술을 엄청 마셔댔고, 직장도 그만 두었다. 돈이 필요하면 돈을 벌러나갔고, 돈이 있으면 술을 마셨고, 아무 생각 없이 살았다. 그러다 돈이 떨어지면 다시 일을 하러 나갔다. 생각보다 아픔이 오래 지속되었다. 지금도 그 생각을 하면 마음이 아파온다고 한다. 엄마 없이 자란 시간이 많아서 아이가 주눅이 들까봐 항상 자신감을 불어넣어줬고, 야단 한 번 안 치며 키웠던 아이였다.

그래도 산 사람은 살아가게 된다. 시간이 상처를 덜 아프게 만들어 주었다. 김재선 씨가 극단적인 선택을 하지 않고 마음을 잡을 수 있었던 것은 딸과 손자, 손녀가 있어서였다. 딸은 쌍둥이를 낳았는데 하나는 남자 아이고 하나는 여자 아이였다. 동시에 손자와 손녀가 생긴 것이다. 올해로 초등학교 2학년에 올라가는 아이들이다.

현재 허리와 무릎에 퇴행성관절염을 앓고 있고 고시원에서 혼자 살지만, 김재선 씨는 매일 딸과 통화하며 손주들과도 자주 만나고 있다. 따님이 종종 반찬을 만들어 온다고 자랑하시는 모습에 애정이 넘쳐난다.

　회사나 단체를 보면, 항상 궂은일을 도맡아 하는 사람이 있다. 누가 하라고 하지도 않는데 사무실을 정리하고 더러운 것을 닦아내고 작은 쓰레기들을 치운다. 그런 사람들은 성격상 그런 것들을 보지 못한다. 손수 나서야 직성이 풀린다. 김재선 씨가 바로 그런 사람이다.

　다른 사람들이 일을 끝내고 저녁 만찬을 즐길 때면 김재선 씨는 음식을 만들고 반찬을 차린다. 앉아서 함께 식사를 하지 않고 작은 것들을 계속 정리한다.

　다른 분들은 미안한 마음에 말한다.

　"그만 하고, 김 형도 여기 앉아서 같이 해."

　"예." 김재선 씨에게서 짧은 대답이 나온다.

　하지만 바로 앉는 법이 없다. 꼭 조금 더 정리를 하고 자리에 앉는다. 자리에 앉아도 얘기를 듣고 고개를 끄덕일 뿐 자기의 이야기나 의견을 말하는 법이 없다.

　김재선 씨는 말수가 아주 적다. 마른 체구에 검은 뿔테 안경. 키도 크지 않고 어깨가 떡 벌어지지 않았지만, 걸음은 가볍고 균형이 잡혀 있다. 그러다가 춤 얘기가 나오면 눈빛이 변한다. 그리고 춤에 대한 얘기가 막힘없이 나온다.

　"가장 중요한 춤은 도로또, 지르박, 브루스야. 왜냐? 사람들이 가장 많이 추니까. 탱고도 재미있지. 근데 추는 사람이 별로 없어. 춤을 추려면 지르박과 브루스는 먼저 배워야 해. 하나는 떨어져서 추는 것이고, 하나는 붙어서 추는 거야."

춤의 세계 속에 빠져 있는 동안에는 김재선 씨를 괴롭혀왔던 운명의 신도 그를 방해하지 못하는 것 같다.

인터뷰 뒷이야기

일본 영화 중 〈쉘 위 댄스〉라는 유명한 영화가 있다. 평범한 직장생활을 하는 중년남자가 우연히 전철역에서 댄스 선생과 댄스 학원을 보게 되고 점차 춤의 세계에 빠지게 되는 영화이다.

이 영화에서 아주 멋있는 장면이 하나 있다. 댄스 학원 원장인 여선생은 주인공이 자기에게 반해서 춤을 배운다고 생각하고 차갑게 대한다. 그런데 여선생은 창밖을 내려다보다가 한 광경을 보게 된다. 주인공 아저씨가 전철역에서 기차를 기다리며 춤을 연습하고 있는 것이었다. 플랫폼에서 스텝을 밟으며 열심히 춤 연습을 하는 주인공의 모습을 보며 주인공의 진심을 알게 된다.

2019년 2월 18일 밤 10시, 지하철 5호선 강동역 플랫폼을 찍은 CCTV 영상을 조사해보면 비슷한 광경이 찍힌 것을 발견할 것이다.

김재선 씨가 20년 넘게 춤을 춰왔다는 것을 들은 것은 그의 숙소로 가는 지하철 안이었다. 내가 너무 놀라는 바람에 내려야 할 역을 지나쳐서 우리는 강동역에 내렸다. 기차를 기다리는 동안 벤치에 앉아서 이야기를 이어갔다.

김재선 씨는 초보자가 먼저 배워야 할 춤은 지르박과 브루스이라고 하면서, 여자를 사귈 때는 먼저 두 사람의 거리가 떨어져 있는 지르박으로 친해지고, 조금 친해지면 두 사람의 거리가 가까운 브루스로 사로잡아야 한다고 알려주었다.

"어쨌거나 먼저 지르박을 배워야 해요."

"지르박이 배우기 어려운 가요?"

"1번 스텝과 2번 스텝만 알면 금세 배워요."

"복잡한가요?"

말로 설명하기 답답한지 갑자기 일어난다. 몸의 균형을 잡고 손을 앞으로 뻗어 파트너를 잡는 자세를 취한다.

"이게 지르박 1번 스텝이에요."

움직이기는 하는데, 두 발이 거의 떨어지지 않는다. 30센티미터 이내에서 두 발이 조금씩 움직이며 한 바퀴를 돌았다. 마치 수줍은 남자가 어쩔 줄 몰라 하는 느낌이라고 할까? 하여간 조금은 좀스러운 느낌을 주는 스텝이었다.

"이번에는 지르박 2번 스텝이에요."

다시 시작된 스텝은 좀 전의 스텝보다 더 리드미컬했다. 한번 뻗은 발이 이번에는 멀리 있는 지점으로 미끄러져 갔고, 이어서 축을 담당했던 발이 앞서 간 발을 따라갔다. 1번 스텝의 거의 두 배나 되는 크기였고, 이번에야 말로 남자다운 스텝이었다.

"그럼 탱고 스텝은 어떤가요? 지르박과 많이 다른가요?" 내가 물었다.

"탱고는 처음부터 과감하게 나가요. 이렇게."

잠시 멈춘 발이 앞쪽으로 과감하게 나왔다.

확실히 차이가 무엇인지 알 것 같았다.

그때, 갑자기 무미건조한 안내방송이 나왔다.

"지금 방화행, 방화행 열차가 들어오고 있습니다……."

'아, 여기는 지하철역이지.'

현실감각이 돌아왔다. 저쪽에서 우리를 보며 입을 벌리고 있는 사람, 우리를 보며 웃고 있는 여고생들, 우리가 못된 짓을 한 것처럼 얼굴을 찌푸리고 보고 있는 중년의 남자들…… 이 광경을 못 본 김재선 씨는 다시 한 번 탱고 스텝을 보여주고 들어오는 열차를 타러 출입문 쪽으로 걸어갔다.

비아그라 사건

1998년 3월 27일이 무슨 날인지 아는 사람은 그리 많지 않다. 하지만 이 날은 남자들에게 아주 중요한 날이다.

남자들은 나이가 먹어갈수록 걱정거리가 두 개 생긴다. 때로는 젊은 남자들도 이 고민을 갖게 되는 경우가 있다. 남자들을 역사적으로 괴롭힌 두 가지 고민. 바로 발기부전과 대머리이다. 모든 남자들은 아니겠지만, 대부분의 남자들은 이 두 가지 현상이 자기에게 일어날까봐 고민을 한다.

아직 두 번째 고민인 대머리 치료약은 개발되지 않았다. 머리를 심는다든지 가발을 쓰는 방법으로 이 고민을 해결하고 있지만 치료약에 대한 소식은 아직까지 들리지 않고 있다.

이쯤 되면 1998년 3월 27일이 무슨 날인지 짐작할 것이다. 바로 미국식약청FDA이 비아그라 사용 허가를 내준 날이다. 비아그라가 세상에 나온 날이다.

실버퀵을 다루는 책에서 비아그라 이야기를 꺼낸 것은 실버퀵 근무자들이 비아그라를 사용하고 있다는 것을 말하려는 것이 아니다. 모두가 관련된 사건 하나를 이야기하려는 것이다.

　이 사건을 알고 있는 모든 어르신들과 이 사건과 관련된 모든 어르신들은 이 얘기만 나오면 고약한 장난을 몰래 저지른 아이들처럼 미소를 짓는다. 본인들이 생각해도 웃긴가 보다.

　택배원들이 가장 좋아하는 물건은 가볍고 작은 물건이다. 마치 산책하면서 택배 일을 할 수 있기 때문이다. 그런 관점에서 보면 알약보다 좋은 물건은 없다.

　택배회사가 가장 좋아하는 고객은 단골고객이다. 꾸준히 택배를 시켜주는 고객만큼 좋은 고객은 없다. 배달하는 물건이 뭐든 그것은 큰 문제는 아니다.

　이 두 가지 상황이 동시에 발생했다. 그 일이 벌어졌을 때.

　실버퀵 회사는 처음에 상황을 알지 못했다. 계속 주문이 들어오고, 택배원들은 물건을 계속 배송했다. 때때로 아주 쉬운 물건을 배달했지만 누구 하나 의심하지 않고, '오늘은 쉬운 물건이 걸렸네' 하며 좋아했다. 사무실도 택배원들이 어떤 물건을 배달하는지 일일이 따지지 않았고, 고객이 속인다고 해도 따질 방법도 없었다. 물건 포장을 뜯어서 일일이 물건을 확인할 수는 없으니까 말이다.

　어떤 고객들은 물건을 사무실에서 택배원에게 주는 것이 아니라, 친절하게도 지하철역까지 나와서 물건을 전달해준다. 어떤 사람들은 지하철까지 나와서 물건을 받아가는 사람도 있다.

　이런 상황을 누군가가 모처에서 지켜보고 있었다. 그 사람이 사무실에 나타날 때까지는 아무도 그 사실을 몰랐다.

어느 날 젊은 사람 한 명이 사무실을 찾아왔다. 사업가처럼 말끔하게 차려입었고, 말을 아주 유려하게 했다. 실버퀵에 대해서 이것저것 묻던 그 사람이 한 가지 제안을 했다. 자기 회사의 물건을 독점적으로 배달해 줄 것을 말이다. 사장 입장에서야 굳이 거절할 이유가 없었다. 그 얘기를 하려고 사무실까지 온 것이 조금 이상했지만, 좋은 일이니 크게 의심하지 않았다. 그런데 그 젊은 사람은 자신의 물건을 실버퀵 사무실에 보관하면서 배송해달라고 제안했다. 그러면서 이미 자기 회사 물건을 실버퀵을 통해서 많이 배송했다고 말했다. 그리고 배송건수가 아주 많다고 유혹했다. 사장님은 배송건수가 많으면 회사에도 좋고, 택배원들에게도 좋은 것이기 때문에 긍정적으로 얘기하면서 물건이 뭐냐고 물었다.

바로 그것이었다. 비아그라.

알다시피, 비아그라는 의사의 처방이 있어야만 살 수 있는 약품이다. 그 젊은 사람은 불법 비아그라를 유통하는 사람이었다.

사장님은 생각할 시간이 필요했다. 비아그라를 배송하는 일은 불법이었기 때문이었다. 배달원들도 쉽게 결론을 내리지 못했다.

그러나 시간이 흐를수록 한쪽으로 생각이 기울기 시작했다. 비아그라 배달이 불법이는 하지만 그렇게 큰 문제는 아닌 것 같았다. 비아그라가 마약도 아니고, 약의 일종인데 뭐 그리 큰 범죄일까? 게다가 작고 가볍고, 배달하기가 너무 편한 물건이다. 4~5정을 팔 때면 손바닥 안에 들어왔다. 결국 '에라, 모르겠다'라는 심정으로 젊은 사람의 제안을 승낙했다.

실제로 그 사람 말대로 배송건수가 많았다. 택배원들도 처음에는 조심했지만 점점 일반 배송물처럼 배송을 했다. 비아그라가 필요한 사람이 이렇게 많다는 사실에 놀랄 뿐이었다.

이처럼 점점 죄의식이 없어질 무렵, 실버퀵의 어르신들은 누군가가 자기들을 지켜보고 있다는 사실을 알지 못했다.

"꼬리가 길면 잡히는 법"이라는 말은 모두가 알고 있지만, 문제는 "꼬리가 길다"는 게 어느 정도의 길이를 말하는지 알 수 없다는 점이다. 하여간 길었나 보다.

어느 날 비아그라를 들고 지하철역으로 가고 있던 어르신 옆으로 두 남자가 다가왔다. 그리고 양손에 팔짱을 꼈다. 두 사람은 자신들이 경찰이라고 신분을 밝혔다. 어르신의 심장이 밖으로 튀어나올 정도로 뛰기 시작했다. 그 시간, 사무실은 평상시와 같은 업무를 보고 있었다. 밖에서 벌어지는 일을 전혀 모르고 있었다.

몇 분 후, 사무실에 남아 있던 어르신들은 영화나 TV에서 보았던 광경을 직접 보게 되었다. 형사 두 명에 붙잡혀 온 동료 택배원. 경찰들은 자신들의 신원을 밝히고 사무실로 들이닥쳤다.

형사들은 상황을 설명하고 컴퓨터에 있는 통화기록을 보겠다고 말했다.

그런데 배기근 사장이 갑자기 큰 소리로 말했다.

"영장을 가지고 와야죠. 영장 없으면 못 보여주지!"

배 사장은 그 순간 고객정보를 무작정 보여줄 수 없다는 생각 때문에 그렇게 얘기했다고 말한다. 그런데 내가 보기에는 경찰에 걸린 것에 짜증이 나서 그런 것 같다.

고객정보에 숨길 것이 하나도 없었고, 증거를 인멸할 생각 또한 없었지만 배 사장은 계속 영장을 가져오라고 요구했다.

결국 그날 경찰들은 물러갔고, 다음날 영장을 가지고 다시 찾아왔다. 컴퓨터는 물론 사무실 전체를 압수수색 했다. 사무실에 보관하고 있던 비아그라를 모두 압수당했다.

사건의 진상은 이랬다. 젊은 사람은 이전에도 비아그라 불법유통으로 경찰에 걸려 집행유예를 받은 사람이었다. 그런데 또 일을 저지른 것이었다. 이번에 잡힌 이유는 내부고발자 때문. 불법유통 회사 부사장이 경찰에 신고를 했다. 부하직원에게 뒤통수를 맞은 것이다. 결국 불법유통을 했던 젊은 사장은 감옥에 갔다.

실버퀵은 어떻게 됐을까? 내가 질문을 하자, 배 사장님이 말했다.

"약사법 세더라고. 벌금이 300만 원 나왔어."

실버퀵의 사정을 알게 된 경찰은 불법 물건을 배송한 택배원을 30명으로 잡고 1인당 10만 원으로 계산을 해서 300만 원 벌금을 부과했다.

실버퀵은 그대로 벌금을 냈을까? 돈이 걸린 문제는 그냥 지나갈 수가 없었다. 배 사장은 검사에게 사정을 얘기하고 정상참작을 부탁했다. 그 결과 50만원이 깎인 250만원의 벌금이 나왔고, 실버퀵 회사는 아깝지만 어쩔 수 없이 벌금을 냈다.

이 어이없는 얘기를 들었을 때, 언젠가 경찰한테 걸릴 거라고 생각하지 않았냐고 물었다.

배 사장은 다음과 같은 진리의 말씀을 남기시고 껄껄 웃으셨다.

"그러니까 범인들은 자기가 잡히지 않을 거라고 생각하고 하는 거더구먼!"

본인 경험에서 나온 말씀. 그 이후로 절대로 법을 어기지 않는다고 한다.

그 사건에 연루되었던 어르신들은 그 젊은 사람을 대단히 똑똑했던 사람으로 기억한다. 유명 대학을 나왔고, 머리 회전도 빠른 사람이었다고 한다. 왜 그런 사람이 범죄에 빠져들었는지, 한 번 교훈을 얻었는데 왜 똑같은 범죄를 반복했는지 아직도 궁금해 하신다.

그런데 사실…… 실버택배를 하는 어르신들은 정확히 증명되지 않는 위험에 노출되어 있다.

어르신들의 말로는 수상한 화물을 배달하는 것 같은 느낌이 들 때가 있다고 한다. 물건을 받으러 지하철역으로 가면 전화가 와서 몇 번 사물함으로 가서 비밀번호를 몇 번 누른 후 어느 역으로 가져가라고 말한다. 해당 역에 가면 물건을 받을 사람이 비슷하게 어디에 놓고 가라고 말한다. 그런 전화를 받으면서 누군가 자신을 보고 있다는 느낌을 받을 때가 있다고 한다.

물론 이런 주문이 들어온다고 무조건 의심할 수는 없다. 의심이 든다고 무조건 경찰에 신고를 할 수도 없다. 의심으로 신고했다가 문제가 없는 물건으로 확인되면, 정말로 낭패이기 때문이다.

아주 가끔 이런 택배 일이 들어온다. 그러면 어르신들은 배달하는 물건이 뭔지 상관하지 않고, 알려고 하지도 않고, 그저 심부름하는 것처럼 기계적으로 배달한다고 한다.

CHAPTER 10

청년사업가의 좌충우돌 : 여명규 씨 이야기

한 사람의 인생에서 문학의 여러 장르를 보는 것은 아주 드문 일이다. 처음에는 시골청년이 세상의 다양함을 알아가는 성장기 소설 같다가 곧이어 청년 사업가의 자수성가 스토리로 발전한다. 그다음은 무모한 도전의 블랙코미디로 전환이 되고, 나중에는 후회와 웃음이 교차하는 인생회상기로 끝을 맺는다. 인생 롤러코스터라고나 할까?

경남 의령에서 농부의 아들로 태어난 여명규 씨는 고등학교까지 별 탈 없는 평범한 삶을 살았다. 3남 2녀 중 셋째로, 위에 형 두 명과 아래로 여동생 두 명 사이에 끼어 있었다. 고향 친구들 대부분처럼 농업을 중심으로 가르치는 의령종합고등학교에 들어가 공부를 했다. 졸업 후에는 농업 계통에 종사할 예정이었다. 의령종합고등학교는 1952년에 설립된 농업전문고등학교였다. 현재는 의령고등학교로 교명을 바꾸었다.

농업계 고등학교였기 때문에 실습이 많았고, 실습을 중요시 하는 분위기 때문에 학생들은 공부에 크게 신경을 쓰지 않았다. 하지만 여명규 씨는 나름대로 공부에도 신경을 썼다. 대학 진학을 염두에 둔 것은 아니었다. 그냥 교과 공부를 게을리 하지 않았을 뿐이었다.

평탄했던 한 소년의 삶은 고3이 되면서 점점 모험 속으로 빠져든다.

고등학교 3학년에 접어들 무렵 학교 선생님들은 여명규 씨에게 진학을 권하기 시작했다. 전교에서 1, 2등을 다투는 성적을 가진 학생이 졸업 후 바로 취직을 한다는 것이 조금 아깝기도 했고, 실업계 학교에서 학생을 대학에 보내는 것이 학교에도 큰 명예가 되기 때문이었다.

여명규 씨 입장에서도 귀가 솔깃했다. 집안 사정 때문에 사립대학을 갈 수 없지만 국립대학은 등록금이 싸기 때문에 가능할 것 같았다. 게다가 당시 입시제도에서는 농업전문고등학교를 다닌 학생이 농업관련 학과를 지원하면 동종계열 지원학생이라고 해서 추가 점수를 받을 수 있었다. 일반 고등학교를 다닌 학생들보다 입시에 유리했다.

당시 입시제도는 예비고사라는 시험을 본 후에 지망하는 대학에 가서 다시 시험을 봐야 했다. 예비고사를 통과해야만 대학별로 보는 본고사를 볼 수 있었다. 처음에는 예비고사가 자격 통과시험으로 취급되고, 본고사를 치를 때는 예비고사 점수가 반영되지 않았다. 그러나 점차 예비고사 성적도 본고사 성적과 함께 입학 평가점수에 반영되었다. 예비고사와 본고사의 다른 점은 전국의 모든 학생들이 한꺼번에 치루는 예비고사는 전과목을 시험 보지만, 본고사는 보통 국어, 영어, 수학만 보는 경우가 많았다. 예비고사 문제는 국가에서 냈고, 본고사 문제는 각 대학에서 냈다. 정말 오래된 얘기이다.

모든 여건이 유리했다. 높은 고등학교 성적, 동종계열 추가 점수, 그리고 괜찮은 예비고사 점수. 여명규 씨는 선생님들의 응원에 힘입어 기세 좋게 서울대학교 농과대학을 지원했다.

드디어 본 고사 시험장. 첫 교시 시험이 시작되었을 때, 여명규 씨는 자신이 뭐를 잘못 생각했는지를 깨달았다. 그리고 어른이라고 해서 모두 믿을 사람은 못 된다는 것을 처음으로 알게 되었다.

시험장에서 본 국영수 문제는 여명규 학생이 이전에 푼 문제와는 차원이 다른 문제들이었다. 국어는 어느 정도 버틸 수 있었지만, 영어와 수학 문제는 이해하는 것조차 쉽지 않았다. 농업계 고등학교여서 선생님도 여명규 학생도 모두 입시에 대한 전문 지식이 너무 부족했던 것이었다. 어떻게 대학입시를 준비해야 하는지, 어느 정도로 공부해야 하는지 전혀 몰랐던 것이다.

기적은 없었다. 생애 처음 도전한 대학시험에서 사전정보 부족으로 고배를 맛보았다. 너무 무모한 도전이었다.

서울대를 낙방한 후, 여명규 씨는 농업을 전문적으로 가르치는 국립대학의 시험을 봤다. 결과는 떨어진 것도 아니고 붙은 것도 아닌 상황. 요즘은 예비합격자라고 부르지만, 그 당시에는 보결이라고 불렀다. 요즘 예비합격자는 순번으로 입학이 결정되지만, 그 당시에는 그렇게 정확하고 투명한 학사처리가 되지 않았다. 그 대학 교수가 입학의 대가로 금품을 요구하는 듯한 말을 꺼냈다. 여명규 학생은 입학을 포기했다. 집안 형편상 돈을 지불하고 학교에 갈 수 없을 뿐더러 당시 어린 마음에 그렇게 대학을 가는 것은 옳은 일이 아니라고 느꼈기 때문이었다.

재수를 결심한 여명규 씨는 생애 처음으로 농촌을 떠나 도시로 나와 살기 시작했다. 부산에서 건재상을 하며 한의원을 운영하는 외삼촌 집으로 들어가 그곳에서 일하며 재수 학원을 다녔다.

재수를 하다 보니 역시 영어와 수학이 문제였다. 농업계 고등학교에서 배우던 것과는 수준이 달랐다. 당시 이야기를 조금 하자면, 당시에는 대학진학률이 그렇게 높지 않았다. 인문계 고등학교 학생 중에서 20% 정도만 대학에 갈 수 있었다. 실업계 고등학교 학생이 대학에 간다는 것은 그만큼 어려운 일이었다.

1년간의 재수생활을 끝내고 재도전. 그러나 이번에도 영어와 수학이 발목을 잡았다. 항상 본고사가 문제였다.

여명규 씨는 삼수를 하고 싶지 않았다. 그렇다고 대학을 포기하기에는 지내온 1년이 아쉬웠다. 그래서 등록금을 내지 않아도 되는 국립대학 중 자신이 갈 수 있는 학교를 찾기 시작했다.

여러 대학을 알아보고 탐방하던 중, 마음에 드는 대학 하나가 나타났다. 마음에 든 이유는 단 한 가지. 그 대학의 정원이 너무나 아름다웠기 때문이었다.

여명규 씨가 고등학교를 다닐 때, 원예기능사라는 자격증이 생겼다. 처음 만들어져서 쉽지 않았던 자격시험을 고등학생 자격으로 통과해서 제1회 원예기능사자격증을 땄다. 그때 했던 공부 때문에 원예와 정원에 관심이 많았는데 아주 아름다운 정원을 가진 학교를 만나게 된 것이었다. 게다가 국립대학. 더 이상 생각하지 않고, 여명규 씨는 그 대학에 지원했다.

그렇다면 원예학과에 지원했을까? 그렇게 순조롭고 논리적으로 연결된다면 롤러코스터 인생이라고 말할 수 없을 것이다.

여명규 씨는 토목과에 지원을 했다. 이유는 점수가 너무 좋았기 때문에 그 대학에서 가장 점수가 높은 학과를 지원했다.

"점수가 아까웠거든요. 학교 선생님들도 그랬고, 나도 그랬고."

결국 진주농림전문대학 농업토목과에 입학했다. 지금의 경남과학기술대학교이다.

학교 정원이 마음에 들어서 토목과에 입학을 한 여명규 씨는 열심히 공부를 하며 대학생활을 했을까? 아니다. 그는 학과에 적응을 하지 못했다. 왜일까? 수학이 그를 계속 괴롭혔기 때문이다.

입시 때부터 여러 문제를 일으킨 수학이 이번에는 학과 공부에 큰 장애물이 되었다. 토목 공학을 공부하는데 필요한 수학 수준을 도저히 따라갈 수 없었다. 자연스럽게 학과 공부와는 점점 멀어지게 되었다.

이쯤 되면 수학이 여명규 씨를 괴롭히는 것인지, 여명규 씨가 너무 앞뒤를 생각하지 않고 결정하는 것인지 의문이 들 것이다. 이와 비슷한 질문은 앞으로도 계속 이어질 것이다.

재미없는 대학생활이 시작되었다는 느낌이 들 무렵, 작은 돌파구 눈앞에 나타났다. 학보사에서 기자를 모집한다는 공고였다. 고등학교 때부터 글쓰기에 취미를 가지고 있던 여명규 씨는 '이거다' 하는 생각에 학보사 기자시험을 보았다. 4대 1의 나름 치열한 경쟁률. 그 경쟁을 뚫고 그는 학보사 기자가 되었다. 수습기자를 거치고, 일반 기자 생활을 하고, 2학년 때는 학보사 편집장을 맡으며 활발하게 활동했다.

경남과학기술대학교는 1910년에 설립된 학교로 109년의 역사를 가지고 있는 학교이다. 역사가 깊은 만큼 선배들도 여러 분야에 포진되어 있었다. 편집장을 하면서 여명규 씨는 농업계, 사업계, 정치계에 있는 선배들을 만나면서 다양한 사회경험을 했다. 선배들 입장에서 보면 학보사 편집장을 맡은 후배는 자신들이 이끌어줄만한 인재였다.

선배들은 동창회보를 만들 때 여명규 씨에게 도움을 요청했고, 그는 최선을 다해 동창회보를 만드는데 도움을 주었다.

그러나 대한민국 남자면 모두 거쳐야 하는 관문. 군생활이 그를 기다리고 있었다. 보안대로 배치된 여명규 씨는 서울로 올라왔다. 보안대에서 근무하다 보니, 부대 밖으로 나올 때가 많았고, 제대가 가까워지자 개인 시간도 많아졌다.

마침 진주에 있을 때 동창회보 일을 도와줬던 선배가 서울에 있는 동창회사무실에서 간사를 맡고 있어서 동창회사무실에 자주 드나들었다. 이후, 선배가 간사 자리를 다른 선배에게 물려주었고, 그 선배는 여명규 씨가 제대하자 그 자리를 물려주었다. 동창회사무실 간사를 맡으면서 그는 자연스럽게 서울에 정착했다. 시골 소년이 성장하여 괜찮은 직장을 잡고 서울 생활을 시작하게 된 것이다. 그때가 26살이었다.

순조로울 것 같은 서울생활은 1년 만에 끝이 났다. 동창회사무실 직책은 오랫동안 할 수 있는 일이 아니었고, 간사 일도 전망이 있는 일이 아니었다. 동창회사무실을 나온 후, 여명규 씨는 닥치는 대로 취직을 하고 닥치는 대로 그만두었다. 젊은 혈기에 두려울 것 없이 다양한 일을 경험했다. 주로 다양한 영업직을 거쳤는데 안경사 자격시험용 수험서를 파는 일도 했다. 사람을 급하게 구하는 곳이면 어디든지 찾아갔고, 일이 자기와 맞지 않으면 미련 없이 그만두었다. 그러다가 그는 한 사무실에 취직을 했다. 부동산 일을 하는 곳이었다.

부동산 회사는 규모가 컸다. 양재동에 큰 사무실을 차려놓고, 80명가량의 판매직원을 통해 경기도에 있는 땅을 파는 회사였다. 주로 용인에 있는 땅을 팔았다. 아침이 되면 각 사원에게 찢어진 전화번호부 몇 장이 주어졌다. 사원들은 거기에 나와 있는 모든 사람들에게 전화를 걸어 "투자하기 좋은 부동산이 있어서 전화 드렸습니다"라며 부동산 구매를 권했다. 무작정 전화를 거는 일이었다.

여명규 씨도 이 방식이 효과가 있을지 반신반의하며 전화를 걸었지만, 때때로 관심을 표명하는 사람이 있었다. 하지만 판매로까지 이어지지는 않았다. 쉽게 구매하기에는 부동산은 너무 비싼 상품이었다. 사원들 실적을 내기 위해, 회사에서 해고되지 않기 위해 열심히 전화를 했다. 여명규 씨도 실적을 내기 위해서 최선을 다했다. 하지만 부동산을 파는 사원들은 소수에 불과했다.

그런데 어느 날 갑자기 검사와 경찰들이 사무실을 급습했다. 수색영장이 집행되었고, 몇 사람은 현장에서 체포되었다. 간부급 직원들은 사무실에 경찰들이 들이닥쳤다는 소식에 사라져버렸고, 사장은 지명수배 되었다. 알고 보니 그 부동산회사는 사기 업체였다. 주인이 있는 땅을 몰래 판다든지, 지방자치단체의 땅을 판다든지 사기행각을 벌인 것이었다.

이런 범죄가 밝혀진 것은 어이없는 사건 때문이었다. 어느 중년 부인이 땅을 샀는데 마음에 들지 않자 땅을 물러달라고 요구했다.

그런데 회사에서 그 요구를 거절했다. 땅을 산 중년부인은 검사와 친분이 있었고, 검사에게 자기 상황을 얘기했다. 검사가 무슨 일인지 알아보면서 부동산 사기 사건의 전모가 드러났다. 그 회사에서 한 평이라도 땅을 판 사람은 모두 법의 심판을 받았다. 아이러니하게도 회사에서 땅을 못 판다고 구박을 받던 사원들은 법의 심판을 피했다. 여명규 씨도 법의 심판을 피했고, 동시에 직장을 잃었다.

어이가 없는 범죄에 연루되었지만 이 부동산 회사를 다니면서 여명규 씨는 소중한 인연을 맺게 된다. 오랫동안 시간을 함께 보낼 친구를 만난 것이다. 이두병이라는 친구였다. 나이가 세 살이나 많았지만 두 사람은 친구가 되었고, 이후에는 함께 일을 하며 같은 기차를 타게 된다.

부동산회사에서 나온 후, 여명규 씨는 이전과 같이 이런저런 일을 전전했다. 그러다 건설노동자로 일을 하게 되었다. 건설 현장은 평창동에 있었고 친구와 함께 매일 현장으로 출근했다. 당시에는 건설현장이 기계화가 되지 않아서 벽돌, 모래, 시멘트, 철근, 모든 것을 사람이 직접 날라야 했다. 철근도 망치와 정으로 일일이 잘라야 했고, 자잘한 업무가 이만저만한 게 아니었다. 여명규 씨와 친구는 아무런 기술이 없어 온갖 잡일을 도맡아 해야 했는데, 반면 특수한 기술이 있는 사람들은 수월한 일을 하며 임금도 더 받아갔다.

뙤약볕에서 온갖 일을 하던 여명규 씨 눈에 관심을 끄는 한 장면이 들어왔다. 바위에 구멍을 뚫거나 콘크리트 등을 파쇄 하는 기계인 뿌레카(브레이커)를 보게 된 것이다. 다른 일은 하지 않고 뿌레카로 일만 하면서 높은 임금을 받아가는 모습에 관심을 갖게 되었다.

뿌레카 기술자는 기계값이 200만원이고 자격증을 따면 이 일을 할 수 있다고 알려주었다. 여명규 씨는 자격증을 따고 기계를 구입해서 뿌레카 기술자가 되어야겠다고 생각했다. 그러나 조금 시간이 지나자 생각이 조금 바뀌었다.

'내가 뿌레카를 사서 직접 일을 하지 말고, 뿌레카 인부들을 소개하는 일을 하면 어떨까?'

아무리 생각해도 그것이 훨씬 전망이 있을 것 같았다. 친구인 이두병 씨와 의논했다. 친구도 좋은 생각이라고 말했다. 꿈은 부풀어 올랐지만, 사업을 시작할 자금이 없었다. 두 사람은 여기저기서 돈을 구해보려고 했지만, 돈을 선뜻 빌려주겠다는 사람은 없었다.

여명규 씨는 고향으로 내려갔다. 도와줄 사람은 부모님 밖에 없을 것 같았다. 어머니에게 사정을 얘기하고 사업자금 300만 원을 마련해 달라고 부탁했다.

건설현장에서 그을린 피부에 노동으로 다져진 강한 몸을 하고, 한번도 큰 부탁을 해본 적 없는 아들이 부탁을 하자, 어머니는 이 부탁이 단순한 부탁이 아니라는 것을 깨달았다.

다음날 어머니는 농협에서 대출받은 사업자금을 여명규 씨 앞에 내놓았다.

때는 1988년 여름, 만 28살. 여명규 씨는 서대문 사거리 봉재공장으로 사용했던 건물에 사무실을 마련했다. 회사이름은 남부건설. 사무실에는 달랑 책상 세 개가 놓여 있었다. 자기 책상과 친구 책상, 경리 책상이 전부였다. 아는 사람을 모두 찾아다니며 작은 건설 회사를 차렸다는 것을 알리고, 뿌레카가 필요하면 기계와 인부를 제공해주겠다고 말했다.

"지금 생각하면 내 말을 듣는 사람들이 내가 얼마나 한심했겠어요. 토목과를 나왔다고 하지만 공부를 거의 안 했으니까 전문 용어나 이런 거 전혀 몰랐어요. 그런 사람이 일을 맡겨달라니 얼마나 어이가 없었겠어요."

하지만 당시에는 그런 것을 따질 상황이 아니었다.

첫 한 달 동안 아무 일도 들어오지 않았다. 경비는 고스란히 빠져나갔다. 입이 바싹 마르는 날이 계속되었다. 두 번째 달, 한 개의 일이 들어왔다. 고마웠지만 희망을 보기에는 너무 적은 일이었다. 이러다 사업자금을 모두 날리는 게 아닌지 걱정되었다. 그러나 세 번째 달부터는 일이 연이어 들어오기 시작했다. 이어지는 일들. 회사는 점점 바빠지기 시작했고 사업은 발전하기 시작했다. 91년에 회사를 대림역으로 옮겼다. 직원은 7~8명으로 늘어났고, 짐차, 승합차, 승용차까지 일곱 대의 회사 차가 움직였다. 그 해 15억 매출을 기록했다. 새벽 5시부터 밤 12시까지 일을 했다. 바쁠 때는 부산으로 날아가 철거 기계들을 가지고 헬리콥터를 타고 제주도로 날아가 기계를 공사장에 전해주고 비행기를 타고 다시 서울로 돌아오기도 했다. 단 하루에 말이다.

철거를 주업으로 시작했지만, 나중에는 건물을 직접 짓기도 했다. 성남과 분당에 빌라 다섯 채를 짓기도 했고, 공장 두 동을 짓기도 했다. 30대 초반, 사업은 성공 궤도에 올랐고, 당면한 문제도 없었다.

사업이 성공궤도에 오르기 전, 안정을 찾아가던 때에 여명규 씨는 결혼을 하게 되었다. 나이 29세 때였다. 지금의 부인을 만나게 된 사연이 조금 특이하다.

어느 날 회사에서 일을 하고 있는데 경리가 친구로부터 전화를 받은 후 여명규 씨에게 부탁을 했다. 자기 친구가 영문타이프를 전문적으로 치는 사무원인데 사무실에 갑자기 전기가 나가서 전동타자기를 쓸 수가 없다. 여기로 와서 일을 좀 하면 안 되겠냐는 것이었다. 그는 별생각 없이 허락했다.

경리의 친구는 전동타자기를 들고 바로 사무실로 왔다. 여명규 씨는 그렇게 영문 타이피스트를 만나게 되었고, 그 분이 지금의 부인이다. 바로 다음해에 결혼해서 그 다음해에 아들을 2년 뒤에는 딸을 낳았다.

1995년이 되었을 때 갑자기 피로가 몰려왔다. 서른다섯 살 때였다. 사업은 잘 되고 있었지만 경영에 무지했던 관계로 항상 돈을 벌어 쏟아 붓는 듯한 느낌이었다. 지금 같으면 심리상담사를 찾아가 심리적 안정을 찾았겠지만 당시에는 그런 치료가 있는지도 몰랐다. 그저 자신이 지쳐간다는 생각뿐이었다.

이렇게 청년 사업가의 자수성가 스토리는 멈추게 된다.

지친 마음과 몸을 가지고 사업을 이어가고 있을 때, 미국에서 공부하고 온 선배가 여명규 씨 앞에 한 가지 물건을 꺼내놓았다. 성에제거제로 자동차 앞 유리에 낀 성에를 제거하는 스프레이 제품이었다. 순간 이것을 팔면 좋겠다는 생각이 들었다. 원료를 수입해서 완제품을 만들어 팔면 좋은 장사가 될 것 같았다. 며칠을 지나도 이 아이디어가 머리에서 떠나지 않았다. 그에게는 탈출구 같은, 구원자 같은 아이디어였다.

여명규 씨는 친구이자 동업자인 이두병 씨에게 제안을 했다. 건설회사를 넘겨줄 테니 자기 사업자금으로 5,000만 원만 달라는 것이었다. 이두병 씨도 당시에 사업에 지쳐 부동산업으로 진출할까를 고민하고 있었다. 하지만 친구의 제안을 받아들여 사업자금을 대고 건설업체를 혼자 떠맡았다.

　사업자금을 손에 넣은 여명규 씨는 일을 크게 벌일 요량으로 종합무역회사를 설립했다. 그리고 본격적으로 성에제거제 수입을 타진하기 시작했다.

　그런데 막상 일을 벌이고 보니, 자신이 무엇을 잘못했는지 알게 되었다. 사전 시장 조사를 전혀 하지 않았던 것이다. 알고 보니 이미 비슷한 제품이 시장에 나와 있었다. 무역회사는 시작도 하기 전에 할 일이 사라졌고, 사업자금은 점점 사라지기 시작했다. 무역회사는 시작하기도 전에 문을 닫게 되었다.

　"무역의 무자도 모르는 사람이 무역업을 하겠다고 했으니, 그게 참 웃기는 일이었지."

　여명규 씨의 회상이다.

　그는 무엇이라고 해볼 요량으로 교회 바자회에 물품을 공급하기로 했다. 2,000만 원을 들여 여러 물품을 산 후, 바자회에 내놓아 파는 사업이었다. 그러나 바자회를 하는 3일 내내 비가 내렸다. 바자회는 야외바자회였다. 물건은 거의 팔리지 않았고, 수익은 거의 바닥에 가까웠다. 완전히 망한 것이다.

　최악의 상황을 피하기 위해 승합차에 물건을 실고 전국을 돌며 행상을 했다. 아파트 알뜰시장마다 찾아다니며 직접 물건을 팔았다. 1년이 지나서야 물건을 모두 팔았다.

　여명규 씨가 떠난 건설회사도 문제가 생기기 시작했다. 회사를 물려받은 친구는 회사를 실무자에게 맡기고 부동산업으로 옮겨가려고 준비를 했고, 제1회 공인중개사 시험을 통과해 본격적으로 업종 전환을 노렸다. 사장이 두 가지 마음을 가지고 있자 회사는 흔들리기 시작했고, IMF가 왔을 때 회사는 문을 닫았다.

여명규 씨가 40세가 되었을 때, 무역회사는 시작도 못했고, 돌아갈 회사도 사라졌다.

다시 직업을 전전하는 삶이 시작되었다. 동창회사무실을 그만두고 직업을 전전하면서 만들었던 명함과 무역회사를 정리하고 직업을 전전하면서 만들었던 명함을 합치면 거의 500장이 될 거라고 한다.

여명규 씨가 도전했던 두 번째 사업은 이렇게 블랙코미디처럼 끝이 났다. 경영에 대해서 조금 더 알았다면, 전문적인 조언을 들었으면, 사업의 기본인 시장조사를 했으면, 건설업을 하면서 재정 관리에 신경을 썼으면, 돈을 좀 모아 놓았으면 하는 후회와 실수에 대한 웃음이 교차한다.

그 이후의 삶은 다양한 직업의 퍼레이드 같았다. 그리고 실버퀵에 오기 전, 2년 정도 다단계 일을 했다. 그 일도 삶을 개선시켜주지 않았고 빚은 늘어갔다.

어느 날 여명규 씨는 지하철을 타고 가다가 쇼핑백을 들고 다니는 노인들을 보게 되었다. 노인들에게 무슨 일을 하시는지 물어보았고, 실버퀵에 대해 알게 되었다. 이렇게 저렇게 알아보니 실버퀵도 종류가 다양했다. 백화점의 상품을 전문적으로 배달하는 노인택배도 있었고, 대리기사처럼 앱을 통해서 일을 따내는 택배회사도 있었다. 어느 곳은 회사에서 가져가는 수수료가 40%가 되는 곳도 있었다. 이번만큼은 아무 곳이나 덜컥 들어가고 싶지 않았다.

여러 회사를 방문한 끝에 여명규 씨는 지금의 실버퀵지하철택배를 택했다. 그리고 지금까지 꾸준히 일을 하고 있다. 사무실에서 여명규 씨는 말이 별로 없이 성실하게 택배 일을 하는 사람으로 통한다. 활기차게 말을 한다든지 이런저런 화제를 먼저 꺼내는 법이 없다. 성실하게 입에 미소를 머금은 채 묵묵히 일을 한다.

자신의 과거를 들려주면서 여명규 씨는 후회의 말도 많이 했지만, 그것보다는 웃음을 더 많이 터트렸다. 어려운 시절을 함께 해온 부인에 대한 고마움, 번듯하게 자란 자식에 대한 애정도 숨기지 않았다.

사람의 인생을 하나의 작품으로 만든다면, 여명규 씨의 인생은 여러 장르를 결합시킨 신선한 작품이 될 것 같아. 결론은 물론 희극이다.

인터뷰 뒷이야기

경험상 보면, 도시 아이들보다 시골아이들이 성인들의 행동을 더 빨리 모방한다. 성문제도 그렇고 술도 그렇다.

술을 좋아한다는 여명규 씨에게 언제부터 술을 마셨냐고 물어보니, 고개를 갸우뚱한다.

"정식으로 먹은 것은 고등학교 때죠."

정식으로 먹은 것? 정식으로 먹은 것은 무슨 의미이고, 실제로 먹은 것은 언제냐고 물었다.

"정식으로 먹은 것은 술자리를 만들어서 먹는 것이고, 마신 것으로 따지면 아버지 술심부름하면서 조금씩 마시기 시작했죠. 먹은 만큼 물로 채워 넣고. 들키지 않을 정도만 마셨죠."

고등학생이 되어서는 친구들끼리 모여서 대놓고 술을 마셨다고 한다. 주로 마셨던 소주는 무학소주. 지금은 좀처럼 볼 수 없는 됫

병으로 사서 마셨단다. 됫병이란 보통 1.8L 병을 말한다. 우리가 주로 마시는 소주은 360ml 병이니, 소주 다섯 병이 됫병이다. 알코올 도수는 24도.

안주는 어떻게 했을까? 시골 청소년들은 무엇을 안주 삼아 술을 마셨는지 궁금했다.

"닭을 먹었죠."

조금 고급스러운 안주라는 생각이 들었다. 시골에서 닭요리를 파는 곳이 있었냐고 물었다.

"아니, 이웃 동네 닭을 잡아서 안주를 했죠."

이웃 동네 닭을 잡았다니, 무슨 뜻일까?

"훔쳐 먹은 거죠. 자기 동네 닭을 훔쳐 먹을 수는 없으니까."

닭서리라는 말이 있는지는 모르겠지만, 한마디로 이웃 동네 닭을 훔쳐서 안주로 먹었다는 얘기이다.

가끔 닭서리를 들킨 적도 있다고 한다. 닭이 사라진 걸 알게 된 닭주인이 집요하게 땅에 떨어진 닭털을 추적해서 범죄현장을 덮쳤다.

이럴 때도 있었다고 한다.

"안주를 구할 곳이 없으면 한 놈이 말하는 거죠. 자기 집 닭을 잡아오라고요. 자기 집 닭을 훔치라는 거지. 자기는 갈 수 없고, 친구들이 그 집에 가서 닭을 잡아오는 거예요. 나도 몇 번 했어요. 우리 집 닭 훔쳐오라고요."

고등학교 시절은 가장 겁이 없는 시절이 아닌가. 안주서리를 들켜서 혼나는 것보다 안주를 구하는 것이 더 중요한 시절이다.

역시 여명규 씨의 인생은 재미있었다.

싱글라이프

이번 장은 조금 삐뚤어진 마음으로 제목을 달았다. 이유는 이렇다.

우리는 살면서 의사소통을 위해 단어를 사용한다. 단어란 어떤 것의 이름이다. 어떤 물건에 대한 이름일 때도 있고, 어떤 감정에 대한 이름일 때도 있고, 어떤 행동에 대한 이름일 때도 있다. 어떤 때는 생활방식이나 태도에 대한 이름일 경우도 있다.

그런데 어떤 단어들은 실제 모습을 반영하지 못하고 실제 모습의 한쪽 면만을 표현하는 경우가 있다. 한마디로 현실을 그럴싸하게 포장하면서 실제모습을 감춘다. 대체로 외국어로 표현된 단어들이 그렇다.

늘어나는 1인가구

TV나 언론에서 요즘 자주 사용되는 말들 중에는 이런 것들이 있다. 비혼, 졸혼, 돌싱, 딩크족 등등. 결혼하지 않고 사는 사람, 결혼을 졸업한 사람, 배우자와 헤어져서 다시 독신 생활을 하는 사람, 결혼을 했으나 아이들 낳지 않는 사람들을 의미하는 말이다. 이런 단어들은 마치 최근 유행이라는 듯이 사용된다. 조금은 무책임하게 사용되는 것은 아닐까?

싱글라이프. 멋진 단어다. 혼자 살면서 자유를 누리고, 하고 싶은 것은 마음대로 하고, 마음만 먹으면 훌쩍 떠나고, 여러 사람과 연애도 해보고, 새로운 세계를 경험해보고, 정말이지 꿈의 생활이다. 예전에는 싱글라이프라는 단어 대신 독신 생활이라는 단어를 썼다. 싱글라이프를 사는 사람을 독신자라고 했다. 그 말은 조금은 특이한 사람, 왠지 외로운 생활을 하는 사람이란 느낌을 주었다. 그러나 이제는 용어가 바뀌면서 멋진 느낌으로 바뀌었다.

지금 내가 이야기하려는 것은 전통적인 결혼이 필요하고 모든 남녀가 커플을 이루어 살아야 한다는 이야기가 아니다. 내가 이야기하려는 것은 우리가 지금까지 알고 있던 가족이라는 공통체가 빠르게 해체되고 있는 현실이다.

아주 오래전, 우리나라 가족 형태는 이러했다고 한다. 3대가 한집에 산다. 가정 노동의 중심은 아버지와 어머니. 아버지와 어머니는 할아버지와 할머니, 자기 자식들의 생계를 책임지고 가족을 꾸려갔다. 손자와 손녀는 할아버지와 할머니가 맡아서 교육을 시키며 양육했다. 아이들에게 할아버지와 할머니는 엄한 보육자였다. 이것이 농경시대 가족의 기본 모습이었다고 한다. 지금처럼 손자손녀를 귀여워하는 할아버지와 할머니는 많지 않았다고 한다.

이런 모습이 현대에 들어와서 점점 변하더니, 이제는 핵가족화 되면서 할아버지와 할머니는 가족에서 떨어져나가고, 아버지와 어머니는 경제생활에 몰두하고, 아이들의 교육은 학교와 학원에 맡겨져 버렸다.

그리고 여기에서 더 쪼개지는 가족들이 많아지고 있다. 편부, 편모슬하에서 커가는 아이들. 혼자 사는 삶을 선택한 성인들, 배우자와 이별이나 사별 후 혼자 살아가는 사람들……

결혼을 멀리하고, 혼자 사는 삶을 선택하는 것은 개인의 선택이고 그것을 옳다 그르다 할 상황은 아니다. 다만 혼자 사는 사람의 연령이 어떠냐에 따라 이 '싱글라이프'는 다른 모습으로 다가온다.

만약 10대가 혼자 산다고 해보자. 이것은 사회문제다. 10대는 혼자 살아서는 안 되기 때문이다. 20대나 30대가 혼자 산다고 하면, 이 경우는 밝은 의미의 싱글라이프일 수 있다. 독립적인 삶을 살아보는 것은 이후의 인생을 위해서도 소중한 경험이 될 것이다. 40대부터는 조금씩 어두운 그림자가 생긴다. 50대는 더욱 그렇고, 60대부터는 다시 사회문제로 여겨진다.

그렇다면 우리 사회에 혼자 사는 사람은 얼마나 될까?

1인가구수를 표시한 〈자료1〉은 통계청 통계로 2018년 8월 27일자로 경신된 것이다. 전체 가구수 19,673,875가구 가운데, 1인가구 수 5,618,677가구이다. 즉 28.6%가 혼자 사는 가구이다.

이 표를 보면 20대와 30대의 사람들이 혼자 사는 비율이 높다. 당연하다고 본다. 그리고 50대 후반부터 1인가구 비율이 높아지기 시작한다. 그러다가 70세 이상부터는 평균치를 넘어서 30%를 넘기 시작한다. 30대 후반보다도 높다. 35세에서 39세 사이의 사람들 중 혼자 사는 비율보다 70세에서 74세 사이의 사람들이 혼자 사는 비율이 높다는 얘기다.

<자료 1 : 1인가구 통계>

가구주의 연령	일반가구	1인 가구			1인 가구 비율
		합계	남	여	
합 계	19,673,875	5,618,677	2,791,849	2,826,828	28.6
15세 미만	72	50	25	25	69.4
15~19세	65,350	61,008	29,083	31,925	93.4
20~24세	481,957	393,503	183,578	209,925	81.6
25~29세	871,839	568,288	333,886	234,402	65.1
30~34세	1,325,967	516,827	330,699	186,128	39.0
35~39세	1,867,792	451,634	290,387	161,247	24.2
40~44세	2,017,209	407,777	260,789	146,988	20.2
45~49세	2,412,001	455,033	284,359	170,674	18.9
50~54세	2,291,345	435,035	257,573	177,462	19.0
55~59세	2,418,521	512,691	265,621	247,070	21.2
60~64세	1,856,713	445,869	198,975	246,894	24.0
65~69세	1,323,036	359,563	133,121	226,442	27.2
70~74세	1,033,900	313,648	88,332	225,316	30.3
75~79세	913,109	329,899	71,059	258,840	36.1
80~84세	527,575	229,716	41,382	188,334	43.5
85세 이상	367,489	138,136	22,980	115,156	51.6

* 이 자료는 통계청 사이트에 나와 있다. "1인가구수"를 검색하면 1인가구는 물론 다양한 가구형태에 대한 통계를 볼 수 있다.

　이 표에서 주목할 사항이 하나 더 있다. 60세부터는 혼자 사는 여자 가구 수가 남자 가구 수를 앞지르고 있다. 70세부터는 차이가 훨씬 크다. 2.5배가 넘는다. 혼자 사시는 할머니 수가 많다는 뜻이다.
　우리나라에서는 중년 남성들이 실직문제로 이혼을 하게 되는 경우가 증가하고 있고 이로 인한 1인가구 수가 증가하고 있다. 이런 경우, 이혼을 하는 남여 모두 1인가구가 될 뿐만 아니라 경제적으로 어려운 계층으로 편입될 확률이 높다. 특히 실직이 많이 발생하는 50대는 실직 후 재취직이 어렵다.

혼자 사는 생활에 경제적인 어려움이 겹친다면 이 상황은 건강문제로 귀결되기 십상이다. 이런 상황은 다음에 우리가 얘기할 고독사의 가장 큰 원인이 된다.

고독사에 대하여

우리나라에는 아직 '고독사'에 대한 정확한 정의나 통계가 없다. 단순히 혼자 살다가 사망한 경우를 의미하는지, 친척이나 친구와의 연락이 두절된 채 사망한 경우를 의미하는 것인지, 어느 정도 외부와 단절된 상황에서 사망한 것을 의미하는 것이지 정의 내리기가 어렵기 때문이라고 한다.

고독사는 법적이나 행정적인 용어가 아니다. 다만 사람들 사이에 통용되는 단어이다. 대략적으로 정의하자면 '주위의 사람과의 연락이 거의 없이 혼자 살던 사람이 사망한 후 며칠 동안 사망한 사실이 방치되었을 경우'를 의미한다.

고독사는 노년층에서만 일어나는 것은 아니다. 젊은 층들 중에도 간혹 발견된다. 고독사는 자살이 원인인 경우도 있지만 병으로 거동이 불가능해서 벌어지는 경우도 있다. 가난 때문에 벌어지기도 한다. 때로는 가족을 비롯해서 모든 사람에게 버려져 죽음으로 내몰린 경우도 있다.

앞서 말했듯이 고독사는 행정용어가 아니기 때문에 고독사에 대한 정확한 통계는 없다. 다만 고독사와 가장 비슷한 무연고 사망자 현황은 통계로 나와 있다. '무연고 사망'이라는 것은 죽은 사람의 가족이나 진척이 없는 경우나 가족이나 친척이 있더라도 시인 인수를 포기하는 경우를 말한다.

다음에 인용하는 자료는 서울시의회 보건복지위원회에 제출된 조례안 심사보고서에 나온 자료다. 다른 언론이나 인터넷에 배포된 자료를 보면 숫자가 다를 것이다. 지자체 별로 집계기준이 달라서 자료마다 숫자가 다르다. 다른 자료에서도 숫자의 증감이 다를 뿐 전체적인 경향은 비슷하다. 그래서 다른 자료와 비교하지 않고 위에서 말한 자료만 사용하려고 한다.

우선 연도별 무연고 사망자수와 증가수를 표시한 자료이다. 예상했겠지만 늘어나고 있는 상황이다. 연도별로 사망자가 늘어나는 숫자를 살펴보면, 적게는 100여명 많게는 280명이 늘어났다. 다른 통계에서도 마찬가지다.

<자료 2 : 연도별 무연고 사망자와 사망자 증가수>

년도	2012	2013	2014	2015	2016	2017 상반기
무연고사망자	1,021	1,275	1,384	1,669	1,833	970
전년대비 증가수		+ 254	+ 109	+ 285	+ 164	

* "서울시특별시 고독사 예방 및 1인 가구 사회안전망 확충을 위한 조례안" 심사보고서에 나오는 통계자료이다. 보건복지부 통계자료를 바탕으로 정리된 자료이다.

다음에 살펴볼 자료는 연령별, 성별 무연고 사망자 현황이다. 표를 보면 70대 이상의 노인들의 사망자가 579명으로 가장 많고, 다음이 60대 439명, 그 다음이 50대로 420명이다. 다른 연령대를 훌쩍 뛰어넘는 숫자이다. 전체 인원에서 차지하는 비율을 나타내는 퍼센트를 살펴보면, 전체 1,883명의 무연고 사망자 중에 65세 이상 연령의 사망자수는 746명으로 전체의 40.7%를 차지하고 있다. 무연고 사망자의 40.7%가 65세 이상 노인들이라는 말이다. 대상을 60세 이상으로 하면 1,018명으로 55.5%이다.

<자료 3 : 2016년 연령별. 성별 무연고 사망자 현황>

구 분		합 계	남	여	퍼센트	비 고
총 계		1,883				
40세 미만		82	54	28	4.5	
40~49세		188	157	31	10.3	
50~59세		420	372	48	22.9	
60~64세		272	230	42	14.8	
노인	65~69세	167	140	27	9.1	
	70세 이상	579	325	254	31.6	
	소 계	746	465	281	40.7	
미상 등		125			6.8	

* "서울시의회 보건복지위원회에 제출된 조례안 심사보고서"의 통계이다
* 원 자료의 퍼센트가 약간 정확하지 않은데, 인용하는 자료여서 그대로 두었다.

이 숫자가 더욱 끔찍한 것은 50대는 인구가 많은 세대인 반면, 60대와 70대 이상의 세대는 인구수가 그리 많지 않다는 사실이다. 60대는 50대나 40대보다 인구수가 적다. 그런데도 불구하고 사망자 수가 많고 비율이 높다. 70세가 넘으신 분들의 경우, 사망하는 시기에 가깝기 때문에 사망자가 많을 수밖에 없지만, 고독사 비율이 높다는 것은 안타까운 일이다. 본인 스스로 자신을 고립시킨 것일 수도 있지만, 일반적인 생각으로는 가족에게 버려졌다고 밖에 생각할 수 없다.

한부모 가정의 증가

한 가지를 더 살펴보자. 전체 가구 중 한부모가구가 어느 정도 되는지를 보자. 한부모가구는 아버지와 어머니 중 한 명만 있는 가구를 말한다.

한부모가구는 전체 비율의 10.9%정도를 차지하고 있으며, 아주 느린 속도로 증가하고 있다.

<자료 4 : 한부모가구수>　　　　　　　　　　　　　(단위 : 천명가구, %)

	2014	2015	2016	2017	2018
전체가구	18,705	19,013	19,285	19,524	19,752
한부모가구	1,970	2,052	2,090	2,127	2,158
한부보가구 비율	10.5	10.8	10.8	10.9	10.9

* 이 자료는 나라의 각종 지표를 보여주는 <e-나라지표> 사이트에 가면 볼 수 있다. 여기에는 각종 지표들이 많이 나와 있다.

　이 비율을 1인가구의 비율과 합쳐보자. 앞서 1인가구의 비율이 전체가구의 28.6%라고 했다. 여기에 한부모가구의 비율을 합치면 39.5%가 된다. 거의 40%에 육박하며 곧 이 숫자를 넘어설 것이라고 생각한다.

　그렇다면 60%의 사람들이 유지하는 삶을 전통이며 주류라고 할 수 있을까?

　이미 과거의 전통적인 가족 형태와 가족 방식은 붕괴했다. 지나치게 개인을 무시하고 연장자와 남성의 권위만을 내세운 과거의 가족 형태는 스스로 몰락을 자초했다. 그 과거 가족형태를 다시 부활시킬 필요는 없다고 생각한다. 부활시킬 수도 없다. 시대는 역류하지 않고 앞으로 나아가며 변화하기 때문이다.

새로운 가족의 형태를 생각할 시기

사회가 변할 때마다 사람들은 다른 형태를 만들어가며 변화에 적응해 왔다.

예를 들면 아이들을 키우는 분야에는 그룹홈 같은 형태가 생겼다. 그룹홈은 부모님이 키울 수 없는 아이들을 한집에 모아 가정과 비슷한 형태로 양육하는 것이다. 공적 시설이 아니라, 가정과 같은 형태를 유지하며 아이들을 키우고 있다.

내가 만났던 한 한부모가정은 어머니가 일은 하지만 아직은 가정을 유지할 정도의 경제력은 없어서 아이를 그룹홈에 맡기고 주말마다 아이와 만나는 가정이었다. 그 어머니는 돈을 모아가며 아이를 데리고 나올 시기를 준비하고 있었다. 어머니와 아이의 사이가 무척 좋았고, 아이도 어머니의 사정을 충분히 이해하고 있었다. 예전 같으면 고아원에서 자랄 수밖에 없었을 것이다.

그룹홈에는 부모님이 아이를 키울 수 없는 다양한 사정이 있다. 대부분 한부모 가정인데, 부모가 교도소에 들어간 경우도 있고, 멀리 지방을 떠돌아다니며 일을 해야 하는 경우도 있고, 부모가 사망했는데 친척이 아이를 맡지 않는 경우도 있다고 한다.

이런 문제에 직면한 사람들이 그룹홈이라는 형태의 새로운 가정을 만들어 살아가고 있다.

이런 움직임을 볼 때, 지금의 노인문제에 대응할 수 있는 새로운 방법이 생겨날 거라고 생각한다. 다만 빨리 생겨나기를 바랄 뿐이다.

다시 처음으로 돌아가자. 싱글라이프라는 주제로.

싱글라이프란 집으로 돌아갔을 때 그 사람을 맞이할 사람이 없다는 뜻이다. 누군가에게 "나 왔어"라는 말을 할 수 없고, 누군가에게 "어서 와"라는 말을 들을 수도 없다. 오늘 있었던 일을 들어줄 사람도 없고, 오늘 있었던 일을 얘기해줄 사람도 없다.

친구라고는 인터넷과 스마트폰, 유뷰브와 넷플렉스가 있을 뿐이다. 때로는 고양이와 강아지가 옆에 있을 수도 있다.

조금 더 나아가자. 고독사라는 주제로.

고독사란 그 사람이 세상을 떠날 때 그 사람 곁에 아무도 없었다는 뜻이다. 죽음의 순간이 어떤 것인지 아무도 모른다. 그 순간을 경험한 사람이 우리에게 말을 해 줄 수 없기 때문이다. 그러나 상상해 보자. 자신이 친근하던 세상에서 전혀 모르는 세상으로 떠나는 순간을. 아니면 끊임없이 힘들었던 세상에 작별을 고하는 순간인지도 모른다. 그렇지 않으면 몸에서 전해져오는 고통을 최대한 느끼며 공포를 느끼는 순간일지도 모른다.

누군가 옆에 있다는 것은 누군가 나를 걱정해준다는 뜻이 아닐까? 이것이 가족의 기본이 아닐까?

내가 우려하는 것은 전통적인 가족이 해체되면서 가족의 역할까지 사라져 버린 것이 아닌가 하는 것이다.

전통적인 가족에서는 아버지의 근면함과 엄격함, 어머니의 지혜와 사랑, 친척들의 도움, 형제들과의 경쟁과 보살핌 등이 있다. 동네 친구들과 뛰어놀면서 사회의 규칙에 대해 배워나갔다. 옆집 아이와 싸워도 부모님들이 별로 참견하지 않고 도리어 사과하고 오라고 내보냈다. 사과하러 가면 그 집 어머니는 도리어 자기 집 아이들

야단치며 함께 사과하라고 시켰다.

누군가와 함께 있다는 것은 자유와 독립을 희생해야 한다. 내가 하고 싶은 것을 마음대로 하지 못하고, 상대방과 일정 부분 타협을 해야 한다. 그 대신, 책임, 희생, 배려, 소통, 양보, 균형 등을 배운다.

세대끼리의 단절, 가족끼리의 단절, 개인끼리의 단절이 점점 더 심화되고 있다. 사람들은 자기만 생각하며 서로를 이해하려고 하지 않는다. 모두가 억울한 듯하고 모두가 자기 문제를 먼저 해결해 달라고 한다. 이럴 때일수록, 지금이야 말로, 가족이란 무엇인가 고민할 때가 아닐까? 과거의 가족을 대치할 새로운 가족 형태를 실험해야 할 때가 아닐까?

분명 새로운 가족의 형태가 나타날 것이고, 지금 어디에선가는 그 실험이 이루어지고 있기를 바란다.

이 장은 다시 읽어보니 한 가지 마음에 걸리는 것이 있다. 나도 싱글라이프이기 때문이다.

CHAPTER 12

일흔두 살의 결심: 임용숙 씨 이야기

여자 노인으로 배달일을 한다는 것은 쉬운 일이 아니다.

우선 함께 일하는 여자 택배원 수가 적다. 실버퀵지하철택배 회사에서도 활발하게 일하는 40여명의 택배원 중에 네 명만이 여성이다. 10% 정도다. 인원이 적다보니 서로 만날 기회도 적고, 사무실로 출근하는 사람도 없다.

사무실에도 여성 택배원을 위한 공간이 따로 없다. 물론 예전부터 그렇지는 않았다고 한다. 여성택배원이 12~13명 가까이 있었던 때가 있었고, 그때는 여자들만을 위한 대기실도 있었다. 그러나 함께 일하는 여성 한둘이 그만두게 되면서 급격히 여성 택배원이 줄더니 지금과 같은 숫자가 되었다. 현재 대기실은 남자 택배원들만 출근해서 남자고등학교 같은 분위기가 가득하다.

택배 일은 회사에 출근하지 않아도 가능하다. 회사에서 주문이 내려오면 그때부터 어느 곳에 있든지 일을 시작할 수 있다. 택배 일이 끝난 후 외부에 머물다가 다시 일이 들어오면 거기서부터 움직이면 된다. 결재 업무는 3일에 한 번 정도 회사에 와서 처리할 수 있고, 은행 송금으로 할 수 있고, 핸드폰과 컴퓨터를 사용해 원거리에서 할 수 있다. 신뢰만 쌓여있다면 얼마든지 가능하다. 임용숙 씨가 이런 케이스이다.

처음 임용숙 씨를 만난 것은 어느 날 저녁이었다. 대기실에서 저녁 만찬을 들며 다른 분들과 이야기를 나누고 있는 중이었다. 대기실 문을 열고 한 분이 들어왔는데 여자 분이었다. 말로만 듣던 여성 택배원이었다. 모자를 눌러쓰고 마스크를 쓰고, 장갑에 완전무장한 모습이 아주 당차게 보였다. 결산을 하러 온 것이었다.

배기근 사장이 다짜고짜 농담을 던졌다.

"작가 분이 임용숙 씨 인터뷰하고 싶대."

잠깐의 멈춤도 없이 대답이 나왔다.

"무슨 나를 인터뷰해요? 난 별로 할 말 없는데요. 빨리 결산이나 해주세요."

그 말을 던지고 대기실을 먼저 나갔다. 배 사장이 따라 나가고 이어서 두 분이 결산을 하는 소리가 들렸다. 아주 빠르게 일이 처리된다. 다른 분과 결산할 때와 다르게 '이게 뭐야'라는 질문도 없고, '계산이 틀린 것 같아'라는 말도 없다.

잠시 후, 임용숙 씨가 사무실을 나가는 소리. 들어오던 배기근 사장이 뒷담화를 한다.

"성격이 장난이 아니야. 까랑까랑해."

나도 속으로 그렇게 생각했다.

1945년, 임용숙 씨는 해방둥이로 태어났다. 태어난 곳은 개성. 외가가 있는 곳으로 다섯 살 때까지 그곳에서 살았다. 하지만 임용숙 씨에게는 개성에 대한 기억이 하나도 없다. 다섯 살 때 한국전쟁이 발발했고, 가족들은 그야말로 이불을 싸매서 이고 남쪽으로 넘어왔기 때문이다. 가족 모두가 고향을 떠났다.

가족은 전쟁의 화마를 피하기 위해 청주까지 내려와 자리 잡았다. 이후, 부여와 다른 몇 곳으로 이사를 다녔고, 임용숙 씨는 그렇게 어린 시절을 보냈다. 개성에서 살 때, 아버지는 공무원이셨다. 그러나 지금과 다르게 당시에는 그렇게 좋은 직업이 아니었다. 가족을 모두 건사하기에는 보수가 너무 적었다. 남쪽에 내려와서 아버지는 가족을 부양하기 위해 직업의 귀천을 따지지 않고 닥치는 대로 일을 하기 시작했다. 그러다 운수업 쪽에서 일을 했고, 버스를 운전하기도 했다. 배급도 제대로 되지 않는 상황이어서 고생이 이만저만이 아니었다. 그 시절을 떠올리면 임용숙 씨는 너무나 어려웠던 시절로만 기억이 난다고 한다.

풍족하지 않은 집에서 자란 탓에 임용숙 씨는 학업을 지속할 수 없었다. 가난한 시절이었고 게다가 여자였다. 여자가 대학을 나온다고 해도 스물다섯이 되기 전에 시집을 가서 가정주부가 되는 것이 당시 여성 대부분의 삶이었다. 중학교를 마쳤을 무렵, 임용숙 씨는 집안일을 돕기 위해 학업을 중단했다. 지금 기준으로 보면 일찍 학교를 그만둔 같지만, 그 시절은 고등학교를 고등교육으로 여기던 시절이었다. 중학교까지 교육을 받은 것은 나름대로 낮은 학력이 아니었다.

임용숙 씨가 중학교를 마칠 무렵, 가족은 서울로 상경했다. 그 후 그는 집안일을 돕다가 바로 결혼하면서 창신동에서 신혼살림을 차렸다. 지금도 그곳에서 살고 있다.

작은 가게를 운영하는 남편을 도와 주부로 살면서 임용숙 씨는 아들 둘과 딸 둘을 낳아 길렀다. 자신의 삶을 단 한 줄로 표현하자면 '부엌과 방, 방과 부엌'을 오가는 삶의 연속이었다고 한다. 그렇게 바깥 세계와 별 교류도 없이 아내로 엄마로 긴 시간을 보냈다. 같은 연배의 여성들이 살아가는 것과 별반 다르지 않은 삶이었다. 다람쥐 쳇바퀴를 돌듯 제자리에서 반복되는 일이 계속 이어졌다.

아이들이 다 자라 더 이상 어머니의 보살핌이 필요 없을 때, 남편과 함께 노년에 들어섰을 때, 남편이 아내에게 말을 꺼냈다. 지금까지 집안일만 하느라고 고생했으니 이제는 바깥 세상에 좀 나가보는 게 어떻겠느냐고.

"내가 세상물정을 너무 모르니까 좀 나가 보라고 한 거예요."

평생 집안 일만 했으니 이제 좀 일을 쉬고 놀라는 얘기였다.

임용숙 씨도 그 말을 들으니 마음이 동했다. 게다가 최근에 받은 건강검진에서 콜레스테롤 수치가 높게 나오고, 고지혈증 증세도 있다고 하고, 당뇨 증상이 감지되어 당뇨로 판정받기 일보직전이었다. 어차피 움직이며 운동을 해야 할 상황이었다. 그렇게 71세에 임용숙 씨는 집안으로 벗어나 세상 밖으로 나왔다.

처음에는 노래교실도 가고, 스포츠댄스도 배우고, 배드민턴을 치기도 하면서 시간을 보냈다. 처음 하는 것이어서 아주 재미있었다. 그런데 1년이 지나자 점점 재미가 없어지기 시작했다. 그게 다 그것인 것 같기도 하고, 제자리에서 맴도는 것 같기도 했다. 건강도 생각보다 좋아지지 않았다. 수치가 조금 내려갔을 뿐, 의사는 계속 조심하라고 주의를 주었다. 세상 밖으로 나왔지만 멈춰 있는 듯한 느낌은 별반 달라지지 않았다.

그렇게 무료함이 극에 달했을 때 마음속에서 스멀스멀 한 가지 생각이 고개를 들기 시작했다.

'그래도 아직까지 몸이 건강한 편인데 몸을 왜 썩이고 있지? 어디 가서 일이나 해볼까?'

임용숙 씨는 이전까지 어디에 취직해서 돈을 벌어본 적이 없었다. 그렇다고 생활이 어려운 것도 아니었다. 절약하면서 충분히 살 수 있는 돈은 있었다. 돈이 궁해서 그런 생각이 든 것은 아니었다. 평생 해보지 않은 일을 해보고 싶었다. 제자리에서 맴도는 것과 같은 생활과 다른 경험을 해보고 싶었다.

"고여 있는 물은 썩어도 흐르는 물은 썩지 않는다고 하잖아요."

당시 임용숙 씨 마음에 울리는 말이었다.

마음이 자꾸 흘러가라고 말했다. 아마 임용숙 씨는 그 당시에 더 넓은 세상으로 나가고 싶었던 것 같다. 하지만 나이가 72세인 상황에서 취직할 곳이 어디에 있을지 알 수 없었다.

그러던 어느 날 TV에서 노인들이 택배 일을 한다는 뉴스를 보게 되었다. 정신이 번쩍 났다. 저 정도 일이면 할 수 있을 것 같았다.

아들에게 자기 생각을 말했다. 아들이 바로 말했단다.

"엄마, 그 일 힘들어서 못해."

그래도 임용숙 씨 생각에는 그 일은 할 수 있을 것 같았다. 아들에게 일단은 자신이 다닐 수 있을 만한 실버택배업체를 알아봐 달라고 부탁했다. 며칠 후 아들은 몇 개의 업체를 알려줬다. 남편과 아들은 한번 해보라는 식으로 심각하게 생각하지 않는 듯 했다. 두 사람 모두 임용숙 씨가 '언제까지 버티나 보자'는 심정이었다고 한다.

'얼마 안 있어서 그만 하겠지.' 가족들은 그런 심정이었다.

임용숙 씨는 실버퀵 사무실로 찾아왔다. 오는 사람 막지 않는 것이 회사 규율인 실버퀵 회사는 그를 택배원으로 채용했다.

2017년 11월. 그렇게 임용숙 씨는 일흔두 살의 나이로 첫 직장에 취직했다. 생애 처음으로 스스로 돈을 벌기 시작한 것이다. 일흔두 살에 새로운 인생을 경험하기 시작했다.

일을 시작했지만, 택배원들이 제일 먼저 겪게 되는 어려움이 임용숙 씨를 기다리고 있었다. 길을 찾은 일이었다. 게다가 구형 핸드폰을 가지고 있어서 일은 더욱 쉽지 않았다.

생애 처음으로 하는 일을 최대한 잘 해보고 싶었던 임용숙 씨는 전화기를 스마트폰으로 바꾸고 사용법을 아들에게 배웠다. 한 번 해서 잘 모르는 것은 두세 번 물으면서 배웠다. 고객에게서 받은 주소를 복사해서 지도검색란에 붙인 후 위치를 검색하는 방법과 핸드폰상의 지도를 보는 방법이 가장 필요했다. 시간이 지나자 점차 적응이 되어갔다. 스마트폰 사용도 손에 익었고, 장소를 찾는데 큰 어려움도 없었다.

택배 일에 점점 익숙해질 무렵, 임용숙 씨는 두 번째 어려움을 겪게 된다. 바로 직장에서의 스트레스. 즉 상사로부터의 스트레스였다.

배기근 사장은 성질이 급하고 목소리가 크다. 화도 잘 내고, 일을 굼뜨게 하면 가르쳐주기보다는 야단치는 스타일이다. 고객들의 불만이 접수되면 바로 담당택배원에게 주의를 준다.

이전에도 말했지만 택배원이 장소를 찾지 못해서 고객에게 전화로 물어보면, 그 고객이 사무실에 불만을 얘기하는 경우가 있다. 임용숙 씨가 장소를 찾지 못할 때 가끔 고객에게 전화를 했는데, 고객이 사무실에 불만을 표시하는 일이 몇 번 발생했다. 사장은 당연히 주소를 모르면 사무실에 전화하라고 소리쳤다. 임용숙 씨는 실수를 한 사람이 자신이었기 때문에 마음으로 삭히면서 참았다. 그렇지만 이런 일이 반복되자 마음이 부글부글 끓기 시작했다.

어느 날, 임용숙 씨는 장소를 찾아가다가 주소가 이상해서 회사에 전화를 걸었다. 주소가 맞냐고 물어보자 배기근 사장은 "여태껏 속아만 살아왔냐"며 "그렇게 사람을 못 믿냐"고 핀잔을 주었다. "잘 찾아보라"는 마지막 소리와 함께 전화가 끊겼다.

전화를 끊고 주소를 찾아가는데 마음이 점점 끓어오르다가 결국 폭발했다. 이런 대우를 받고 일한다는 게 화가 나서 참을 수가 없었다. 화가 난 임용숙 씨는 사장에게 전화를 걸어 같이 소리를 지르면서 대판 싸웠다. 그리고 그 즉시 회사를 그만두었다.

2018년 2월말 73세의 임용숙 씨는 생애 처음으로 회사를 때려치웠다. 속이 시원했다.

지하철택배회사가 여러 곳 있기 때문에, 임용숙 씨는 바로 다른 회사로 들어갔다. 젊은 사람들이 운영하는 회사로 아주 전문적으로 운영되는 것 같았다. 일은 체계적으로 돌아갔고, 소리치는 사람도 없었다. 모든 일이 회사 규칙에 맞추어 운영되었다.

그런데 처음에는 대단히 잘 돌아가는 것처럼 보였던 회사가 점점 다르게 느껴졌다. 회사가 아주 체계적으로 운영되고, 일이 기계적으로 딱딱 맞게 처리되었지만, 왠지 인간미가 없는 느낌이 들었다. 상황에 따라 융통성을 발휘하는 경우는 거의 없었다. 예외적인 상황이 발생해도 직원들은 원칙대로 처리했다. 조금이라도 택배원을 위해서 예외를 두는 경우가 없었다.

그 중에서 가장 기분이 상한 것은 추가경비에 대한 규정이었다.

지하철 택배는 65세 이상 어르신들의 지하철비용이 무료라는 것을 기본으로 한다. 만약 배달하는 곳이 지하철역에서 멀 경우 버스비를 추가로 받는다. 버스비는 어르신들에게 무료가 아니기 때문이다. 그런데 배기근 사장 회사의 경우 추가비용에서는 회사 몫을 계산하지 않았는데, 여기서는 그것까지 회사 몫을 계산하는 것이었다. 예를 들면 택배비가 10,000원이고 추가 버스비가 2,400원이 들었을 경우, 배기근 사장님 회사에는 택배비의 30%인 3,000원만 입금하면 되었다. 그런데 두 번째 회사에서는 택배비의 30%인 3,000원외에 추가 버스비인 2,400원의 30%인 720원을 더 입금해야 했다.

회사에 내야하는 돈은 당연히 내야겠지만, 임용숙 씨는 이 규정이 부당하다고 생각했다. 추가 비용이라는 것은 어차피 써야하는 돈인데 그것까지 커미션을 뗀다는 것은 아무리 생각해도 잘못된 것이었다. 그러다 보니 추가요금이 발생할 때마다 기분이 상했다. 문제를 지적해도 회사는 내부규칙이라고 말하면서 수정할 생각을 하지 않았다.

이 회사에 근무를 하면서 임용숙 씨는 한 가지를 깨닫게 되었다. 합리적인 일처리와 논리적인 것이 전부는 아니라는 사실이다.

3월부터 8월말까지 6개월이 흘렀다. 머릿속에서는 자꾸 실버퀵 회사가 생각났다. 다시 돌아가고 싶은 생각이 들었지만 사장이 다시 받아줄지 걱정이 되었다. 소리를 치면서 안 받아주면, 너무 기분이 상할 것 같았다. 하지만 임용숙 씨는 72세에 처음 직장생활을 결정한 배짱을 다시 발휘했다. 전화를 해서 돌아가고 싶다고 말하기로 결정한 것이다.

'소리 지르면 그냥 끊어버리면 되지 뭐!'

이런 생각을 하며 용기를 내어 전화를 걸었다. 그리고 다시 돌아가면 안 되냐고 물었다.

배기근 사장은 성격상 뒤끝이 없어서 그랬는지, 아니면 믿을 만한 택배원이 필요했는지 모르겠지만 임용숙 씨에게 다시 오라고 했다.

2018년 9월. 73세의 임용숙 씨는 생애 처음으로 회사 복직에 성공했다. 그리고 그 이후로 지금까지 실버퀵 회사에서 믿을 만한 배달원으로 일하고 있다. 이전 회사가 정부지원금으로 19만원을 기본급으로 준다며 돌아오라고 하지만 갈 생각이 없다고 한다. 마음 편하게 일하는 게 최고인 걸 알았기 때문이다.

가족들도 임용숙 씨를 보는 눈이 달라졌다. 남편과 아들, 딸 가족 모두 자신들의 예상을 뛰어넘어 지금까지 일하고 있는 임용숙 씨를 보며 그의 능력을 인정했다고 한다. 아내와 어머니의 새로운 모습을 본 가족들은 매일 임용숙 씨를 응원하고 있다.

택배 일을 하면서 건강이 좋아졌다. 콜레스테롤 수치도 내려갔고, 고지혈증 증세도 없어졌다. 당뇨도 걱정하지 않아도 될 정도로 건강을 되찾았다. 의사도 놀랐다고 한다. 대체 무슨 일을 하셨기에 수치가 모두 내려갔냐고 물어보면서 말이다.

택배 일에도 능숙해져서 하루에 7만 원을 벌기도 했다. 개인 최고 기록이라고 한다.

한 달에 두 번 정도 개인모임이나 일이 있을 때만 쉴 뿐 매일 일을 한다. 몸이 피곤하다 싶으면 주문 수를 줄여서 스스로 컨디션을 조절한다.

"스스로 용돈 버는 재미가 아주 쏠쏠해요."

누구에게 의존하지 않고, 누구에게 돈을 타지 않고, 스스로 돈을 버는 것이 이런 느낌을 주는지 몰랐다고 한다. 그러면서 활짝 웃으시며 다음 말을 덧붙인다.

"아침에 일어나서 어딘가 갈 곳이 있다는 것이 참 기분 좋아요."

임용숙 씨는 택배 일을 하면서 정말 많은 사람들을 만났다고 한다. 가장 짜증나는 때는 솔직하지 못한 사람들을 만날 때라고 한다.

임용숙 씨에게 가장 힘든 물건은 무거운 물건인데 때로는 무게를 속이면서 택배를 맡기는 사람을 만나게 된다. 지하철택배는 노인들이 하기 때문에 보통 5킬로그램 이상은 맡기면 안 된다. 그런데 그 이상 무게가 나가는 물건을 맡기면서 5킬로그램이 안 된다고 우기는 사람들이 있다. 실제로 재보면 확실히 넘는다. 그때서야 추가요금을 주면 되지 않느냐며 도리어 화를 내는데, 그럴 때 마음이 끓어오른다.

어떤 사람은 여러 개의 물건을 묶어서 택배를 맡기는 경우도 있다. 원래 한 번에 하나의 물품을 배송하는 게 상식인데 이런저런 물품을 묶어서 내밀 때는 조금 얄밉다는 생각이 든다고 한다. 또 추가 요금이 발생한다는 것을 설명하면 그 요금을 깎으려고 하는 사람도 있다고 한다.

그러나 임용숙 씨는 그런 이상한 사람보다 따뜻한 마음을 가진 사람들이 더 많다고 말한다. 택배원이 노인인 것을 보고는, 음료수를 주는 사람도 있고, 택배비에 몇 천원을 얹어서 주는 사람도 있고, 친절한 말을 건네는 사람들도 있다고 한다. 어떤 분은 잠깐만 기다리라고 하고선 흰봉투를 가져와 내미는 경우도 있었다고 한다. 그 안에는 만 원짜리 한 장이 들어 있었다. 지금까지 두 번 그런 일이 있었는데 언제 생각해도 기분 좋은 추억이라고 한다.

택배 일을 하시면서 좋은 점이 뭐냐고 물었다.

임용숙 씨의 말.

"매일 아침 오늘은 또 어떤 곳을 보게 될까 하는 생각이 들어서 설레요."

인터뷰 뒷이야기

임용숙 씨와의 인터뷰를 마치고 집으로 돌아가는데 이상하게 기분이 좋았다. 임용숙 씨의 낙관적인 마음에 전염된 것 같았다. 예전에 보았던 영화 하나가 생각났다.

영화감독 난니 모레티가 2015년에 만든 〈나의 어머니 Mia Madre〉라는 이탈리아 영화다. 주인공은 여자 영화감독이다. 그녀의 결혼생활은 파탄 나고, 영화를 만드는 일에서도 문제가 발생한다. 게다가 어머니는 노환으로 점점 쇠약해져 간다. 의사가 가족들에게 어머니와 이별할 준비를 하라고 말한다. 여러 가지 복잡한 일에 빠진 주인공은 어머니를 돌보지 못하고, 오빠가 회사를 휴직하고 어머니를 돌본다. 가끔 문병을 오는 주인공은 어머니를 따뜻하게 대하지 못한다. 옆에서 도와주지 못하는 죄책감으로 오히려 차갑게 대할 뿐이다. 그런 딸을 어머니는 조용히 받아준다. 어느 날 어머니는 평온하게 세상을 떠난다. 장례식장에 찾아온 어머니의 제자들은 어머니가 자신들에게 얼마나 중요한 영향을 끼쳤는지 말한다.

딸은 어머니의 유품을 정리하며 어느 날 밤 어머니와 단 둘이 병원에서 보냈던 한 순간을 떠올린다.

병원 침대에 앉아 있는 어머니가 무슨 생각을 하는지 웃고 있다. 너무나 행복한 표정이다. 왜 웃고 있는지가 궁금한 딸이 묻는다.

"엄마!"

"왜?"

"무슨 생각해요?"

어머니가 딸을 보며 말한다.

"내일."

어머니는 계속 미소 짓는다. 영화 끝.

인터뷰 글 마지막에 인용한 임용숙 씨의 말이 이 영화 마지막 대사와 비슷한 느낌으로 다가왔다.

인터뷰 이후, 사무실에서 임용숙 씨를 만나면 반갑게 인사를 나눴다. 항상 수줍은 미소를 띠고 인사를 받는다. 그럴 때마다 왠지 이탈리아스러운 아우라가 풍겨 나오는 것만 같다.

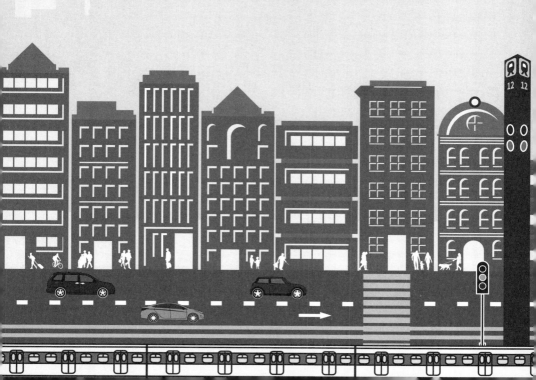

CHAPTER 13

언제까지 일해야 할까

최근에 아주 중요한 법적 판결이 나왔다. 육체노동자로 노동가능 연령을 몇 세로 보느냐에 관련된 판결이었다. 사건은 이랬다.

2010년 3월에 한 사람이 신호를 받고 유턴을 하던 중 반대편에서 오던 버스와 충돌해 크게 다쳤다. 당시 피해자는 29세였다. 이 사람에게 보상을 해야 하는데 기준을 어떻게 잡느냐가 쟁점이었다. 이 사람이 60세까지 일을 할 수 있다고 기준을 잡아야 하는지 더 높은 연령까지 일하는 것으로 기준을 잡아야 하는지의 문제였다. 법원은 현실을 참작해서 65세까지 육체노동이 가능하다고 판단하고 육체 노동가능연령을 65세로 상향조정했다.

이 판결이 나오자 언론은 정년이 60세에서 65세로 상향되는 것이 아니냐는 기사를 냈다. 마치 그것이 일할 기회를 넓혀주는 것처럼 말이다. 참으로 한심한 기사들이었다.

이 기사가 한심한 것은 정년이 높아지는 것은 결코 좋은 것이 아니기 때문이다. 가장 좋은 사회는 일찍 정년에서 물러나도 경제적인 어려움이 없이 살 수 있는 사회이다. 게다가 현실은 정년까지 직장생활을 할 수 없는 분위기인데, 정년 숫자가 높아진다고 뭐가 달라지겠는가? 보장되지 않는 정년이 늘어난다는 게 무슨 의미가 있겠는가?

세계 각 나라의 은퇴 연령

우선 다른 나라는 어떤지 살펴보자. 물론 OECD 회원국 자료이다. 옆 페이지에 있는 자료는 각 나라의 공식은퇴연령과 실제은퇴연령을 표시한 표이다.

검은색 그래프는 실제은퇴연령을 가리키고, 회색 그래프는 공식은퇴연령을 가리킨다. 공식은퇴연령은 국가에서 정한 정년퇴직연령이다. 실제은퇴연령은 생계와 노년을 위해서 그때까지 일해야 하는 연령을 말한다. 그때까지 일할 수 있다는 뜻이 아니다. 경제적으로 힘들기 때문에 그때까지 일을 해야만 살 수 있다는 의미이다. 실제퇴직연령이 높을수록 그 사회는 노후대책이 되어 있지 않다는 말이다.

남녀 모두 1등은 멕시코가 차지했다. 우리나라가 아깝게 1등을 놓쳤다. 멕시코 남자들은 65세가 공식은퇴연령인데 73세가 될 때까지 일을 해야 된다. 우리나라는 공식은퇴연령은 60세이고 실제로는 71.2세까지 일해야 한다. 1등과 2등을 비교해 보면 실제로 누가 1등인지 헷갈린다. 남자의 경우, 멕시코는 공식은퇴연령과 실제은퇴연령의 차이가 8년인데, 우리나라는 11.2년이다. 게다가 그 기간은 불안한 고용상태다. 결국 남자부분에서 우리가 1등인 것이다. 여자의 경우, 멕시코는 75세까지 일해야 하고, 우리나라는 67.9세

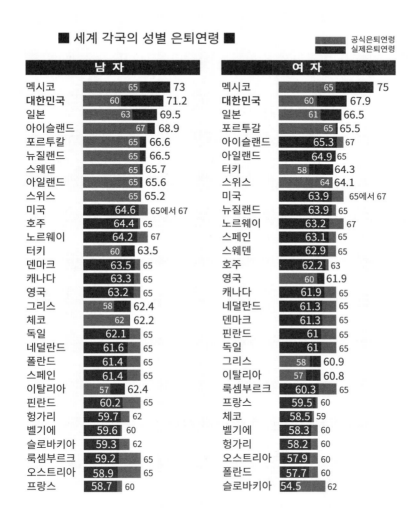

■ 세계 각국의 성별 은퇴연령 ■

공식은퇴연령
실제은퇴연령

남 자		
멕시코	65	73
대한민국	60	71.2
일본	63	69.5
아이슬랜드	67	68.9
포르투칼	65	66.6
뉴질랜드	65	66.5
스웨덴	65	65.7
아일랜드	65	65.6
스위스	65	65.2
미국	64.6	65에서 67
호주	64.4	65
노르웨이	64.2	67
터키	60	63.5
덴마크	63.5	65
캐나다	63.3	65
영국	63.2	65
그리스	58	62.4
체코	62	62.2
독일	62.1	65
네덜란드	61.6	65
폴란드	61.4	65
스페인	61.4	65
이탈리아	57	62.4
핀란드	60.2	65
헝가리	59.7	62
벨기에	59.6	60
슬로바키아	59.3	62
룩셈부르크	59.2	65
오스트리아	58.9	65
프랑스	58.7	60

여 자		
멕시코	65	75
대한민국	60	67.9
일본	61	66.5
포르투갈	65	65.5
아이슬랜드	65.3	67
아일랜드	64.9	65
터키	58	64.3
스위스	64	64.1
미국	63.9	65에서 67
뉴질랜드	63.9	65
노르웨이	63.2	67
스페인	63.1	65
스웨덴	62.9	65
호주	62.2	63
영국	60	61.9
캐나다	61.9	65
네덜란드	61.3	65
덴마크	61.3	65
핀란드	61	65
독일	61	65
그리스	58	60.9
이탈리아	57	60.8
룩셈부르크	60.3	65
프랑스	59.5	60
체코	58.5	59
벨기에	58.3	60
헝가리	58.2	60
오스트리아	57.9	60
폴란드	57.7	60
슬로바키아	54.5	62

* 자료에서 보면 회색 그래프가 앞에 나와 있는 나라는 정년퇴직을 해도 노년생계를 위해서 일을 더 해야 하는 나라를 의미한다. 반면 검정색 그래프가 앞에 나와 있는 나라는 정년보다 일찍 일을 그만두어도 노년 생계에 문제가 없는 나라를 의미한다. 일찍 퇴직해도 노년에 큰 문제가 없다는 뜻이다.

까지 일해야 한다. 멕시코는 10년을, 우리나라는 7.9년을 노년의 불안한 고용상태로 일해야 한다. 여기서는 우리나라가 2등이다.

이 표는 2002년부터 2007년까지 자료로 조금 오래된 것이지만 많은 나라가 비교되어 있어서 인용했다. 그리고 최근자료도 별반 변화가 없다.

표를 조금 더 살펴보자. 소위 말해서 선진국들, 사회보장제도가 잘 되어 있는 나라들은 공식은퇴연령보다 실제은퇴연령이 더 빠르다. 말하자면 정년보다 일찍 일을 그만두어도 살아가는 데 문제가 없다는 얘기다. 표의 아래에 위치하는 프랑스나 오스트리아는 59세가 되기 전에 실제로 일을 그만 두어도 노년을 살아갈 수 있다. 우리나라보다 12년 차이가 난다.

2012년 통계에서는 우리나라 실제은퇴연령이 조금 줄어 71.1세가 되었단다. 0.1세가 줄었다. 그렇다면, 71세까지 일하면 그 다음부터는 일을 안 해도 그런대로 살 수 있을까? 일을 안 해도 건강하고 문화적인 최저한도의 생활이 가능할까?

모두가 답을 알고 있을 것이다. 참 바보 같은 질문이었다.

세계 각 나라 사람들은 몇 살까지 사나

우리나라 사람들이 평균 몇 살까지 사는가를 살펴보자. 2017년에 조사된 OECD 자료에 의하면, 남자는 79.3세, 여자는 85.4세까지 산다고 한다. 평균으로 따지면 82.35세까지 산다.

다른 나라와 비교하면 높은 편이다. OECD 평균이 남자 77.9세, 여자 83.2세다. 우리나라 사람들이 좋아하는 순위를 따져보면 여자는 4위다. 남자들은 조금 낮은데 15위다. 대략적으로 보면 프랑스

<자료 6 : 세계 각국의 기대수명> OECD 자료

■ OECD 회원국의 성별 기대수명 ■

남 자			여 자
81.2	아이슬란드	일본	87.1
80.8	스위스	스페인	85.8
80.8	일본	프랑스	85.5
80.5	노르웨이	대한민국	85.4
80.4	호주	스위스	85.1
80.4	스웨덴	이탈리아	84.9
80.3	이탈리아	룩셈부르크	84.7
80.1	스페인	호주	84.5
80.1	이스라엘	핀란드	84.4
80	룩셈부르크	포르투갈	84.3
79.9	뉴질랜드	노르웨이	84.2
79.9	네덜란드	스웨덴	84.1
79.6	아일랜드	이스라엘	84.1
79.6	캐나다	슬로베니아	83.9
79.3	대한민국	캐나다	83.8
79.2	영국	아이슬란드	83.8
79.2	프랑스	오스트리아	83.7
78.8	오스트리아	그리스	83.7
78.8	덴마크	벨기에	83.4
78.7	핀란드	아일랜드	83.4
78.7	벨기에	뉴질랜드	83.4
78.5	그리스	네덜란드	83.2
78.3	독일	독일	83.1
78.1	포르투갈	영국	82.8
77.8	슬로베니아	덴마크	82.7
76.7	칠레	에스토니아	82.2
76.3	미국	칠레	81.8
75.7	체코	체코	81.6
75.3	터키	폴란드	81.6
73.5	폴란드	미국	81.2
73.2	에스토니아	터키	80.7
73.1	슬로바키아	슬로바키아	80.2
72.3	헝가리	라트비아	79.5
72.3	멕시코	헝가리	79
69.7	라트비아	멕시코	77.7
77.9	OECD 평균	OECD 평균	83.2

사람과 비슷하다. 프랑스가 우리보다 0.1세 많은 편이다.

표를 보면 알겠지만, 모든 나라의 여자들이 남자들보다 오래 산다.

지금까지 살펴본 통계를 정리하자면, 우리나라 남자들은 평균 79.3세를 사는데, 60세가 정년이고, 71.2세까지 일을 해야 하고, 여자들은 평균 85.4세를 사는데, 60세가 정년이고, 67.9세까지 일해야 한다. 이 말은 정년은퇴한 후 사망하기까지 남자는 19.3년을 더 살아야 하고, 여자는 25.4년을 더 살아야 한다. 실제 벌어지는 일을 기본으로 다시 정리하면, 일을 할 수 있을 때까지 한 후, 경제활동이 없는 상태로 사망하기까지 남자는 8.1년을, 여자는 17.5년을 더 살아야 한다.

문제의 심각성을 알 수 있을 것이다. 특히 노년 여성들의 문제는 심각하다.

언제까지 건강하게 사나

무엇보다도 중요한 것은 건강이다. 특히 우리나라 사람들은 건강에 아주 민감하다. 실제로 어르신들에게 물어보면 오래 사는 것보다 얼마나 건강하게 살 수 있느냐가 더 중요하다고 말한다.

그렇다면 우리는 과연 몇 살까지 건강하게 살까? 통계청에서 나온 '2016년 생명표'에 따르면 남자는 64.7세, 여자는 65.2세까지 건강하게 살 수 있다.

그 통계를 다른 각도에서 계산해 보면, 한국 남자는 64.7세 이후부터 사망에 이르는 79.3세까지 14.6년을 건강하지 않은 상태에서 살아야 하고, 한국 여자는 65.2세부터 사망에 이르는 85.4세까지 20.2년을 건강하지 않은 상태로 살아가야 한다. 여자들이 남자들보다 오래 살기는 하지만 아픈 기간은 훨씬 길다.

이제 슬슬 왜 복지정책이 필요한지 느낄 것이다.

<자료 7 : 유병기간 제외 기대수명>

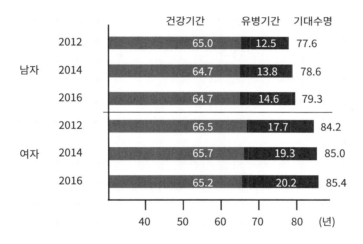

* 이 자료는 통계청에서 매년 발표하는 "생명표"라는 문서에 나와있다. "2106년 생명표"에 나왔있는 통계이다.

한국인의 실제 퇴직 연령

우리나라의 공식퇴직연령은 60세다. 그러나 다 알다시피 60세에 제대로 퇴직하는 사람들이 별로 없다. 공무원들이나 보장 받는다고 할까? 공무원들도 조기 퇴직을 권고 받는다고 하니 60세 정년퇴직 하는 사람들은 거의 천연기념물과 같을 것이다.

실제 퇴직연령은 공식적으로 집계되지 않는다. 사설기관이나 연구기관에서 조사할 뿐이다.

대략적으로 50대가 되면 주위에서 퇴직 눈치를 준다고 한다. 어떤 기관에서는 52세를 실제 퇴직 연령이라고 발표하기도 하고, 어떤 기관에서는 58세라고 하기도 한다.

우리 사회에서는 '사오정,' '오육도' 라는 신종 단어로 이런 세태를 표현하고 있다. 다들 알고 있겠지만 정리하자면, 사오정은 45세 정년이라는 뜻이고, 오육도는 56세까지 직장에 있으면 도둑이라는 뜻이다. 대부분의 조사기관에서는 대략 55세를 실제 퇴직연령을 계산한다. 우리도 일단 그렇게 정하자.

한국인의 인생

한국인의 인생을 위의 통계를 사용해서 이야기해 보자. 비공식적인 이야기이니까 남녀 평균으로 얘기하겠다. 소수점도 떼겠다.

공식적으로 한국인은 태어나서 19세까지 부모님 슬하에서 학교를 다닌다. 독립을 하지 못한 채 부양을 받는 인생을 산다. 20세부터 사회에 나와 일을 시작해서 60세까지 건강하게 일을 한다. 일하는 기간은 40년이다. 그리고 대략 65세까지 건강하게 산다. 이후 시름시름 아프면서 남자는 14년을, 여자는 20년을 더 살다가, 각각 79세와 85세에 죽는다.

비공식적인 삶을 따져보자.

한국인은 19세까지 학교에 다니며 부양을 받는다. 20세부터 일을 시작해서 실제 퇴직연령인 55세까지 35년을 안정되게 일한다. 그리고 10년을 건강한 상태에서 직장을 바꾸어서 일을 한다. 그러면 65세. 이후 몸이 아픈 것을 치료하면서 남자는 5년을 더 일하고 70세는 되고, 여자는 3년을 일하며 68세가 된다. 그리고 일과 외부 수입 없이 아픈 몸을 치료하며 남자는 9년을 더 살다가 여자는 17년을 더 살다가 세상을 떠난다.

이것이 통계로 볼 수 있는 한국인의 평균적인 삶이다. 결국 벌어 놓은 모든 것을 병치레하면서 모두 쓰고 죽는 것이 아닌가 하는 생각이 든다. 한마디로 사회가 개인을 탈탈 털어서 알거지로 만든 다음에 저세상으로 보내는 것만 같다. 요즘 이야기가 자주 나오는 영리병원은 더 낳은 의료서비스를 받게 하겠다고 말한다. 더 낳은 서비스가 아니라 끝까지 털어가겠다는 말은 아닌지…….

사람들이 병원에 갈 일이 없는 사회. 병치레로 돈을 거의 안 쓰는 사회가 건강하고 좋은 사회가 아닐까?

<자료 8 : 공식적인 삶과 실제 삶>

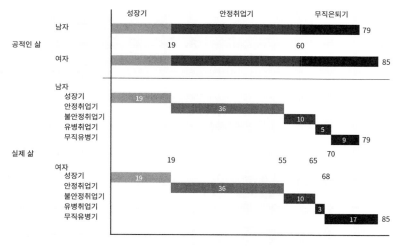

* 그래프 밖의 숫자는 나이를 의미하고, 그래프 속의 숫자는 기간의 의미한다.

얼마나 많은 노인들이 일하고 있을까

우리나라 노인들은 얼마만큼 일하고 있을까? 2011년 OECD에서 내놓은 통계에 의하면, 65세에서 69세의 노인 중 41%가 일을 하고 있다. 물론 그럴 수 있다고 생각할 수도 있고, 아직까지 일할 수 있으니까 좋겠다고 말할 수도 있다. 그러나 다른 나라와 비교해보면 입을 다물게 될 것이다. 이 통계는 일을 하고 싶은 사람에게 일할 기회가 있다는 상황에 대한 통계가 아니라, 일을 할 수밖에 없는 상황을 보여주는 통계이기 때문이다. 표를 보면 알 수 있겠지만 OECD 평균이 18.5%이다. 복지제도가 잘 되어있는 유럽은 낮은 숫자를 기록하고 있다. 한숨이 나오니, 더 이상 얘기하지 않고 다음 주제로 넘어가자.

<자료 9 : OECD 주요국 65~69세 고용률>

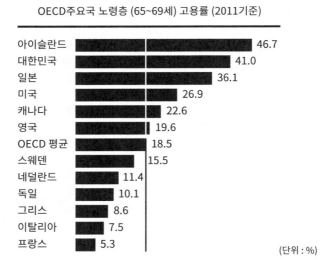

OECD주요국 노령층 (65~69세) 고용률 (2011기준)

국가	고용률
아이슬란드	46.7
대한민국	41.0
일본	36.1
미국	26.9
캐나다	22.6
영국	19.6
OECD 평균	18.5
스웨덴	15.5
네덜란드	11.4
독일	10.1
그리스	8.6
이탈리아	7.5
프랑스	5.3

(단위 : %)

우리 사회는 노인복지에 얼마나 지출하고 있나

그렇다면 우리나라에서 노년층 복지에 사용하는 복지 지출은 어느 정도나 될까? 다른 나라와 비교하면 어떻게 될까? 심심하면 우리사회가 복지에 너무 많은 돈을 쓴다고 난리인데 그 말은 사실일까? 역시 OECD 통계를 보자.

다음 표는 국가가 얼마나 잘 사는지를 보여주는 지표인 국민총생산(GDP)에서 얼마만큼 노인복지에 돈을 쓰고 있는지를 보여준다. 참고로 2006~2008년 기준이다. 지금은 좀 나아졌을 것이다.

＜자료 10 : OECD 주요국 국민총생산(GDP) 대비 노인복지지출 비율＞

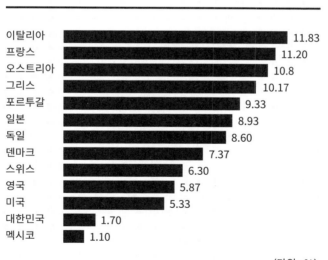

OECD주요국 국민총생산 대비 노인복지지출 비율

국가	비율
이탈리아	11.83
프랑스	11.20
오스트리아	10.8
그리스	10.17
포르투갈	9.33
일본	8.93
독일	8.60
덴마크	7.37
스위스	6.30
영국	5.87
미국	5.33
대한민국	1.70
멕시코	1.10

(단위 : %)

우리나라 노인이 이탈리아에 태어났다면 지금 받는 혜택의 7배가량을 받을 수 있다. 일본에 태어났다면 5배, 사회 복지제도가 나쁜 미국에 태어나도 지금보다 3배는 더 받는다. 현실이 이런데 우리나라가 복지비를 많이 지출한다고?

마지막으로 조금 최근의 통계를 보고 이 장을 마치도록 하겠다. 2016년 통계이다. 다음 표는 국민총생산(GDP) 대비 전체 사회복지 지출 비율을 표시한 것이다. 물론 OECD 지표이다. 36개국 중 34위. 칠레와 멕시코가 고마울 뿐이다.

모든 통계가 보여주고 있다. 우리나라가 복지에 엄청나게 돈을 쓰지 않는 구두쇠 나라라는 것을.

세금은 국민이 낸 돈이다. 그 돈의 혜택을 국민이 받아야 하는 것은 당연하다. 복지정책에 세금을 퍼붓지 말라고? 세금은 복지정책에 퍼부으라고 걷는 것은 아닐까?

<자료 11 : OECD 국내총생산(GDP) 대비 사회복지지출 비중>

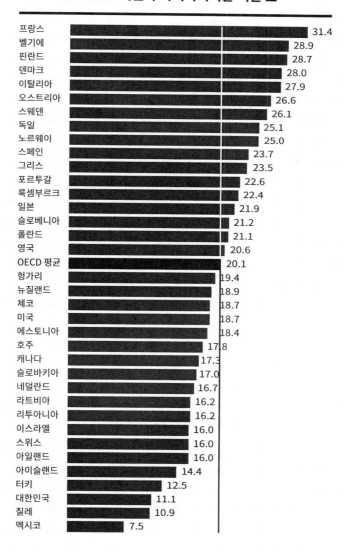

■ OECD 회원국 사회복지지출 비율 ■

국가	비율
프랑스	31.4
벨기에	28.9
핀란드	28.7
덴마크	28.0
이탈리아	27.9
오스트리아	26.6
스웨덴	26.1
독일	25.1
노르웨이	25.0
스페인	23.7
그리스	23.5
포르투갈	22.6
룩셈부르크	22.4
일본	21.9
슬로베니아	21.2
폴란드	21.1
영국	20.6
OECD 평균	20.1
헝가리	19.4
뉴질랜드	18.9
체코	18.7
미국	18.7
에스토니아	18.4
호주	17.8
캐나다	17.3
슬로바키아	17.0
네덜란드	16.7
라트비아	16.2
리투아니아	16.2
이스라엘	16.0
스위스	16.0
아일랜드	16.0
아이슬랜드	14.4
터키	12.5
대한민국	11.1
칠레	10.9
멕시코	7.5

CHAPTER 14

걸을 수 있을 때까지 : 박건차 씨 이야기

　"B-29"라는 단어를 보고 어떻게 읽느냐에 따라 그 사람의 세대를 알 수 있다. 이 단어를 보고 "비 투엔티나인?"이 아니라 "비 이십구!"라고 읽는다면, 50대 이상일 것이다. 그리고 그 사람들은 이것이 유명한 폭격기 이름이라는 것을 알고 있다.

　B-29는 2차 세계대전 말에 등장해서 유명세를 떨친 폭격기다. 아주 높이 날 수 있어서 대공포의 사정거리 바깥에서 폭격을 할 수 있었다. 히로시마와 나가사키에 원자폭탄을 투하한 것도 B-29였다. 한국전쟁에도 참전한 이 폭격기는 우리에게는 친근한 이미지로 남아 있지만 일본사람들에게는 악몽과 같은 존재였다. 2차 세계대전 당시 미군은 이 폭격기를 사용해서 일본의 주요 도시를 그야말로 쑥대밭으로 만들었다. 특히 야간에 하늘에서 들려오는 이 폭격기 편대의 프로펠러 굉음은 공포를 자아냈다.

　이렇게 장황하게 폭격기 얘기를 꺼내는 이유는 그 공포의 소리를 직접 들으신 분을 실버퀵에서 만났기 때문이다.

박건차 씨는 실버퀵에서 일하는 택배원 중 가장 연장자다. 1934년생이다. 그 당시 상황으로 잠시 돌아가자면, 1931년에 일본이 만주를 침공하는 만주사변을 일으켰고, 1932년에는 일본이 청나라 마지막 황제 푸이를 꼭두각시로 내세워 만주국을 건국했다. 그때까지 독립운동의 기지나 다름없던 만주가 일본 속국이 되면서, 만주 독립운동은 큰 타격을 입고 중국본토로 물러나게 되었다. 우리나라 내부의 분위기도 변했다. 이전까지 문화통치라고 해서 온건하게 다스렸던 방식이 1931년을 기점으로 민족말살통치로 변했다. 반면 일본 본토는 점점 국가의 운이 상승하는 분위기로 접어들었다.

박건차 씨의 아버지와 어머니는 일본으로 건너와 공장에 취직했다. 먼저 자리 잡은 곳은 일본 미에현三重縣. 나고야와 오사카 사이에 있는 지역이다. 그리고 34년 3월에 박건차 씨가 맏아들로 태어났다. 당시의 이름은 이치카와 켄지市川健次.

자란 곳이 일본이다 보니, 박건차 씨는 한국말을 배우지 못하고 일본말만 사용했다. 공장일로 바쁘신 부모님은 아이들에게 한국어를 가르칠 시간이 없었고, 박건차 씨는 집에서도 일본말만 사용했다. 그런데 유일하게 한국말을 들을 수 있던 곳이 있었다. 일주일에 한 번 씩 가는 한인교회였다. 당시의 용어로 하면 조선인교회라고 해야 할까? 부모님이 모두 기독교인이었던 관계로 매주 그곳에서 같은 동포를 만나고 조선어 설교를 들었다. 그러나 설교는 전혀 이해하지 못했고, 부모님을 따라온 아이들과 일본어로 얘기하며 놀았다.

소학교에 들어갈 무렵, 가족은 도쿄로 이사했다. 아버지가 도쿄 근처에 있는 공장으로 일자리를 옮기신 거였다. 도쿄에 가서도 가족은 한인교회를 다녔다.

도쿄에서 학교생활을 하고 있을 무렵, 전세는 점점 일본에 불리하게 전개되었다. 도쿄에까지 폭격기가 날아오기 시작했고, 도쿄 하늘로 날아오는 B-29의 폭음을 들으며 공포에 떠는 나날이 이어졌다. 박건차 씨는 지금도 어렸을 때의 일이 명확히는 기억나지 않지만 폭격기의 소리는 확실히 기억난다고 한다.

동경이 폭격 범위에 들어오자, 주민들에게 흩어지라는 명령이 내려왔다. 타지에서 죽을 이유가 전혀 없는 박건차 씨의 가족은 미에현으로 돌아왔다. 그곳은 미군의 주요 폭격 지역이 아니었다. 가족들은 미에현에서 지내나가 일본의 항복을 맞이했다.

박건차 씨는 그 당시를 이렇게 기억했다. 8월 15일 오전에 마을에 안내방송이 나왔다. 12시에 천황이 라디오에서 국민들에게 무슨 말을 할 것이니 모두 들으라는 내용이었다. 시간이 되자, 사람들이 라디오 앞으로 모여들었다. 당시 라디오는 지금과는 아주 다른 라디오였다. 트랜지스터 라디오가 아닌 진공관 라디오였고, 수신 상태도 좋지 않았다. 방송 중간 중간에 잡음이 많았다. 드디어 12시가 되자 천황의 방송이 나왔다. 그런데 천황이 말하는 단어가 보통 사람들이 거의 쓰는 않은 단어였고, 방송 상태 또한 좋지 않아서 정확한 내용을 알 수 없었다. 대충 '항복한다는 것 같은데' 정도로 이해했는데 그것도 확신할 수 없을 정도였다. 잠시 후, 그것이 항복 선언이라는 소식이 들려왔고, 반응은 담담했다. 울면서 통곡하는 장면은 보지 못했다고 한다.

일본 사람들의 입장에서는 전쟁에 패한 것이지만, 오래된 전쟁에 대한 피로와 폭격에 대한 공포 때문에 항복소식에 내심 마음이 편해졌을지도 모른다. 당시 11살이었던 박건차 학생의 눈에는 모두가 담담하게 받아들이는 것으로 보였다.

박건차 씨의 가족은 바로 귀국을 하지 못했다. 일본에서의 삶을 정리하는데 시간이 걸렸기 때문이다. 부모님은 일본 생활동안 네 명의 자녀를 두었다. 늘어난 가족의 생계를 먼저 생각해야 했다. 한국의 사정이 어떤지 알아볼 시간도 필요했다. 급하게 귀국하는 사람, 남겠다고 결심한 사람, 상황을 지켜보는 사람들 속에서 부모님은 순리대로 일을 정리한 후에 돌아가기로 결정했다. 결국 1년 반 정도가 흐른 1947년 이른 봄, 가족들은 귀국선을 탔다. 그리고 고국으로 돌아와 서울 왕십리에 자리 잡았다.

부모님의 입장에서는 고국으로 돌아왔다고 말할 수 있지만, 박건차 씨의 입장에서는 세상에 태어나 처음 보는 환경이었다. 게다가 한국말을 거의 몰랐다. 당시에는 박건차 씨와 같은 아이들이 많았다. 그래서 요즘으로 따지면 동사무서에서 한국어를 모르는 아이들을 위한 한국어교실을 개설했다. 박건차 씨도 동생들과 함께 이 교실에 들어가 처음으로 모국어를 배웠다.

한국어를 배우던 어느 날 그는 선생님으로부터 놀라운 사실을 알게 되었다. 집에 도착하자마자 이 놀라운 사실을 어머니에게 말했다고 한다.

"엄마, 다케시마竹島(독도의 일본 명칭)를 독구시마獨島(독도를 일본발음으로 읽은 발음)라고 한 대요. 그리고 한국 땅이래요."

어머니는 어찌 된 일인지 자세히 설명해주었다. 박건차 씨는 그때 독도가 한국땅이라는 것을 처음 알았다. 불행히도, 한국어를 배운 한국어 교실이 그의 마지막 학교생활이 되었다.

귀국을 한 1947년은 가혹한 해였다. 극심한 흉년이 들어서, 다른 사람들과 마찬가지로 박건차 씨의 가족은 엄청나게 고생을 했다. 쌀은 구경하기 힘들었고 구호품으로 나온 밀가루만 겨우 구할 수 있었다. 주식으로 먹은 것은 밀가루와 늙은 호박으로 만든 호박죽. 그 죽을 먹으면서 그 시절을 견뎠다. 그런 사연 때문에 지금까지도 박건차 씨는 아무리 맛있게 만든 호박죽이라고 해도 별로 당기지 않는다고 한다.

열세 살이란 어린 나이에 박건차 씨는 취업전선에 던져졌다. 처음 취직을 한 곳은 생활용품을 만드는 작은 대장간이었다. 낫, 괭이, 칼, 쇠꼬챙이 등 주로 만드는 곳이었다. 취업은 조건은 끼니를 먹여주는 것. 월급은 없었다. 당시 가난한 사회의 형편에서는 식구의 입을 하나 줄이는 것만으로도 큰 도움이 되었다.

다음 해에는 흉년의 어려움에서 벗어났지만, 박건차 씨 가족에게는 가혹한 해가 계속되었다. 아버지께서 세상을 떠난 것이다. 이전부터 앓아온 병환 때문이었다. 일본에서 태어난 아들 셋과 딸 하나, 그리고 한국에 와서 태어난 막내딸까지 3남 2녀와 부인을 남겨둔 채였다.

박건차 씨가 대장간에 취직할 때 약속했던 정확한 취업 조건은 세끼 먹여주는 것과 나중에 일을 배운 후 작업 장비 한 벌을 마련해주고 독립시켜주는 것이었다. 그러나 대장간도 어렵기는 마찬가지였다. 대장간을 나와서 자신의 대장간을 차린다고 해도 생계를 이어나간다는 보장이 없었다.

대장간에 적을 둔 채 박건차 씨는 이런저런 다른 일을 해보기 시작했다. 그때 우마차를 만드는 일도 배웠다고 한다. 우마차는 소가 끄는 마차로 요즘 화물차의 전신이라고 말할 수 있다. 이 일을 하면서 월급을 가끔 받았다.

이렇게 4년 정도 지냈을 때, 박건차 씨는 생계를 위해 직업을 바꾸게 되는데, 이 직업이 그의 평생 직업으로 연결되었다.

여기서 잠깐. 1947년에 한국에 돌아왔다면 한국전쟁 때는 어땠을까? 그 당시를 묻는 내 질문에 박건차 씨는 "가족 모두 피난을 가지 않고 왕십리에 머물렀다"고 한다. 그럼 인민군을 피해 숨어있었냐고 물었더니…….

"난, 그때 인민군을 한 번도 못 봤어요."

엥? 다시 한 번 물었더니, 왕십리는 당시 아주 촌동네였으며 왕래가 많지 않은 곳이었고, 전쟁의 현장을 볼 수 없었다고 한다. 당시 열여섯이었던 박건차 씨는 고개를 들 틈도 없이 일을 하고 있었고, 전쟁의 폭풍은 고개를 숙이고 있는 그의 머리 위로 지나간 듯 했다.

전쟁 상황 속에서 박건차 씨는 자동차 타이어를 수선하는 일로 직업을 바꾼다. 쉬운 말로 하자면 '타이어 펑크 때우는 일'을 배워 자동차 수리점에서 일을 한 것이다. 그러다가 트럭 운전사 조수로 발탁되어 화물차 운수회사에서 일하게 되었다. 그때 나이가 18세. 한국전쟁이 3년차로 들어설 때였다.

운전사 조수는 운전을 할 수는 없고, 운전기사의 일을 돕는 일을 했다. 차를 관리하면서 기사의 심부름과 잡일을 하는 역할이었다. 때때로 운전기사가 조수에게 간단한 주차나 짧은 거리 운전을 맡겼고, 박건차 씨는 그렇게 현장에서 운전을 배웠다. 그러다 진짜 운전을 하게 되는 일이 발생했다.

나무를 잔뜩 실은 화물차를 보내야 하는데 운전사가 없어진 것이었다. 물건 주인인 화주는 조수인 박건차 씨에게 운전해서 나무를 운송해달라고 부탁했지만, 그는 거절했다. 장거리 운전을 해본 적이 없기 때문이었다. 하지만 시간이 급한 화주는 계속 부탁했다. 어차피 운전을 할 수 있으니 조심해서 운전하면 문제없을 거라고 부추겼다. 상황이 그렇게 되자, 마음이 움직였다. 당시는 어리고 겁 모르는 나이였다. 운전면허 없이 그는 회사까지 차를 몰고 돌아왔다.

회사 사람들은 나무가 가득 실린 화물차 운전석에 박건차 씨가 있는 것을 보고 기겁했다. 회사 사장은 불같이 화를 냈지만, 다음날부터 대우는 달라져 있었다. 그날 이후로 그는 당당한 운전수로 인정을 받았고, 면허 없이 화물차 운전을 하게 되었다.

운수회사에서 일을 하며 박건차 씨는 면허를 땄다. 1953년 면허증이라고 한다. 당시 면허시험장에서는 말뚝을 박아 코스를 표시했다. 흰 말뚝과 붉은 말뚝이 있었는데 붉은 말뚝을 건드리면 감점을 받았다.

운전면허를 딴 그해 박건차 씨는 한국남자라면 누구도 피해갈 수 없는 의무를 이행한다. 군에 입대한 것이다. 당시는 한국전쟁이 끝나지 않고 지루한 휴전회담이 진행되던 때였다. 기초훈련을 마친 후, 포병학교에 배치되어 장교 지프차를 모는 운전병으로 근무했다. 이때 포병학교 교장은 박정희 준장이었다.

군대에서 제대한 후 박건차 씨는 직업으로 택시 운전을 선택했다. 택시 다섯 대를 가진 작은 회사에 들어가 처음으로 택시를 몰기 시작했다. 그렇게 시작한 택시운전은 그의 평생 직업이 되었다. 이후 개인택시 면허를 가지게 되었고, 팔순이 될 때까지 택시운전수로 일을 했다. 박카스와 우루사를 먹으면서 피로를 풀었고, 미터기를 꺾어대면서 서울 거리를 내달렸다. 그러는 동안 서울은 빠르게 변해갔고, 길을 항상 막혔다.

택시 운전을 하며, 결혼을 하고 아이를 낳았다. 3년 터울로 딸 셋을 낳은 후 막내딸과 연년생으로 아들 하나를 얻었다. 이후로도 박건차 씨는 계속 운전하며 가족을 부양했고, 부인은 네 아이를 키우며 남편의 뒷바라지를 했다. 큰 사고 없이 세월이 지나갔다.

박건차 씨는 이 시절을 회상해보면, 안 좋았던 일들은 희미하게 기억이 나고 즐거웠던 일들은 확실하게 더 많이 기억난다고 한다. 그때도 택시 운전은 쉬운 일이 아니었지만, 돈은 제법 벌 수 있는 직업이었다.

그 시절 박건차 씨는 여행을 많이 다녔다. 예전에는 개인택시가 3일에 한 번씩 쉬었기 때문에 차를 이용해 여러 곳을 여행했다. 택시를 모는 친구들과 함께 택시 몇 대를 동원해서 단체로 놀러가기도 했다. 산을 주로 돌아다녔는데 전국에 안 가본 산이 없었다.

한 번은 산에서 친구들과 고기를 구워먹고 있었다. 그 당시에는 산에서 음식을 요리해 먹을 수 있었다. 아주 즐겁게 식사를 하고 있었는데, 갑자기 헬리콥터가 박건차 씨 일행 위로 나타났다. 어떤 사람이 고기를 구워서 발생한 연기를 산불로 오해하고 신고했던 것이다.

가족여행도 많이 다녔다. 시간이 날 때마다 가족들을 차에 태우고 산과 계곡, 바다를 다녔다. 그 시간은 지금도 좋은 추억으로 남아있다. 택시 뒷좌석에 쪼르르 앉아서 깔깔거리던 아이들의 모습과 해변에서 뛰놀던 모습이 아직도 기억나시는지, 박건차 씨의 눈은 연신 추억을 뒤쫓고 있었다.

회상이 끝날 즈음, 자식 자랑이 이어진다. 자식들 모두 큰 걱정 끼치지 않고 잘 커줬다. 건강도 그렇고, 공부도 그렇고, 취직도 그렇고 잘 알아서 했다. 아이들은 지금도 자주 전화를 한다.

다음은 부인 자랑. 박건차 씨는 아이 넷을 제대로 기르는 것은 아무나 못한다고 하면서 자신은 돈만 벌어다 주었을 뿐이고 가정을 꾸리고 아이들을 키운 것은 모두 아내라고 말한다. 밤에 운전을 마치고 집에 돌아갔을 때 아이들을 키우느라 지친 아내의 모습을 보았을 때의 미안한 마음을 지금도 간직하고 있다.

다시 얘기로 돌아가자.

아이들을 모두 출가시키고 예쁜 손녀까지 본 여든 살을 앞두었을 때, 가족들은 아버지에게 이제 일을 그만 쉬었으면 좋겠다는 뜻을 전했다. 나이 든 아버지가 운전을 계속 하는 게 너무 걱정이 된다는 것이었다. 이전에도 몇 번 권했지만, 박건차 씨는 일을 더 하겠다고 고집했다. 그러나 이번에는 거절하기 힘든 간곡한 부탁이었다. 가족의 걱정을 더 이상 무시할 수 없는 그는 가족의 뜻대로 택시면허증을 반납했다.

택시를 그만 두었을 때, 자식들이 집에 와서 박건차 씨에게 한 가지를 부탁했다. 부탁이라기보다 명령과 같았다. 이전에 입었던 옷을 모두 불태우라는 것이었다. 이전의 생활을 모두 잊고 새로운 인생을 시작하라는 의미였다. 대신 자신들이 아버지의 새 옷을 사드리겠다고 제안했다. 새로운 인생에 입을 옷을 사드리겠다는 뜻이었다. 그는 아이들의 말대로 했고, 자식들은 최신 유행의 새 옷을 사드렸다.

새로운 생활이 시작되었다. 일을 하러 나갈 필요도 없고 돈을 벌

필요도 없었다. 아이들이 용돈을 보내주었고, 집에서 지내는 시간이 늘어났다. 이전에 해보지 않았던 것들도 해보았다. 그런데…….

아주 잠시 좋았을 뿐, 점점 이상한 기분이 들었다. 조금 있으면 적응되겠지 생각했지만 그렇게 되지 않았다. 불편한 것은 하나도 없었는데 계속 답답한 마음이 들었다. '내가 지금 뭐하나'하는 생각이 자주 찾아왔다. 허탈한 느낌이었다. '운전을 하면서 여기저기 돌아다니다가 그러지 않아서 이런가?' 이런 생각이 들었다. 답답한 느낌이 사라지지 않았고, '이건 아니다'라는 생각이 계속 들었다. 곧 무엇 때문에 답답한지 알게 되었다.

"내가 건강한데 왜 아이들에게 의존해서 살지? 내 힘으로 살 수 있는데. 그 생각이 그렇게 나더라구요."

박건차 씨는 어린 나이에 사회에 나와 자기 먹을거리를 벌어가며 살아왔다. 평생 남에게 손 벌리지 않고 일을 하며 자기 힘으로 살아왔다. 일을 해서 살아왔고, 그에게 산다는 것은 곧 일을 하는 것이었다. 쉬는 것은 아무 것도 안 하는 것, 죽어 있는 것과 같았다.

"두 손, 두 발이 건강한데, 그냥 가만히 아무 일도 안 하는 게 그렇게 답답하더라고요."

쉬는 것이 문제가 아니었다. 그에게 일이란 단순히 돈을 버는 것 이상의 의미였다.

"내가 벌어서 내가 먹고 싶은 것 먹고, 내가 사고 싶은 것 사고, 손녀들 선물 사고. 내가 번 것으로 말이에요. 그게 행복이에요."

노력해서 번 것이어야 쓰는 재미도 있다는 뜻일까? 그는 아이들이 준 돈을 쓰는 게 불편했다고 한다. 마음이 편한 게 최고였다.

박건차 씨는 자식들에게 다시 일을 하겠다고 말했다. 자신의 생각을 말하자, 자식들도 위험하지 않는 일을 하는 것에는 찬성했다. 그는 둘째 딸에게 노인이 할 수 있는 일을 알아봐 달라고 부탁했다. 아버지의 사정을 들은 둘째 딸이 노인이 할 수 있는 일을 몇 개 찾아 주었다.

박건차 씨는 택배 일을 골랐다. 택배 사무실을 처음 방문할 때 작은 딸이 동행했다. 그래서 지금도 실버퀵 회사에서는 딸이 아버지를 끌고 온 것으로 알고 있는 분들이 있다.

그 당시 함께 택배 일을 하던 분은 박건차 씨의 딸이 사장에게 부탁하던 말을 기억하고 있다.

"우리 아버지, 일 많이 시키지 말고, 하루에 한 건만 시켜주세요."

딸은 아버지가 무리할까봐 걱정했다고 한다.

실버퀵에서 면접을 볼 때 박건차 씨는 사장에게 한 가지를 물어보았다고 한다.

"내가 갑자기 그만 두면 어떻게 되는 거예요?"

동료 택배원들은 회사 면접을 볼 때 그만 둘 얘기부터 꺼냈다고 지금도 박건차 씨를 놀린다. 하지만 그는 자신이 갑자기 그만 둘 경우에 회사에 문제가 생길까봐 물어본 것이라고 말한다. 마지막으로 하는 일인데 무책임하게 끝내고 싶지 않았기 때문이다.

그렇게 택배 일을 시작했다. 나이 여든한 살이 되던 해에.

택배 일을 해보니, 일 자체는 어렵지 않았다. 길을 찾는 것도 큰 문제가 없었다. 그런데 문제는 다른 곳에 있었다. 바로 스마트 폰 사용 방법이었다. 이건 완전히 새로운 세계였다.

누구에게 싫은 소리 듣는 것을 싫어하는 성격인 박건차 씨는 스마트폰 사용법을 악착같이 배웠다. 사용법이 궁금할 때마다 스마트폰을 구입한 곳에 가서 사용법을 물었다. 자꾸 물어보는 것이 미안해서, 커피를 사들고 찾아가기 시작했다. 휴대폰 상점 직원들은 열심히 스마트폰을 공부하는 박건차 씨에게 아주 친절하게 가르쳐 주었다. 그리고 그냥 빈손으로 오셔도 괜찮다고 말했다. 아버지가 휴대폰 상점에 가서 사용법을 배운다는 사실을 알게 된 자식들도 자기들이 가르쳐 준다며 세세하게 사용법을 가르쳐 주었다.

"남의 돈을 먹는 게 쉬운 게 아니에요. 노력을 해야 돼요."

대충 일해주고 돈을 받으려고 하면 절대 안 된다고 말한다. 박건차 씨는 이제 스마트폰을 아주 능숙하게 사용한다.

택배 일을 시작하신지 5년이 되어가는 박건차 씨. 자식들은 걱정이 되어서 이제 그만하라고 한다. 하지만 박건차 씨는 할 수 있을 때까지 하고 싶다고 한다. 건강도 좋다. 당뇨수치가 조금 있는 것만 빼고는 큰 문제가 없다. 혈압도 아직까지 120에 80을 유지하고 있다. 일주일에 한 번 병원에 가서 물리치료를 받으시고, 6일을 일하고 있다.

자신의 인생 이야기를 모두 들려준 후, 박건차 씨는 잠시 회상에 빠진다. 그러고서 말한다.

"그래도 열심히 살아온 것 같지 않아요?"

올해로 여든 다섯인 노인이 아직도 현역으로 일하는데 누가 열심히 살지 않았다고 말할 수 있겠는가!

"정말 멋지게 살아오셨어요." 나는 그렇게 대답했다.

박건차 씨는 아주 낙관적이다. 그리고 아주 진보적인 사고를 가지고 있다. 특별한 계기가 있었는지 물어보았는데 특별한 계기가 있는 것은 아니었다. 그냥 젊었을 때부터 진보적인 생각들이 더 마음에 들었다고 한다. 또 택시운전사들이 진보적이었던 시절에 운전을 했기 때문에 그렇게 된 게 아닐까 생각한다.

박건차 씨는 자기 주관이 확실하지만 그렇다고 자기 주장만 내세우는 분은 아니다. 다른 사람의 의견도 잘 듣는다. 다만 옳고 그른 것은 정확해야 한다고 생각한다. 지위고하를 막론하고 죄를 지었으면 벌을 받아야 한다고 주장한다.

몇 시간을 같이 얘기했으면서도 나는 마지막에 바보 같은 질문을 던지고 말았다. 어떤 대답이 나올지 뻔했는데 말이다.

"언제까지 택배 일을 하실 거예요?"

당연한 대답이 돌아왔다.

"걸을 수 있을 때까지 해야지요."

그 말을 남기고 박건차 씨는 전철을 갈아타기 위해서 플랫폼으로 걸어 나갔다.

인터뷰 뒷이야기

박건차 씨를 인터뷰 하려고 결정한 것은 말하는 방식 때문이었다. 누구에게나 항상 존댓말을 섰다. 어른들이 보통 말할 때는 존댓말을 썼다가 반말 비슷하게 썼다 하는데 박건차 씨는 항상 깍듯하게 존댓말을 했다.

게다가 박건차 씨는 사무실에서 말할 때 잘못된 것은 바로 바로 잡는다. 어떤 분이 조금 어긋나는 말을 하면 "그렇게 함부로 말하면 안 되는 거예요"라고 하면서 잘못을 지적한다. 크게 야단을 치거나 옥박지르는 것이 아니라, 뭐가 문제인지 정확하게 설명해준다.

막상 인터뷰를 결정했지만, 인터뷰 약속을 잡기 쉽지 않았다. 택배 일을 5년이나 한 박건차 씨는 베테랑이어서 아주 바쁘다. 사무실에서 오랫동안 머무는 적이 없다. 바쁘게 돌아다니기 때문에 인터뷰 시간을 따로 빼달라고 하기가 쉽지 않았다. 택배 일은 시간이 돈인 직업이어서 시간을 내달라고 말하기 어렵고, 일이 끝난 다음에는 집에 가서 빨리 쉬어야 하기 때문에 붙잡을 수 없었다.

그런 상황이었기 때문에 박건차 씨와의 첫 인터뷰는 택배 일을 가는 장소에서 하기로 했다. 요일은 토요일. 그날은 경하기를 설치하기 위해서 결혼식장에 가는 날이었다.

나는 인터뷰 스케줄을 짰다. 결혼식이 3시 30분이니, 2시 30분에 경하기를 설치할 것이었다. 설치하는 것을 도와드린 다음 식사하셨는지 물어보고, 안 하셨다면 같이 하자고 하면서 인터뷰를 하기로 계획을 짰다. 만나기로 약속한 시간은 2시 30분.

약속 시간보다 15분 일찍 도착한 나는 엘리베이터가 보이는 야외 테라스로 나가 의자에 앉으려고 했다. 그런데 거기에는 박건차 씨가 이미 따뜻한 햇볕을 쬐고 있었다. 한 차례 결혼식장 축하기를 설치하고 여기가 두 번째 장소라고 한다. 바로 인터뷰 시작.

시간에 맞춰 경하기를 설치하러 가시기에 박건차 씨를 따라갔다. 아주 빠르고 정확한 손. 확인서에 사인을 받고, 설치한 깃발 사진을 찍고, 사진을 깃발 회사로 전송했다. 이것으로 설치하는 일이 끝났다. 나는 내 계획대로 식사하셨는지 물었다.

"아니요. 아직 안 했어요. 조금 있다가 예식 시작하면 밥 먹으러 갑시다. 식권 두 장 얻어놨어요."

분명 설치할 때 계속 같이 있었는데 내가 한 눈 파는 사이에 식권

두 장을 얻어 놓은 것이다.

나와 전혀 관계가 없는 사람들의 결혼식장 식당에서 식사를 하며 인터뷰를 이어갔다. 시간이 흐른 후, 식당에 있는 모니터에서 결혼식이 끝나고 사진 찍는 모습이 보였다. 박건차 씨가 일어났다. 깃발이 있는 곳으로 가서 빠르게 깃발을 걷고 케이스에 넣은 후, 어깨에 짊어진다. 내가 들겠다고 하자, 짐을 내가 먼 쪽으로 다시 돌려 매신다.

"아니에요. 이건 내 일이에요. 안 돼요."

몇 번 들어드리겠다고 했지만, 끝내 내가 들지 못했다.

건강이 어떠시냐고 물으니 대뜸 질문을 한다.

"내 걸음이 이상해요?"

거리를 두고 봤지만 전혀 이상이 없었다. 박건차 씨에게는 건강의 기준이 걸음걸이다. 잘 걸을 수 있으면 건강한 것이다. 택배 일에서도 그것이 기준일 것이다. 택배 일을 할 수 있을지 없을지를 판단하는 기준.

지하철을 타고 올 때, 아들에게서 전화가 왔다. 손녀가 올해 초등학교에 입학하는데 가족끼리 축하하는 의미에서 함께 저녁식사를 하자는 전화였다. 시간 맞춰서 가겠다고 대답을 한 후 전화를 끊으시는데 입가에 미소가 연하게 묻어난다. 그러면서 자신이 돈을 벌어 손녀에게 선물 사주는 맛이 좋다고 한다. 용돈으로 선물 사주는 것과 전혀 다르단다.

지하철을 갈아타셔야 하는 박건차 씨와 계속 타고 가는 나. 우리는 지하철 문 앞에서 헤어졌다.

나의 아버지는 1935년생이니 박건차 씨 보다 한 살 어리시다. 13

년 전 벚꽃이 활짝 핀 어느 날 세상을 떠나셨다.

지하철역에서 걸어가시는 박건차 씨. 걸음걸이를 다시 보니, 확실히 아직은 정정하시다. 다행이다.

CHAPTER 15

노인들의 자살

우리나라는 다른 나라에 비해 자살률이 높은 것으로 알려져 있다. OECD 통계를 보면, 자살률 부분에서 14년 동안 줄곧 1위를 차지했다. 이런 사실은 1년에 한 번씩 정기적으로 언론에 보도되지만, 보도된 며칠 후에는 사람들의 관심에서 사라지곤 한다. 그리고 또 1년이 지나간다.

자살률이 높다는 것도 문제이지만, 통계를 세부적으로 살펴보면 더 큰 문제가 드러난다. 우리는 지금 그 이야기를 하려고 한다.

자살에 대한 이야기를 하면서 사용하는 통계자료들은 우리나라 통계청과 OECD에서 만든 자료들이다. 참고로 설명하자면, OECD는 경제협력개발기구의 약자이며 현재 36개국이 가입해 있는 국제기구이다. 한마디로 세계에서 그런대로 잘사는 나라들의 모임이다. OECD 통계를 사용하는 이유는 비슷한 환경의 나라들과 비교하기 위해서다. 물론 세계의 모든 나라를 대상으로 한 통계도 있다. 하지만 나라 간의 환경이 너무 다르기 때문에 비교하기 곤란한 경우가 많다. 세계보건기구(WHO)가 발표한 자료를 보면, 2015년 자살률이 가장 높은 나라는 스리랑카, 가이아나, 몽골, 카자흐스탄 순이다. 경제적으로 아주 열악한 나라들이다. 우리나라 환경과 비교하기에는 차이가 많이 난다. 그래서 사회적인 환경, 교육적인 환경, 경제적인 환경이 비슷한 OECD 통계자료를 사용하는 것이 우리나라 자살률이 어느 정도 심각한 것인지를 파악하는데 도움이 된다.

우리가 쉽게 구할 수 있는 우리나라 통계청 자료와 OECD 자료를 사용해서 무엇 때문에 우리나라 자살률이 그렇게 높은지 한 번 이야기해보자.

우리나라 자살률

예전부터 우리는 우리나라 청소년자살률에 대해 크게 걱정해 왔다. 청소년자살 사건이 나올 때마다 청소년자살률이 높다는 얘기가 자주 언급되었기 때문이다. 청소년자살률이 높은 것은 사실이고, 안타까운 일이다. 그러나 다른 나라와 비교해 보면, 아주 높은 편이 아니다. 가끔 언론에서 나오는 것처럼 청소년자살률은 세계 1위도 아니고, 다른 나라와 큰 차이가 날 정도로 높지 않다.

다음 자료에 나와 있는 것처럼, OECD 평균에서 조금 높은 편에 속한다. 표에 나온 숫자는 인구 10만 명당 자살자가 몇 명이냐를 의미한다. 인구 10만 명당 자살자 수 평균을 보면, OECD 평균은 6.5명이고 우리나라 평균은 6.8명이다. 최고로 높은 나라는 러시아로 19.7명이다. 이 표 작성에 사용한 기초자료들이 나라마다 다르기는 하다. 어떤 나라는 2003년 자료를 기준으로 했고, 어떤 나라는 2014년 자료를 사용했지만 대략적인 경향은 볼 수 있다.

<자료 12 : OECD 국가 청소년자살률표 비교>

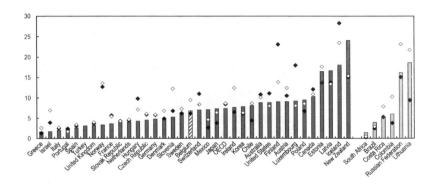

* 각국 마다 제출한 자료가 달라서 어떤 나라는 1900년도의 자료도 있다. 슬로바키아와 남아프리카 자료가 그렇다. 여기 나온 우리나라 자료는 2013년 자료이다. 이 자료는 OECD에서 종합적으로 통계를 낸 최신 자료이다.
* 그래프에서 검은 마름모 표시는 1990년 자료이고, 속이 빈 마름모 표시는 2000년 자료이다. 많은 나라를 이전에 비해서 청소년 자살률을 줄이고 있지만 우리나라에서는 늘어나고 있는 추세이다.
* 이 자료는 OECD 보고서에서 직접 추출한 그래프이다. 정확한 수치가 나오지 않았지만. 청소년 자살률이 줄고 있는 나라와 늘고 있는 나라를 볼 수 있어서 이 그래프를 소개한다.
* OECD에서 청소년자살률을 통계를 낼 때는 15~19세 청소년을 대상으로 통계를 낸다. 우리나라 통계청에서는 10~19세를 기준으로 통계를 낸다. 그래서 간혹 10대 자살률이 다르게 나오는 경우가 있다.

　　그렇다면 전체 자살률은 어떨까? 2016년 기준표를 보면 OECD 회원국 중 2위다. 이전까지 14년간 1위를 하다가 2위로 내려앉았으니 조금 나아진 것일까? 그게 아니다. 앞서 얘기했듯이 2003년부터 우리나라는 14년 동안 이 분야의 1위를 유지했다. 그러다가 2017년 통계에서 리투아니아가 1위를 차지했다. 여기서 알아야 할 상황은 리투아니아가 우리나라를 앞지른 것이 아니라, 리투아니아

<자료 13 : OECD 국가 자살률 비교>

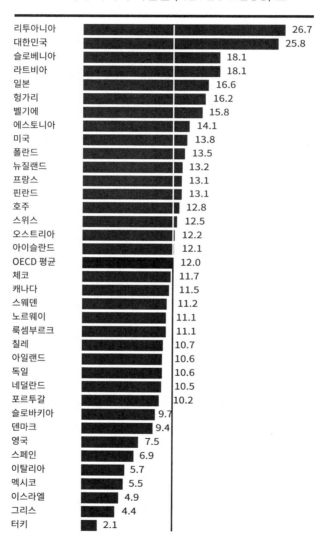

■ 세계 각국의 자살률 (기준 : 인구 10만명당) ■

리투아니아	26.7
대한민국	25.8
슬로베니아	18.1
라트비아	18.1
일본	16.6
헝가리	16.2
벨기에	15.8
에스토니아	14.1
미국	13.8
폴란드	13.5
뉴질랜드	13.2
프랑스	13.1
핀란드	13.1
호주	12.8
스위스	12.5
오스트리아	12.2
아이슬란드	12.1
OECD 평균	12.0
체코	11.7
캐나다	11.5
스웨덴	11.2
노르웨이	11.1
룩셈부르크	11.1
칠레	10.7
아일랜드	10.6
독일	10.6
네덜란드	10.5
포르투갈	10.2
슬로바키아	9.7
덴마크	9.4
영국	7.5
스페인	6.9
이탈리아	5.7
멕시코	5.5
이스라엘	4.9
그리스	4.4
터키	2.1

가 2018년에 OECD에 가입하면서 1위로 올라섰다는 사실이다. 리투아니아가 OECD에 가입하지 않았으면 지금도 우리나라는 1위를 지키고 있을 것이다.

〈자료 13〉을 살펴보면 OECD 평균은 10만 명당 12명인데 비해 우리나라는 25.8명이다. 2배가 넘는 숫자이다. 3위와의 차이도 7.7명으로 큰 차이를 보이고 있다. 자살률이 낮은 터키와는 10배도 넘게 차이가 난다. 아시아에서 자살률이 높은 것으로 알려진 일본과 비교해도 10명 가까이 많다. 전체적으로 우리나라 자살률이 얼마나 높은지 알 수 있다.

매번 그렇게 높다고 보도되는 청소년자살률은 평균인데 전체 자살률은 높다는 사실은 무엇을 의미하는 것일까? 그것은 다른 연령대의 자살률이 다른 나라에 비해 높다는 뜻이다.

우리나라 자살은 언제 늘어났나

연령별 자살률을 살피기 전에 한 가지 통계를 살펴보자. 바로 연도별 자살률의 변화다. 대체 언제부터 우리나라 자살률이 높아지기 시작했는지 알아보기 위함이다.

〈자료 14〉는 1983년부터 2018년까지 자살률의 변화를 보여주고 있다. 표를 보면 알겠지만 10만 명당 자살률이 5명 이상으로 껑충 뛴 년도가 두 번 있다. 한번은 1997년에서 1998년으로 넘어가는 때이다. 예상했겠지만 1997년 늦가을 IMF사태가 일어나서 다음해에 본격적으로 고통을 받았던 시기다. 13.1명이었던 숫자가 18.4명으로 5.3명이 늘어났다. 자살한 사람이 1997년에 6,068명이었던 숫자가 1998년에는 8,622명으로 전년도에 비해 2,554명

<자료 14 : 연도별 자살률 증감>

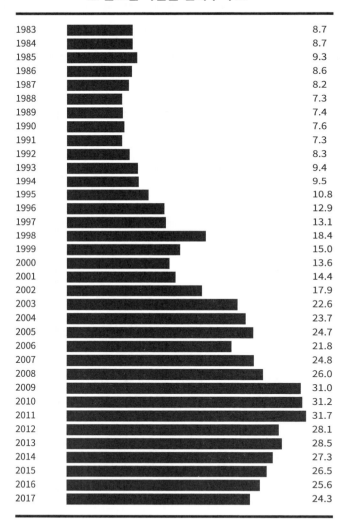

■ 연도별 자살률 변화추이 ■

연도	자살률
1983	8.7
1984	8.7
1985	9.3
1986	8.6
1987	8.2
1988	7.3
1989	7.4
1990	7.6
1991	7.3
1992	8.3
1993	9.4
1994	9.5
1995	10.8
1996	12.9
1997	13.1
1998	18.4
1999	15.0
2000	13.6
2001	14.4
2002	17.9
2003	22.6
2004	23.7
2005	24.7
2006	21.8
2007	24.8
2008	26.0
2009	31.0
2010	31.2
2011	31.7
2012	28.1
2013	28.5
2014	27.3
2015	26.5
2016	25.6
2017	24.3

(단위 : 인구 10만명당)

이 늘었다. 또 한 번 큰 폭으로 자살자 숫자가 늘어난 때는 2008년에서 2009년으로 넘어갈 때이다. 이때는 세계금융위기가 왔던 시기다. 이때도 26.0명에서 31.0명으로 5명이 늘었다. 전년도에 비해 자살자가 2,555명이 늘었다. 자살자의 숫자가 가장 많았던 해는 2011년인데 자살자 수가 무려 15,906명이었다. 숫자로는 실감이 안 난다면, 이렇게 상상해 보자. 하루에 43.5명 정도가 자살을 했다고…….

그나마 다행인 것은 자살률이 조금 떨어지고 있는 것인데 2017년 통계를 보면 12.463명이다. 하루에 34.1명이다.

사망원인과 세대별 자살률

이제 세대별로 살펴보자.

통계청에서는 매년 '사망원인통계결과'라는 자료를 내놓는다. 그런데 전년도 사망통계는 보통 다음해 9월쯤 나온다. 우리가 살펴볼 수 있는 가장 최근 자료는 2017년 자료로 2016년 사망자에 대한 통계다.

우선 다음 페이지에 있는 〈자료 15 : 연도별 사망원인표〉를 보자.

2007년, 2016년, 2017년을 비교한 표이다. 2007년을 넣은 것은 10년 전과 비교하기 위해서이다.

사망원인을 보면 순위만 조금 다를 뿐 원인은 비슷하다.

2017년 자료를 보면, 우리나라 사람들의 사망원인 1위는 암이다. 보통 '악성신생물'이라는 어려운 용어로 이야기하지만, 쉽게 말하자면 암이다. 두 번째는 심장질환, 다음은 뇌혈관질환, 폐렴 순이다. 그리고 다섯 번째로 고의적 자해(자살)가 나온다. 다음 순위를 보

<자료 15 : 연도별 사망원인표>

(단위 : 인구 10만명 당 명)

순위	2007년		2016년		2017년	
	사망원인	사망률	사망원인	사망률	사망원인	사망률
1	악성신생물	138.1	악성신생물	153.0	악성신생물	153.9
2	뇌혈관 질환	60.0	심장 질환	58.2	심장질환	60.2
3	심장 질환	44.1	뇌혈관 질환	45.8	뇌혈관 질환	44.4
4	고의적 자해 (자살)	24.9	폐렴	32.2	폐렴	37.8
5	당뇨병	23.1	고의적 자해 (자살)	25.6	고의적 자해 (자살)	24.3
6	운수사고	15.6	당뇨병	19.2	당뇨병	17.9
7	만성 하기도 질흡	15.4	만성 하기도 질환	13.7	간 질환	13.3
8	간질환	15.0	간 질환	13.3	만성 하기도 질환	13.2
9	고혈압성 질환	11.1	고혈압성 질환	10.6	고혈압성 질환	11.3
10	폐렴	9.4	운수사고	10.1	운수사고	9.8

<자료 16 : 성별사망원인표>

(단위 : 인구 10만명 당 명)

남		순위		여
암	191.1	1위	116.9	암
심장 질환	58.6	2위	61.8	심장 질환
뇌혈관 질환	42.7	3위	46.1	뇌혈관 질환
폐렴	39.4	4위	36.3	폐렴
고의적 자해(자살)	34.9	5위	18.2	당뇨병
간 질환	20.0	6위	15.6	고혈압성 질환
당뇨병	17.6	7위	14.3	알츠하이머병
만성 하기도 질환	16.7	8위	13.8	고의적 자해(자살)
운수사고	14.6	9위	9.6	만성 하기도 질환
추락	7.5	10위	9.2	폐혈증

면 자살이 어느 정도 심각한지 알 수 있다. 여섯 번째 순위부터 10위까지를 보면, 당뇨병, 간질환, 만성하기도 질환(기관지와 폐 관련 질환), 고혈압성 질환, 운수사고이다. 한마디로 말하면 자살로 인한 사망이 고혈압 관련 질환이나 교통사고보다 많다는 얘기이다.

사망원인을 성별로 살펴보면, 사망원인 순위가 달라진다. 자살만 살펴보면, 남성의 경우는 사망원인 5위인 반면, 여자의 경우 8위를 차지하고 있다. 10만 명당 숫자의 차이가 크다. 남자는 10만 명당 34.9명인데 비하여 여자는 13.8명이다. 남성의 자살이 그만큼 많다는 뜻이다.

'성별사망원인표'에서 특이한 점은 알츠하이머 병, 즉 치매가 여성 사망원인에는 7위를 차지한 반면, 남자 사망원인에는 포함되어 있지 않다. 치매로 인한 여성 사망자수가 운수사고로 인한 남성 사

<자료 17 : 2017년 연령별 사망원인 순위>　　　　(단위 : 인구 10만명 당 명)

순위	10대		20대		30대	
1	고의적 자해(자살)	4.7	고의적 자해(자살)	16.4	고의적 자해(자살)	24.5
2	운수 사고	2.7	운수 사고	5.1	악성신생물	13.8
3	악성신생물	2.3	악성신생물	4.0	운수 사고	4.5
4	심장 질환	0.6	심장 질환	1.5	심장 질환	4.0
5	불의의 물에 빠짐(익사)	0.4	뇌혈관 질환	0.7	간 질환	3.0
6	뇌혈관 질환	0.4	추락	0.5	뇌혈관 질환	2.8
7	추락	0.3	불의의 물에 빠짐(익사)	0.4	추락	1.0
8	선천 기형, 변형 및 염색체 이상	0.2	선천 기형, 변형 및 염색체 이상	0.4	당뇨병	0.8
9	연기, 불 및 불꽃에 노출	0.2	가해(타살)	0.4	폐렴	0.6
10	폐렴	0.1	당뇨병	0.3	정신활성 물질 사용에 의한 정신 및 행동장애	0.5

<자료 15 : 2017년 연령별 사망원인 순위 (계속)>

순위	40대		50대		60대	
1	악성신생물	42.5	악성신생물	126.7	악성신생물	305.5
2	고의적 자해(자살)	27.9	고의적 자해(자살)	30.8	심장 질환	61.3
3	간 질환	12.2	심장 질환	28.1	뇌혈관 질환	45.1
4	심장 질환	11.1	간 질환	25.4	고의적 자해(자살)	30.2
5	뇌혈관 질환	8.8	뇌혈관 질환	20.1	간 질환	26.1
6	운수 사고	5.9	운수 사고	11.0	폐렴	22.0
7	추락	2.9	당뇨병	7.9	당뇨병	21.8
8	당뇨병	2.9	폐렴	6.2	운수 사고	16.5
9	정신활성 물질 사용에 의한 정신 및 행동장애	2.4	추락	6.0	폐렴	9.8
10	폐렴	1.5	정신활성 물질 사용에 의한 정신 및 행동장애	4.7	만성 하기도 질환	9.0

(단위 : 인구 10만명 당 명)

순위	70대		80세 이상		1~9세	
1	고의적 자해(자살)	774.9	악성신생물	1445.7	악성신생물	1.9
2	심장 질환	227.4	심장 질환	1063.4	운수 사고	1.4
3	뇌혈관 질환	186.1	폐렴	856.7	선천 기형, 변형 및 염색체 이상	1.1
4	폐렴	132.2	뇌혈관 질환	749.9	가해(타살)	0.9
5	당뇨병	85.6	고혈압성 질환	285.0	심장 질환	0.6
6	만성 하기도 질환	54.5	만성 하기도 질환	281.7	추락	0.5
7	고의적 자해(자살)	48.8	알츠하이버 병	277.6	불의의 물에 빠짐(익사)	0.4
8	운수 사고	35.1	당뇨병	274.9	폐렴	0.2
9	간 질환	33.9	패혈증	152.0	선천 기형, 변형 및 염색체 이상	0.1
10	폐혈증	31.0	고의적 자해(자살)	70.0	뇌혈관 질환	0.1

(단위 : 인구 10만명 당 명)

망자수와 비슷하다. 폐혈증으로 인한 사망은 여성 순위권에만 있고, 간 질환과 운수 사고, 추락에 의한 사망은 남성 사망원인 순위권에만 있는 것도 주목할 만 하다.

다음 자료인 '2017년 연령별 사망원인 순위'는 세대별 사망원인을 자세하게 보여주고 있다. 이 자료를 살펴보면 우울한 결과를 마주하게 된다. 표는 10~19세를 10대, 20~29세까지는 20대 식으로 나누고 80세 이상은 한 세대로 표시하고 있다.

우선 10세에서 39세(10대, 20대, 30대)까지 사망원인을 살펴보면 고의적 자해가 1위를 차지하고 있다. 40세부터 59세(40대와 50대)까지는 2위. 60세부터 69세까지는 4위다. 70대는 7위이고 80대 이상은 10위이다. 표에서 순위가 떨어졌다고 60대 이상 노년층이 자살을 적게 한다고 생각하면 안 된다. 10만 명당 숫자를 보면 사태가 심각하다는 것을 알 수 있다.

노인 자살 현황

다음 페이지에 있는 〈자료 18 : 연령별 자살자 수〉는 끔찍한 현실을 보여주고 있다. 연령별 실제 자살자 수와 10만 명당 자살자 비율이다.

자살자 수로 보자면 50대 연령층에서 가장 많다. 2,568명이며, 같은 연령대 남자 자살자 수가 2,002명이나 된다. 그 연령대는 인구 10만 명당 자살자 수도 30.8명으로 높은 수치를 나타내고 있다. 건강보험심사평가원이 2013년에 조사한 바로는 50대들이 70세 이상 연령대 다음으로 우울증을 많이 앓고 있다고 한다. 50대 남자가 가장 많이 우울증을 겪고 있다. 여자가 아니라.

\<자료 18 : 연령별 자살자 수\>

세 대	인구수	자살자수	남	여	10만명당비율
10대 미만	4,553,586	(3)	(2)	(1)	0.6
10대	5,461,374	254	163	91	4.7
20대	6,755,312	1,106	741	365	16.4
30대	7,519,950	1,812	1,226	586	24.5
40대	8,793,768	2,408	1,692	716	27.9
50대	8,431,657	2,568	2,002	566	30.8
60대	5,404,647	1,641	1,262	379	30.2
70대	3,250,299	1,598	1,166	432	48.8
80대 이상	1,533,739	1,073	668	405	70.0
합 계	51,704,332	12,463	8,922	3,541	24.3

* 인구수는 2017년 1월 기준이다.

* 이 표는 통계치를 가지고 직접 만들어본 표이다. 10대 미만의 자살자 수에 괄호가 처진 것은 통계청자료에는 나와 있지 않기 때문이다. 통계청 자료는 사망원인 중 퍼센트가 높은 10개에 한 해서만 숫자를 표시하고 있다. 10대 이하 연령대 사망원인 중 자살은 상위 10개 원인에 속하지 않기 때문에 정확한 숫자가 없다. 통계자료에 나온 다른 세대의 자살자 수를 모두 합해서 계산을 하면 자살자수에 3명이 모자란다. 남자와 여자 총합계에서도 2명과 1명이 모자란다. 10대 미만의 어린이가 자살을 했다는 사실이 믿어지지 않지만 통계숫자가 부족하기에 10대미만의 어린이가 자살했다는 추정이 가능하여 괄호에 넣어 숫자를 표시했다. 또 하나 주목할 사항은 자살자의 남녀 비율이다. 여자보다 남자들이 자살하는 경우가 많다는 것이다.

우리가 여기서 세심하게 주목해야 할 것은 70대와 80대 이상 연령의 10만 명당 자살자 숫자이다. 특히 80대 이상의 숫자는 다른 연령을 거뜬히 추월한다. 70대에서는 48.8명, 80세 이상의 경우는 무려 70.0명이다. 다른 세대에 비해 노년세대가 자살을 선택하는 비율이 2배를 넘는다.

앞서서 70세 이상의 연령에서 사망원인 중 자살의 순위가 낮은 것을 쉽게 생각하면 안 된다고 했다. 그 연령대는 고령이기 때문에 다른 사망원인이 많은 것이지 결코 자살의 숫자와 비율이 낮은 것이 아니다. 다른 사망원인이 많아서 자살의 순위가 뒤로 밀린 것뿐이며, 자살로 죽는 사람의 비율은 놀랄 정도로 높다. 바로 이 노인들의 높은 자살률이 우리나라의 자살률을 높게 만드는 요인이다.

노년층의 자살 원인

그렇다면 우리나라 노년층은 왜 자살을 선택할까? 여러 연구가 있지만 대부분 일치하는 견해가 있다.

1위와 2위를 다투는 원인인 신체질환과 경제적 어려움이다. 조금 오래된 자료이지만 통계개발원 사회통계실이 2007년에 낸 자료에 의하면 경제적 어려움이 34%, 신체질환이 33.2%, 외로움/고독이 19.5%, 가정불화 10.3%로 나와 있다. 다른 연구 자료에는 신체질환이 경제적 어려움을 앞서는 경우도 있다.

우리나라 노년층의 대부분은 건강이 너무 나빠져서 활동이 불가능하게 되었거나, 경제적 어려움이 심할 때 주로 자살을 하고 있다. 둘을 합치면 67.2%로 3분의 2를 차지하고 있다.

자살의 원인만 놓고 보자면 충분히 자살자의 수를 많이 줄일 수 있지 않을까 하는 생각이 든다. 심리적인 원인 때문에 자살을 한다는 것은 예방하기가 쉽지 않다. 외로움 때문이라든지 가족과의 불화 때문이라든지 하는 원인은 파악하기가 쉽지 않다. 사람마다 마음에 상처를 입는 깊이가 다르고 상처를 받는 원인이 다르기 때문에 자살자가 보내는 구조신호를 발견하기 어려울 때가 많다.

그러나 신체적인 질환을 겪고 있는 사람과 경제적으로 어려운 사람을 찾아내는 것은 그리 어렵지 않다. 마음의 문제가 아니라, 건강의 문제이고 통장의 숫자 문제이다. 드러나는 것들이고 파악할 수 있는 것들이다. 바이러스처럼 눈에 보이지 않는 것도 아니고 지하수처럼 깊은 곳에 숨어 있는 것도 아니다. 눈을 돌려 살피기만 하면 보이는 것들이다.

우리나라 사람들은 2년에 한 번 건강검진을 받고 있고, 일반 사람들의 수입과 재산은 모두 세무서에서 알게 되어있다. 건강이 안 좋은 사람과 경제적으로 어려운 사람을 발견하는 것은 어렵지 않다.

그럼에도 불구하고 이 문제가 해결되지 않는 것은 사회의 우선순위에서 노인문제가 뒤로 밀리기 때문이 아닌가 생각한다. 이미 사회에서 큰 쓸모가 없게 된 세대에 대한 무관심이 아닐까 생각한다.

자살률에 대한 통계자료를 볼 때마다, 이것과 연결하여 노인문제를 생각할 때마다 고려장이 생각난다. 늙고 병든 사람들을 산에 가서 버린다는 그 고려장말이다. 단지 버리지 않을 뿐, 필요 없는 물건을 다루듯이 존재하지 않은 사람으로 취급하는 것은 아닌지…….
반성해볼 일이다.

얼마 안 있어서 이 세대로 편입될 사람들도 많을 테고, 인간으로 태어났다면 언젠가는 이 세대가 될 수밖에 없다. 우리는 너무 미래를 생각하지 않는 것은 아닐까? 생각할수록 미스터리한 일이다.

지역별 자살률

이 장을 마치면서 한 가지 질문과 답을 제시하려고 한다.

질문 : 자살률은 도시가 높을까 시골이 높을까? 특별히 높은 곳이 있을까?

대답은 다음 페이지에 있는 도표이다. 아무리 생각해도 확실한 결론을 내릴 수는 없다.

10만 명당 자살자 수가 높은 곳부터 낮은 곳을 표시한 자료이다.

지역적으로 살펴보면 자살률이 높은 곳은 충남, 전북, 충북, 강원, 제주 순이다. 반대로 적은 곳은 세종시, 서울시, 대전시, 경기도, 전남 순이다. 특별시와 직할시만을 놓고 보면, 부산, 울산, 대구, 인천, 광주, 대전, 서울, 세종시 순이다. 경상도 지역 도시가 자살률이 높다는 것이 특이하다. 가장 높은 곳인 충남(26.2명)과 가장 낮은 곳인 세종시(16.6명)의 차이는 거의 10명 가까이 된다. 생각보다 많은 차이이다. 도시만을 따져도 부산시(22.4명)과 세종시(16.6명)의 차이도 6명 정도 된다.

<자료 19 : 지역별 자살률>

지역	충남	전북	충북	강원	제주	부산	울산	대구	경북
자살률	26.2	23.7	23.2	23.0	22.9	22.4	22.3	21.3	21.3
지역	경남	인천	광주	전남	경기	대전	서울	세종	
자살률	21.1	21.0	20.6	20.2	20.1	20.1	18.1	16.6	

* 자살률 숫자는 인구 10만명당 자살자 숫자이다.
* 통계청 자료에서 발췌하였다.

여기서는 도와 시단위로 만든 표를 실었지만, 통계청의 세부자료에는 세부적인 도시와 지역, 도시의 구까지 나온다. 어느 지역에서 자살자가 많이 나오는지 세부적으로 알 수 있다.

자살률에 대한 자료를 볼 때마다, 노인자살률을 볼 때마다, 40대부터 늘어나는 자살률을 볼 때마다 해결책이 그렇게 어려운 것일까 하는 생각이 든다.

정말로 자살률을 낮추는 일이 그렇게 어려울까? 지금 단순히 본 자료만으로도 어느 연령층이 어떤 문제로 자살을 선택하는지, 어느 지역에서 주로 발생하는지 확실히 드러나는데 말이다.

우리는 "자살로 내몬다"는 말을 알고 있다. 우리 사회가 그러고 있는 것이 아닌가 하는 생각을 지울 수 없다.

가장 슬픈 사고

실버퀵 회사는 18년 동안 운영된 회사다. 그동안 많은 사연과 사건사고가 있었지만, 지금까지 마음에 남아 있는 가장 슬픈 사고가 있다.

회사를 시작하고 5년이 되었을 무렵, 한 어르신이 택배 일을 시작했다. 연세는 당시 65세. 경제적으로 크게 어려운 분은 아니었고, 아들도 안정적인 직장에 다니고 있었다.

어느 날 어르신은 안산으로 택배 일을 가셨다. 그런데 일이 끝났을 때가 되었는데도, 일을 마쳤다는 연락이 없었다. 사무실에서 전화를 해도 받지를 않았다.

잠시 후 연락이 왔다. 사고였다. 안산에 있는 8차선 도로를 건너다가 교통사고를 당한 것이었다. 무단횡단이었고 어르신은 그 자리에서 사망했다.

사무실이 알 수 있는 상황은 그것이 전부였다. 사무실에서는 장례식에 회사 근조기를 보냈다. 조문도 했다.

짧은 기간이지만 함께 일한 어르신들은 '그 어르신이 택배 일을 끝내고 또 다음 일을 하려고 서두르다가 사고가 난 것이 아닌가'하고 추측했다. 실제로 어땠는지는 알 수 없다.

장례식이 있고 얼마 후, 사고를 당한 어르신의 아들이 회사를 방문하겠다고 연락이 왔다. 아버지가 택배회사에서 일했다는 증명서가 필요하다는 것이었다.

모두가 걱정을 했다. 불의에 사고를 당해서 아버지를 잃었으니 아들이 어떤 말을 할지 알 수 없었기 때문이었다. 무슨 말을 하든 성심껏 듣는 것이 고인에 대한 예의라고 생각했다.

아들이 도착했을 때, 사장님을 비롯한 어르신들은 진심으로 미안하다는 말을 전했다.

그러자 아들이 미안해하실 필요 없다고 말했다. 이유인즉, 아버지가 택배 일을 시작하면서 웃음을 되찾았기 때문이었다. 아들은 아버지가 마지막 인생을 즐겁게 생활을 하셔서 다행이라고 생각한다고 말했다.

아직도 실버퀵에 계신 분들은 사고를 당하신 어르신이 일을 하는 즐거움 때문에 서두르다가 사고가 났다고 생각한다. 그 죽음에 대한 책임의 일부가 자신들에게 있다고 느낀다.

과연 그랬을까? 아무도 알 수 없다. 내가 알 수 있는 것은 실버퀵에 계신 어르신들이 그런 마음으로 지금까지도 그 분에 대한 명복을 빌고 있다는 사실이다.

CHAPTER 17 실버퀵 전성시대: 이명희 씨 이야기

이명희 씨는 실버퀵지하철택배회사에서 13년간을 근무했다. 최장기근무자이다. 2004년부터 2017년까지 근무했다. 실버퀵이 설립 초기에 고전을 하다가 자리를 잡았을 시기부터 시작해서 전성기를 거치고 현재에 이르기까지 모든 역사를 아는 사람이다.

실버퀵을 취재하면서 한 가지 궁금한 것이 있었다. 배기근 사장이 말한 것을 토대로 계산을 해보면, 실버퀵이 가장 좋았을 때의 매출액과 지금의 매출액이 2분의 1에서 많게는 3분의 1정도 차이가 난다. 그만큼 줄었다는 얘기다. 회사의 사업비밀이기 때문에 여기서 금액을 말할 수 없지만 대략 그만큼 줄었다. 아무리 경기가 나쁘다고 해도 그렇게까지 떨어질 수가 있을까? 이런 의문이 들었다. 이명희 씨를 만나서 얘기를 들으면서 그럴만한 이유가 있다는 것을 알게 되었다.

이명희 씨는 보기 드문 서울토박이다. 1936년생인데, 아버지도 서울태생이었다고 한다. 종로구 안국동에서 태어나서 자랐다. 안국동이 어디인가? 경복궁과 창덕궁 사이에 있는 동네이며, 경복궁에서 동쪽으로 길로 가다 작은 언덕을 넘으면 바로 있는 동네이다. 동네 앞에는 인사동이 있다. 서울의 중심부라고 할 수 있다.

36년생이기 때문에 해방될 때는 아홉 살이었다. 해방될 무렵까지 일제의 민족말살정책이 극에 달하던 시절이어서 당시 상황을 물어봤다. 특히 우리나라 말을 어느 정도 자유롭게 사용할 수 있었는지가 궁금했다. 이명희 씨 말로는 사람들은 거의 우리나라 말을 사용하면서 살았다고 한다. 아이들도 집에서 우리나라 말을 쓰며 지냈고, 학교에서 공부할 때만 일본어를 썼다고 한다. 지금은 일본어를 거의 기억하지 못하는데, 한가지만은 지금도 일본어를 사용하는 것이 있다. 바로 구구단이다. 이유는 모르겠는데 일본어로 구구단을 외우는 것이 우리나라 말보다 빨라서 지금도 계산을 할 때면 머릿속으로 일본어 구구단을 외운다고 한다. 아마 어렸을 때 주입식으로 외운 것이기 때문에 머릿속 깊은 곳에 박혀있는 것 같다. 아쉽지만 그 외에는 그다지 기억이 없다고 한다.

다음은 한국전쟁의 기억. 전쟁이 나자 할아버지는 무슨 이유인지는 모르겠지만 계룡산으로 피난을 가야 살 수 있다며 가족들과 함께 피난을 떠났다. 남자들은 공주로 피난을 갔고, 여자들과 아이들은 경기도 광주 친척집으로 피난을 갔다. 그러다가 가족들이 몰래 서울 집으로 돌아와서 상황을 살폈다. 공산 치하의 서울에서 인민군들이 집으로 몰려와 반동분자를 찾는다고 수색을 하곤 했다. 그 광경을 이명희 씨는 지금도 생생하게 기억한다. 어렸을 때 느꼈던 공포가 잊혀지지 않는 것이다.

그러다 숨어 있던 할아버지가 소식을 전해줬다. 인천상륙작전이 있었고, 곧 연합군이 서울로 진격한다는 소식이었다. 서울을 점령한 인민군들은 각 집에 동원령을 내렸다. 나와서 군대의 명령에 따라서 작업을 하라고 말이다. 이명희 씨는 상황을 알아보기 위해 가족 대표로 당시 경복궁에 있었던 중앙청으로 갔다. 거기서 모래주머니를 만들어 군인들이 사용할 참호를 만들었다. 며칠 후 서울이 수복되었다.

그리고 아직도 생생하게 기억나는 또 하나의 공포가 있었다. 끊임없이 계속되던 공습경보의 공포. 이명희 씨는 그 소리가 얼마나 큰 공포를 몰고 왔는지 아직도 기억하고 있다.

안국동에 있는 덕성여고를 졸업한 이명희 씨는 은행에 취직했다. 그러나 회사를 오래 다니지 못하고, 당시 대부분의 여자들처럼 결혼과 함께 퇴사했다. 결혼해서 왕십리 행당동에 자리를 잡으신 후 아들 하나 딸 하나를 낳으시며 가정주부로의 삶을 살았다. 생활은 그리 녹녹치 않았다. 그래서 아이들이 조금 컸을 때 안과 경리일을 하면서 다시 사회생활을 시작했다. 이명희 씨가 사십대에 들어섰을 때였다. 이후 보험회사에 영업사원으로 일자리를 옮겼고 60대 초반까지 직장생활을 했다.

60대에 들어서자 회사를 나가야 하는 분위기가 조성되었다. 대부분의 사람처럼 밀려나듯 회사를 떠났다. 이어서 아는 사람의 소개로 증권을 해보았지만 '이 길이 아니다' 싶어 그만두었다. 다른 길을 이리저리 알아봤지만 육십이 된 사람이 할 만한 일은 없어보였다. 나이 든 사람을 받아 줄 곳도 없었다.

이명희 씨가 실버퀵 택배를 시작하시게 된 계기는 조금 낭만적이다.

이명희 씨가 예순여덟 살이던 어느 날 지하철을 타고 어딘가를 가고 있는 중이었다. 그런데 옆 좌석의 한 노인이 꽃바구니를 가지고 있었다. 꽃 배달을 하는 중이었다.

"'이런 일이면 나도 할 수 있는데'하는 생각이 들었죠."

집에 돌아와서 곰곰이 생각해보니, 택배 일이 어려울 것 같지 않았다. 하지만 노인들이 택배를 하는 회사가 어디인지 알 수 없었다.

그렇다면 이명희 씨는 실버퀵 회사를 어떻게 알아냈을까? 114에 전화를 해서 물어봤다고 한다. 다행이 그때는 실버퀵을 하는 회사가 많지 않아서 전화번호 안내원이 실버퀵 회사 번호를 알려주었다. 바로 전화를 하셨고, 바로 일을 시작할 수 있었다.

2004년, 실버퀵 회사는 4년째 해를 맞고 있었다. 그 당시에는 회사가 막 자리 잡은 상태여서 택배원이 많지 않았다. 전체 택배원이 40명 정도였고, 여성택배원은 한 명만 있었다. 경쟁사는 없었지만, 실버택배가 많이 알려지지 않은 상태였다.

이명희 씨에게 택배 일은 어렵지 않았다. 원래 걷는 것을 좋아했기 때문에 일자체가 마음에 들었다.

당시 실버퀵은 회사를 알리기 위해 열심히 홍보를 했다. 택배를 주문해달라는 전단도 돌리고, 사원 모집 전단도 꾸준히 배포했다. 처음 시작한 회사여서, 언론의 주목도 받았다. 신문과 잡지에 계속해서 기사가 났고, 홍보효과가 좋은 TV에도 종종 다루어졌다. 사장은 몇몇 방송에 출연하기도 했다.

홍보 효과는 서서히 드러났다. 점점 주문이 늘어나기 시작했고, 택배원들도 늘어났다. 택배원이 최고로 늘어났을 때는 하루에 평균

80여명의 택배원이 움직였다. 아침마다 사무실에 모여 조회를 했고, 서울 곳곳에 지역사무소를 내기도 했다. 정말 눈코 뜰 새 없이 바빴고, 그런 시절이 5년 정도 지속되었다.

"한참 때는 여성 택배원이 12명에서 13명까지 있었어요. 그때는 아주 재미있게 일했어요. 매일 다른 반찬 싸와서 점심도 같이 먹고, 남자들 먹으라고 국도 해놓고 했어요. 여자들 방도 따로 있었고요."

이명희 씨는 그때가 얼마나 바빴는지 증명할 증거를 가지고 있었다. 당시 택배 일을 하면서 다녔던 회사의 연락처와 주소, 어떻게 가야하는지를 적은 수첩을 지금까지 보관하고 있었다. 수첩은 4권이나 되는데 거기에는 어느 지하철역 몇 번 출구로 나와서 어떻게 가라는 짧은 메모가 작은 글씨로 빼곡히 기록되어 있다. 스마트폰이 발달되지 않았던 시대에는 종이 지도와 주문자가 알려주는 대로 장소를 찾아갔었고, 그 흔적이 수첩에 고스란히 남아 있었다.

당시의 사무실 분위기는 이랬다고 한다. 아침 8시쯤 택배원들이 모이면 배기근 사장이 조회를 하며 이런저런 상황을 얘기했다. 이어서 오전 택배 일이 시작되었다. 여성분들은 남성분들보다 정기적인 배달이 많았고, 서로 업무협조도 잘 되어서 자신의 일을 다른 사람에게 넘기기도 하고 서로를 많이 도왔다. 그리고 점심때 사무실로 돌아올 수 있도록 업무 스케줄을 조절했다.

점심시간이면 여성택배원들은 같이 모여서 식사를 했다. 사무실에서 주는 식료품비로 남자 택배원들을 위해 국이나 반찬을 만들어 놓기도 했고, 카레를 만들어놓기도 했다. 어떤 때는 여자들끼리 상의해서 집에서 만든 반찬을 가지고 와서 밥상을 푸짐하게 만들었다. 덕분에 남자 택배원들도 끼니를 인스턴트 음식으로 해결하지 않고 집밥과 비슷하게 점심을 먹을 수 있었다.

당시에는 여러 가지 일을 함께 했다. 기본적으로는 택배 일을 했지만, 종종 전단지 나눠주는 일도 했다. 전단지 나눠주는 일은 시간당 단가가 제일 높았다. 한 시간에 20,000원에서 25,000원을 받기때문에 모두가 좋아하는 일이었다. 길거리에서 음식점이나 쇼핑상점 홍보 전단을 나눠주는 일도 있었지만, 특히 학교 앞에서 학원 전단을 나눠주는 일이 가장 많았다. 또 전단을 회사 홍보자료에 끼워넣는 일이 들어올 때도 있었고, 카드 단말기를 들고 수금을 대신하러 가는 일도 있었다. 그때는 단골이 아주 많았다고 한다.

특히 많았던 일은 학원 관련 일이었다. 이명희 씨는 그때를 학원 전성기로 기억한다. 학원을 홍보하는 전단을 나눠주는 일을 했을뿐만 아니라, 학원이 전단을 만드는 일도 맡아서 했다. 학원과 전단을 디자인 하는 디자인 회사, 디자인 회사와 인쇄소 사이를 왕래하는 일을 실버퀵에서 맡아했다. 그런 일을 맡았던 학원이 180개나되었다고 한다. 이명희 씨 기록에 나와 있는 숫자이다.

180개나 되는 학원의 인쇄물 택배를 맡다보니 디자인 회사와 인쇄소 일이 계속 들어와서 어떤 때는 하루 종일 인쇄회사에서 머물면서 일할 때도 있었고, 어떤 때는 아예 인쇄소로 출근할 때도 있었다. 어떤 인쇄소는 일이 있을 때마다 이명희 씨에게 부탁했고, 일을예약할 때도 많았다. 거의 전속 택배원처럼 일을 했다.

학원과 인쇄소 일도 많았지만, 여행사 업무도 주요 일 가운데 하나였다. 전담으로 택배를 맡았던 여행사가 몇 군데 있었다. 그 중한 여행사는 매일 일이 있었다. 이명희 씨는 아침에 일어나자마자의정부에 있는 여행사로 가서 본사로 전달할 서류와 여권들을 받아

종로 본사에 가져다주는 일로 하루를 시작했다. 이미 출근하기 전에 18,000원을 찍고 다른 일을 시작했다.

또한 법률사무소 일도 많았다. 사무소에서 법원으로 서류를 전달하는 일이었는데, 약간의 경험이 필요한 일이었다. 한 번 일을 맡긴 사람에게 다시 일을 시키는 경우가 많아서 꾸준히 일이 들어왔다. 법률사무소 일에서도 전속 택배원처럼 일하는 경우가 있었다. 한 법률사무소 사무장은 택배 일을 그만둔 지 3년이 지난 지금도 이명희 씨에게 명절마다 안부 문자를 보낸다고 한다.

이동식 카드결재기가 막 나왔을 때는 카드결재기를 들고 다니면서 회사의 수금업무를 도왔다.

또 하나 이명희 씨가 전속으로 한 일은 옷 샘플을 전달하는 일이었다. 어느 회사가 옷을 만들어서 팔면 천 재질에 대한 점검을 매일 받아야 한다. 천 샘플을 매일 검사소로 보내야 한다. 이명희 씨는 한 의류회사의 샘플 검사 업무를 전담했다. 매일 의류회사에서 샘플을 받아서 검사소에 전달했다. 이 일은 지금도 다른 사람이 맡아서 하고 있다. 그 일을 인계 받은 사람은 실버퀵에서 일하고 있는 이명희 씨의 시누이 되는 분이다.

때로는 특별히 지정을 받아 택배 일을 하게 되는 경우도 있었다고 한다. 아직도 얼굴을 한 번도 보지 못한 사람이 있었는데 한 형사가 택배를 보낼 때마다 항상 이명희 씨를 지정했다고 한다. 꽃가게의 경우, 한 택배원이 배달을 잘하면 그 사람에게 계속 배달을 맡기곤 한다. 한 꽃가게는 주인이 없을 때도 배달할 꽃을 가져갈 수 있게끔, 아예 가게 열쇠 놓는 곳까지 알려주기까지 했다.

이명희 씨는 택배 일을 하러갈 때 항상 옷을 잘 차려 입었다. 고객의 입장에 봤을 때, 번듯하게 차려입은 사람에게 물건을 맡겨야 신뢰가 생긴다는 생각 때문이었다. 택배 일에 대한 자부심을 가지고 일을 했다.

이때가 실버퀵의 전성시대였다. 아마 이때가 배기근 사장이 실버빌딩을 세우겠다는 꿈을 꾸었던 때였던 것 같다.

이명희 씨는 그때 함께 일했던 분들과 지금도 만나고 있다. 모이면 옛날의 즐거운 추억들을 많이 얘기한다고 한다. 하루에서 가장 즐거웠던 순간은 점심을 함께 먹으면서 얘기를 나누던 순간이었다. 저녁에는 가족 때문에 일찍 가는 사람도 있었기 때문에 점심시간이 모두 모여 얘기를 나눌 수 있는 유일한 시간이었다.

한 달에 70만 원 정도를 벌면서 하루 평균 3건에서 4건 정도를 했다. 이명희 씨는 전속처럼 일하는 회사들이 있어서 업무량에 기복이 없었다. 평균적으로 들어오는 일이 있었다.

여든 살까지만 하자는 생각으로 택배 일을 시작했지만, 하다 보니 조금 더 하자는 생각에 일을 계속 했다. 그러면서 택배 일이 점점 줄어가는 것을 경험하게 되었다.

우선은 학원 사업이 급격하게 망하는 것을 보게 되었다. 작은 학원들이 연이어 문을 닫았다. 그러면서 거대 학원이 등장했다. 본인들이 전단을 뿌려주었던 기업형 학원은 메가톤급으로 성장했지만, 다른 작은 학원들을 문을 닫았다. 동시에 작은 학원들이 주문했던 택배 일들이 모두 끊겼다. 택배주문 수가 산술적으로 준 것이 아니라 기하급수적으로 줄었다.

예를 들면, 홍보전단을 하나 만들 때 옛날 기준으로 따지면 다섯 번 정도의 택배 일이 생긴다. 인쇄물 주문한 사람이 디자이너에게 원고를 넘긴다 → 디자이너가 초안을 만들어 주문자에게 보낸다 → 초안을 보고 수정안을 디자이너에게 보낸다 → 수정안대로 수정을 한 다음 수정본을 보낸다 → 수정본이 마음에 들면 인쇄를 지시한다. 디자이너는 인쇄용 필름을 만들어 인쇄소에 보낸다 → 필름을 받은 인쇄소에 인쇄를 한다. 이것이 최소한의 인쇄과정인데 화살표마다 사람이 원고나 다자인안을 배달해야 한다. 수정이 더 있으면 그때마다 두 번씩 일이 추가된다.

학원이 없어지면서 엄청난 수의 일이 사라졌다. 이명희 씨가 180개 학원과 일을 했다고 했는데, 그 학원들이 사라졌을 때 얼마나 많은 일이 사라졌는지 상상해 보라.

게다가 컴퓨터가 발전하면서 위의 과정이 모두 파일로 처리되어 인터넷상으로 왕래하게 되었다. 디자인실에서 인쇄소를 보내던 택배 일도 급격하게 줄었다. 아예 인편으로 전달하던 일이 사라졌다. 산업이 변하고, 기술이 발전하면서 택배 일이 엄청나게 줄어버린 것이다.

전단을 나눠주던 일도 실버퀵의 주요 수입 중 하나였다. 택배원들도 일당이 좋기 때문에 좋아했던 일이다. 그런데 전단배포를 전문으로 하는 회사가 생기면서 이 일이 더 이상 실버퀵에 들어오지 않았다.

여행업계도 변했다. 작은 여행사들이 모두 문을 닫았다. 종로2가에 있는 빌딩에 작은 여행사 사무실이 수두룩했는데 언제부터인가 하나둘 문을 닫더니 그 빌딩에 있던 모든 여행사가 사라졌다고 한다. 그렇게 여행사들이 사라졌는데, 현재는 해외여행객들은 점점 늘어나고 있는 추세다. 작은 여행사는 망하고, 큰 여행사들만 몸집을 불린 것이다. 그 덕에 실버퀵에 정기적으로 들어오던 일들이 급감했다.

법률사무소 일들도 업무가 전산화되면서 줄어들었다. 어느 분야에서나 이런 일이 발생했다. 정기적으로 하는 일 중에 오로지 옷 샘플 택배 일만 남았다.

작은 회사나 상점이 없어지고 큰 회사가 등장할수록, IT기술이 발전해서 업무과정이 전산화될수록 실버퀵의 일은 줄어만 갔다.

언제부터인지 여성 택배원들이 일을 그만두기 시작했다. 처음에는 한두 명이 그만두다가 갑자기 그 수가 늘었다. 친한 사람이 그만두자 여러 사람이 따라서 그만 두게 된 것이다. 역시 노인들이 일하는 회사에는 일과 돈 외에 다른 의미가 있는 것 같다.

이명희 씨는 끝까지 남아 있으려고 했지만 건강에 이상신호가 들어왔다. 갑상선항진증 진단이 나온 것이다. 살이 계속 빠지는 바람에 83세에 택배 일을 그만두었다. 지금은 많이 회복되었지만 더 이상 택배 일을 할 생각은 없다. 지금도 배기근 사장이 농담 반 진담 반 사무실에 나와서 전화 좀 받으라고 하지만, 그 가파른 계단을 올라갈 엄두가 나지 않는다고 한다.

이명희 씨는 실버퀵의 흥망성쇠를 경험했다. 실버퀵에서 있었던 일들을 떠올리면 전성기 때의 화기애애했던 추억들이 주로 떠오른다고 한다. 함께 일하던 분들을 만나도 모두 그때의 즐거운 추억으로 이야기꽃을 피운다고 한다. 실버퀵에서의 나날들은 이명희 씨에게는 물론 그분들에게도 소중한 추억인 것 같다.

그리고 실버퀵에서의 경험 때문에 이명희 씨가 얻은 것 하나 더 있다. 주위 사람들이 어느 곳을 갈 때마다 이명희 씨에게 가장 빨리

가는 길을 물어본다고 한다. 그러면 그는 어느 지하철역으로 가서 몇 번째 칸 몇 번째 문에서 타라고 알려준다. 아무렴! 경험보다 더 확실한 게 어디 있겠는가!

인터뷰 뒷이야기

이명희 씨는 실버퀵 회사를 그만 두었기 때문에 회사 근처가 아닌 이명희 씨 집 근처에서 만났다. 식사를 같이 하려는데 이빨이 좋지가 않아서 부드러운 음식을 드셔야 했다.

이명희 씨는 곧 임플란트를 할 거라고 말했다. 최근에는 어르신들이 임플란트를 할 때 의료보험이 적용되기 때문에 다행이라고 했다.

창피한 이야기지만, 실버퀵을 취재하기 전까지 노인 임플란트를 국가가 지원해주는 것이 그렇게 대단한 일이라고 생각하지 못했다. 그냥 뭐 지원하는 것이구나, 선전용이구나 정도로 생각했다. 그런데 실버퀵을 취재하면서 보니, 이빨 때문에 고생하는 어르신들이 아주 많았다. 이빨 때문에 좋아하는 음식을 먹지 못하는 분도 있었다. 노인 임플란트 지원이 이렇게 중요한지 이번에 처음 알았다.

얘기 도중에 이명희 씨가 일을 하고 계신다는 사실을 알게 되었다. 지자체에서 지원하는 일이었다. 한 달에 열 번 나가고, 나갈 때마다 2시간 일을 하고 27만 원을 받는 일이었다. 하시는 일은 초등학교 아이들이 점심급식을 먹을 때 배식을 하는 일. 처음에는 무거운 음식을 나르고 밥이나 국처럼 다루기 힘든 것을 배식할 것 같아 걱정했는데, 가벼운 반찬을 배식하는 일로 배치해주었다고 한다. 이명희 씨는 이런 일자리와 돈이 아주 큰 도움이 된다고 하신다. 그러면서 하시는 말.

"그런데 이렇게 돈을 받아도 되는 건지 모르겠어요?"

내가 대답했다. "받으셔도 돼요. 충분히 자격 있습니다. 마음 편히 받으세요."

또다시 창피한 일이지만, 지금까지 지자체에서 운영하는 노인들을 위한 공공근로라든지 단기 일자리 프로그램이 너무 선심쓰기용 정책이고 큰 도움이 안 되는 일이라고 생각했다. 그런데 어르신들의 말씀을 들으니 이런 프로그램이 어르신들에게는 큰 도움이 된다는 것을 알게 되었다.

이명희 씨는 택배 일을 하면서 1,000원이 사람을 얼마나 행복하게 하는지 알게 됐다고 한다. 택배를 주문했던 사람이 노인이 택배를 하는 것을 보고 1,000원을 더 얹어서 주면 그렇게 고마웠다고 한다. 서로 어려운 처지에 작은 마음을 표시하는 게 고마워서 기분이 너무 좋았다고 한다.

"천 원이 사람을 얼마나 행복하게 만드는지 몰라요. 택배를 하면 그래요."

식사를 한 다음에 커피를 마시러 가려고 하자 이명희 씨가 한 곳을 추천했다. 인터뷰를 하러 올 때 그 가게에서 1,000원을 할인한다는 표시를 봤다는 것이다. 1,000원의 행복을 즐기기 위해 그곳에 갔다. 이명희 씨에게 '어떤 커피를 마시시겠어요?'하고 물어봤다. 물론 내 예상은 아메리카나나 밀크커피였다. 아마 이명희 씨 나이 때문에 그런 생각을 했던 것 같다. 그런데⋯⋯

"난 카푸치노요."

멋진 분이다. 취향이 나와 같았다.

주문을 하면서 할인이 가능한지 물었다. 순간 천 원의 행복이 날아갔다.

커피를 가지고 와서 테이블에 놓자. 이명희 씨가 물어본다.

"천 원 할인 받았어요?"

"아니요. 가지고 나가는 커피만 할인이 된다네요."

"아이고, 아까워라."

너무나 아까워하신다. 나도 아까웠다.

그렇게 그날은 천 원의 행복이 이명희 씨와 나를 살짝 비켜갔다. 대신, 즐거운 추억을 떠올리면서 얘기하는 행복과 그 얘기를 듣는 행복은 확실히 누린 것 같다.

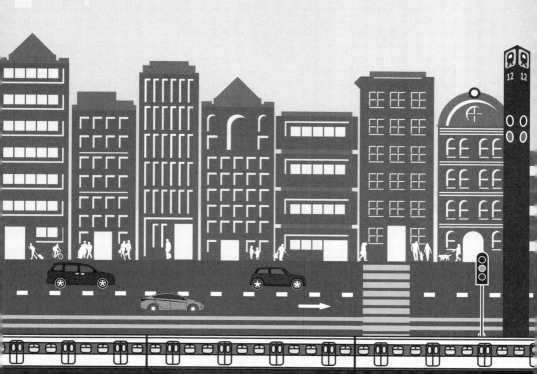

CHAPTER 18

우리나라 노인들은 얼마나 가난한가

택배원 어르신들의 하루 수입은 평균 2만 원 남짓이다. 요즘 식당에서 파는 식사는 대부분 6,000원부터 시작한다. 과연 택배원 어르신들이 식당에 들어가 식사를 할 수 있을까? 실버퀵에서 일하시는 어르신 대부분은 점심때 식당을 이용하지 않는다. 그분들에게는 너무 큰 지출이기 때문이다.

계속 걸어야 하는 택배 일. 에너지를 계속 소모하는 일임에도 불구하고 영양가 있는 점심을 먹는 것은 택배원으로 일하는 어르신들에게 요원한 일이다.

실버퀵 사무실에서는 그나마 택배원들을 위해 라면과 밥, 계란과 김치를 준비해 놓는다. 천 원을 내면 직접 끓여 먹을 수 있다. 다행히 점심시간 근처에 사무실로 돌아올 수 있는 분들은 라면을 끓여 먹는다. 3시에 점심을 드시는 어르신들도 있다. 여자택배원들이 많고, 사업이 잘 되었을 때는 가정식처럼 점심을 먹을 수 있었지만, 지금은 라면과 밥이 전부이다.

택배 일을 오래 하신 어르신 중에는 점심을 싸가지고 다니는 분도 있다. 언제 어디에서 점심시간을 보낼지 모르기 때문에 점심을 싸가지고 다니는 것이다. 아니면 편의점에서 점심을 해결한다. 가장 저렴한 방법으로 말이다.

과연 우리 주위의 노인들은 얼마나 가난할까?

어느 정도가 가난한 것일까

노인 인구 어느 정도가 가난한가를 알아보기 전에 빈곤층을 구분하는 기준이 무엇인지부터 알아야 한다. 그러기 위해서 우리가 알고 있어야 하는 용어 하나가 있는데 바로 '중위소득'이라는 용어이다.

먼저 우리나라의 모든 가구가 버는 수입을 파악한다. 그리고 가장 많이 버는 사람부터 가장 적게 버는 사람까지는 일렬로 정렬시킨다. 그렇게 하면 가장 가운데가 되는 수입액이 나올 것이다. 그것이 바로 '중위소득'이다. 한마디로 정의하자면 우리나라 가구 수입 중 가장 중간 수입이다. 이 중위소득은 매년 바뀐다.

이 중위소득의 50% 미만을 버는 가구가 있을 것이다. 이 가구들이 빈곤층으로 분류된다.

숫자를 가지고 말해보자면, 2018년 우리나라의 1인가구 중위소득은 1,672,105원이다. 2인가구는 2,847,097원이다. 이 수입의 50% 미만일 때 빈곤층으로 구분되니까, 1인가구 월수입이 836,053원, 2인가구 월수입이 1,423,549원 미만일 때 빈곤층이 되는 것이다.

국제 기준

다음에 소개하는 통계가 발표되었을 때, 우리나라에서는 큰 혼란이 있었다. 숫자를 보면 그럴 수밖에 없다.

경제협력개발기구(OECD)에서 2015년 자료를 근거로 내놓은 통계를 보면, 우리나라 65세 이상 노인 중 45.7%가 빈곤층으로 나와 있다. 10명 중 4명이 넘는 숫자가 빈곤층이라는 얘기다. 거의 절반에 가까운 숫자이다. OECD 평균이 13%이니까, 3.5배 높은 숫자이며, 회원국가 중에 단연 1위이다. 〈자료 20 : OECD 회원국 2014년 노인빈곤률〉은 그 자료를 바탕으로 만든 그래프이다. 그래프로 보면 다른 나라와의 차이가 확실하게 드러나기 때문에 상황이 더 심각해 보인다.

이 통계가 나왔을 때 정부는 이렇게 설명했다.

OECD 통계는 월급이나 연금이나 기타 임금 등 실제로 매월 얻는 수입을 따져서 만든 통계이다. 그런데 우리나라의 경우, 노인들이 부동산을 가지고 있는 경우도 많고, 예금을 가지고 생활하는 경우가 많다. 거기에 자녀들이 부양하는 경우도 있다. 그런 상황이 통계 숫자에 반영되지 않았기 때문에 우리나라의 노인빈곤층 비율이 실제보다 높게 나왔다. 이런 설명이었다.

맞는 설명이기는 하다. 부동산이 많고, 예금이 많은 사람이 월 수입이 없다는 이유만으로 빈곤층이라고 말할 수는 없기 때문이다.

그러나 어찌 되었든 우리나라에서 실제로 손에 쥐는 월수입이 중위소득의 50%에 못 미치는 사람들이 45%가 넘는다는 것은 부정할 수 없는 사실이다.

<자료 20 : 나라별 노인 빈곤층 비율>   (단위 : %)

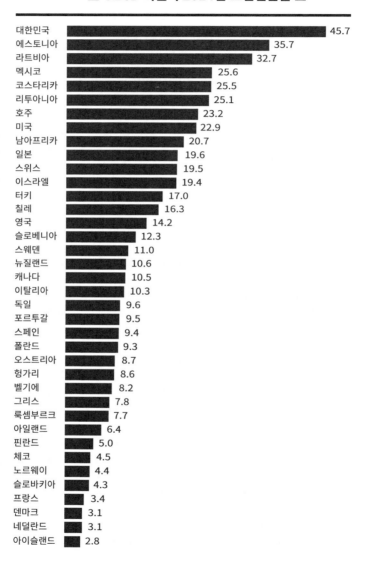

■ OECD 회원국 2014년 노인빈곤률 ■

대한민국	45.7
에스토니아	35.7
라트비아	32.7
멕시코	25.6
코스타리카	25.5
리투아니아	25.1
호주	23.2
미국	22.9
남아프리카	20.7
일본	19.6
스위스	19.5
이스라엘	19.4
터키	17.0
칠레	16.3
영국	14.2
슬로베니아	12.3
스웨덴	11.0
뉴질랜드	10.6
캐나다	10.5
이탈리아	10.3
독일	9.6
포르투갈	9.5
스페인	9.4
폴란드	9.3
오스트리아	8.7
헝가리	8.6
벨기에	8.2
그리스	7.8
룩셈부르크	7.7
아일랜드	6.4
핀란드	5.0
체코	4.5
노르웨이	4.4
슬로바키아	4.3
프랑스	3.4
덴마크	3.1
네덜란드	3.1
아이슬란드	2.8

〈자료 21〉은 우리나라의 연령별 빈곤층 비율을 나타낸 표이다. OECD 통계이기 때문에 65세 이상의 빈곤층이 45.7%로 나타나 있다. 그 비율은 나중에 자세히 따져보기로 하고, 여기서는 다른 요소를 주목해 보자. 우리나라는 18세 이하부터 50세 미만까지는 OECD 평균보다 빈곤율이 낮다. 그러다가 50세부터 OECD 평균보다 높아져서 65세 이상의 경우 큰 폭으로 높아진다.

이 말은 50대부터 매월 들어오는 실제 수입이 급격하게 줄어든다는 이야기이다. 이 수치의 의미는 50대 이상의 연령대부터 월별로 들어오는 실제 수입이 적어지고, 예금이나 부동산 수익 등을 소모하면서 살게 된다는 뜻이다. 물론 이 수치에도 자산이 많은데 연금

<자료 21 : 우리나라 연령별 빈곤층 비율> (단위 : %)

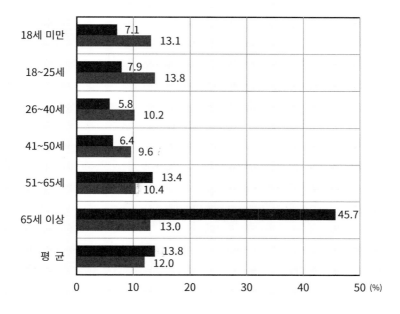

이나 노동수입이 없는 계층과 실제 빈곤층이 섞여 있다.

그렇다 하더라고 많은 노년층이 한 달에 손에 쥐게 되는 돈이 연금과 노동수입을 포함해서 1인가구 기준 80만 원이 이하라는 얘기는 변하지 않는다.

우리나라 기준

우리나라 정부가 OECD 통계보다 빈곤층이 적다고 말하는 것은 어느 정도 일리가 있다. 20억이 넘는 집에 사는 사람이 월수입이 없다고 빈곤층으로 구분될 수는 없다. 우리나라의 노년층은 노후대책으로 부동산에 투자하는 사람이 많기 때문에 빈곤층은 45.7%보다 적을 것이다. 게다가 저축을 통해서 노년에 쓸 돈을 모아놓는 경우도 많기 때문에 이런 사람들도 제외해야 한다.

우리나라에서 빈곤층을 분류하는 기준을 보자.

우리나라에서는 65세 이상의 노인들에게 기초연금을 지급한다. 그 사람의 소득을 계산해서 하위 20% 이하는 최대 30만 원, 20%~70% 사이면 최대 25만 원, 소득이 하위 70%에 들지 않으면 기초연금을 받을 수 없다. 이때 개인 소득을 계산하는데, 집과 예금 재산을 합산해서 전체 소득으로 잡는다고 한다. 매월 버는 돈이 없어도 고가의 집과 거액의 재산이 있으면 빈곤층에서 제외된다. 그렇다고 집이 있다고 무조건 기초연금 대상에서 제외되는 것은 아니다. 집이 고가일 경우에만 제외 대상이 된다. 정확한 금액이 나온 것은 아니지만 대략 7억 원정도를 그 기준으로 잡고 있다고 추정된다. 하기야 7억 원 이상이 되는 집에 사는데 빈곤층이라고 하기에는 좀 그렇지 않을까?

그렇다면 자산이 있어서 빈곤층이라고 할 수 없는 사람들을 빼면 어느 정도가 될까?

우리나라 분석으로 본 노인 빈곤율

한국보건사회연구원에서 2017년에 낸 자료가 있다. 〈다양한 노인 빈곤지표 산정에 관한 연구〉라는 보고서의 결론은 우리나라 노인빈곤층은 21%이다. 이 보고서는 다음과 같이 말하고 있다.

> 분석결과, 2015년 우리나라 노인 100명중 소득 빈자는 46명꼴이지만, 이들 중 약 21명은 소득 빈자이면서 주거 또는 자산 차원에서도 결핍을 겪고 있음을 알 수 있었다. 반면 나머지 25명은 소득 차원에서는 가난하지만 주거와 자산 차원에서는 빈곤하지 않음을 알 수 있었다.[1]

이것도 적은 숫자가 아니다. 21%라면 노인 다섯 명 중 한 명은 빈곤층이라고 얘기다. 게다가 OECD 평균은 12.5명이니, 평균에 거의 2배가 되는 숫자이다.

다만, 앞으로는 나아질 것이라고 한다. 국민연금을 20년 이상 낸 사람들이 연금을 받는 나이가 되었고, 그렇게 되면 월수입이 있는 사람들이 늘어나서 빈곤층이 줄어들 것이기 때문이다.

그렇다고는 해도, 그것으로 궁핍한 노년생활이 해결될까? 국민연금과 기초연금만으로 중위소득 50% 넘게 매월 받을 수 있을까? 걱정 없는 기본적인 삶을 유지할 정도로 연금이 나오지 않는다면, 노

---

1) p126, 윤석명, 고경표, 김성근, 강미나, 허용하, 이정우 공저, <다양한 노인빈곤지표 산정에 관한 연구>, 한국보건사회연구원, 2017.

인들이 일을 해서 돈을 벌수 있는 환경이라도 마련되어야 하지 않을까?

이런저런 질문이 머리에 떠오르지만, 제대로 된 노인 빈곤에 대한 자료를 찾을 수가 없다.

정부의 지원방법

우리나라에서는 저소득층에게 생활비를 지원하고 있다.

한 사람의 소득을 계산해서 중위소득의 30%에 미치지 못하면 나머지 금액을 정부에서 지원해 주는 방식이다. 물론 부양의무자가 부양을 할 수 없는 경우에만 지원을 받을 수 있다. 부양의무자는 배우자, 부모, 자식, 며느리, 사위까지, 지원을 받는 사람의 1촌 이내의 직계가족과 배우자를 말한다. 이런 사람들이 부양할 수 없을 때 지원을 받는다. 중위소득의 30%는 1인가구는 501.632원이고, 2인가구는 854,129원이다. 정부에서는 그 사람의 수입이 이 금액이 될 때까지만 지원해 준다.

너무 적은 금액이라고 생각하지 않는가? 가족도 없고, 도움을 받을 길이 없고, 일을 할 수 없는 노인 혼자 50만 원으로 한 달을 살수 있을까? 노인 부부가 85만 원으로 한 달을 살 수 있을까? 아주 절약해서 살아간다고 해도 혹서기나 혹한기 때는 어떻게 될까? 갑자기 아프거나 목돈이 들어가야 할 때는?

지금이 이 이야기가 남의 얘기처럼 들릴지 모르겠지만, 몇 년 후면 친구나 동료의 얘기가 될지도 모른다. 또는 내 이야기가 될 수도 있다.

세계 여러 나라 노인들의 수입

다른 나라 노인들은 어떻게 살까?

OECD는 수입을 세 가지로 구분해서 비율을 조사했다. 하나는 공적이전소득. 한마디로 말하면 연금을 말한다. 다음은 일해서 얻는 근로소득. 그리고 재산에서 나오는 수입인 자산 소득. 이 세 가지로 나누었다. 선진국일수록 노인들의 주 수입은 연금이다. 일해서 얻는 수입은 낮다. 나라에 따라 다르지만 유럽 외의 나라에서는 자산 소득이 높다. 이 말은 사회보장제도가 잘 되어 있고, 안정적인 유럽 나라에서는 노인들이 주로 연금으로 살아간다는 얘기다. 복지제도가 미비한 나라에서는 노인들이 나이가 들어서도 일을 해야 한다.

〈자료 22〉는 2013년과 2017년에 발표된 각국 65세 노인들의 수입비율표이다. 이 표는 2년마다 OECD에서 발표하는 자료인데 2015년 자료에는 우리나라 통계가 빠져 있다. 2013년 자료는 2012년 때의 현황이고, 2017년 자료는 2015년 때의 현황이다.

표를 보면 2013년에 헝가리 노인들의 수입은 86.1%가 연금이고, 12.1%는 일해서 버는 돈이고, 1.9%는 예금이나 부동산에서 나오는 수입이다. 반면 우리나라 노인들의 수입은 16.3%만 연금이고, 60.3%는 일을 해서 벌어야 하고, 20.8%는 예금이나 부동산에서 나오는 수입이다. 헝가리 노인은 주로 연금으로 생활을 하고, 우리나라 노인들을 일을 해서 생활을 하고 있다는 뜻이다. 연금이 얼마만큼 노년에 중요한 수입원이 되어야 하는지를 통계가 여실히 보여주고 있다. 노인이 가난하냐, 기본적인 생활을 유지하느냐는 결국 연금에 달린 것이다.

'우리 노인들이 얼마나 가난한가?'라는 질문 결국 '연금제도가

<자료 22 : OECD 국가 노령층 수입 중 연금, 근로소득, 자산 비율>

2013				2017			
연금	근로소득	자산	국가	국가	연금	근로소득	자산
86.1	12.1	1.9	헝가리	헝가리	89.0	8.5	2.5
81.5	13.2	5.4	룩셈부르크	벨기에	84.1	9.4	6.5
81.3	11.3	7.4	벨기에	룩셈부르크	82.4	10.8	6.7
81.0	15.5	3.5	오스트리아	오스트리아	81.8	12.4	5.8
80.4	10.8	8.8	핀란드	네덜란드	81.3	9.8	8.9
78.1	17.1	4.8	아일랜드	핀란드	80.8	10.0	9.2
77.4	20.9	1.7	체코	아일랜드	78.5	15.1	6.4
73.5	25.3	1.2	폴란드	체코	78.5	19.6	2.0
73.3	26.7	0	스위스	포르투갈	78.3	15.6	6.1
73.2	26.0	0.7	슬로바키아	그리스	77.4	18.7	3.9
73.1	5.5	21.3	프랑스	프랑스	77.3	5.5	17.2
72.9	22.1	5.0	포르투갈	이탈리아	75.3	18.5	6.2
72.5	20.5	7.0	이탈리아	슬로베니아	74.5	20.6	4.7
71.6	23.5	4.9	스페인	독일	74.1	15.2	10.6
69.4	13.4	17.2	독일	노르웨이	73.0	18.5	8.5
69.4	22.4	8.2	그리스	영국	72.9	14.9	12.1
67.4	31.8	0.8	에스토니아	슬로바키아	71.5	27.9	0.6
66.2	31.1	2.8	슬로베니아	스웨덴	70.6	17.5	11.9
60.9	11.7	27.4	스웨덴	스페인	70.6	18.3	11.1
57.5	14.8	27.7	노르웨이	폴란드	70.6	28.7	0.8
53.0	12.4	34.6	덴마크	스위스	70.3	15.9	13.9
49.7	11.8	38.5	영국	아이슬란드	68.1	29.5	2.4
48.6	20.2	31.2	아이슬란드	에스토니아	63.7	34.7	1.6
48.2	21.7	30.2	뉴질랜드	덴마크	62.9	16.7	20.4
48.0	33.1	18.9	터키	이스라엘	59.9	30.9	9.2
47.9	43.9	8.2	일본	라트비아	58.5	39.9	1.6
44.7	10.3	45.0	네덜란드	호주	55.6	26.2	18.2
40.3	23.6	36.1	호주	터키	52.2	31.5	16.3
38.5	19.8	41.7	캐나다	일본	51.3	38.7	10.0
37.6	32.2	30.2	미국	미국	50.9	35.2	13.9
33.8	27.2	39.0	이스라엘	칠레	46.7	47.8	5.5
25.8	57.9	16.3	멕시코	뉴질랜드	41.7	31.5	26.8
16.3	63.0	20.8	대한민국	캐나다	35.4	24.8	40.1
6.6	62.1	31.2	칠레	멕시코	31.4	56.8	11.8
				대한민국	30.2	50.8	19.1
59.0	24.0	17.1	OECD 평균		66.3	23.6	10.1

* 이 통계를 보면 4년간 각국이 어떻게 바뀌었는지를 알 수 있다. 2013년에 최하위였던 칠레 는 연금비율을 6.6%에서 46.7%로 끌어올렸다. 우리나라도 거의 두배 증가폭을 기록했다.

얼마나 허약한가?'와 같은 질문이 되는 듯하다. 단, 희망적인 것은 2013년과 2017년 자료를 비교해보면 우리나라에서 연금비율이 늘어나고 있다는 사실이다. 그래도 아직은 OECD 회원국 중 연금비율이 가장 낮다. 결국 노인 빈곤을 해결하는 방법은 연금제도의 강화가 아닐까?

<자료 23 : OECD 국가 노령층 수입 비율 비교>

CHAPTER 19

저녁 만찬에서 들은 이야기들

오후 5시가 되면 주문이 뜸해진다. 이후에 들어오는 주문은 아주 급한 택배이거나 갑자기 돌아가신 분의 근조기 설치 주문이 대부분이다. 이 택배 일을 받은 택배원은 일을 마치고 바로 집으로 들어간다. 오후 주문을 끝으로 더 이상의 오더를 받지 못하는 어르신들은 대충 상황을 보다가 일찍 퇴근한다. 늦게까지 남아서 혹시나 모를 주문을 기다리는 분들은 3~4명 정도가 된다. 끝까지 남아 있는 분들은 대부분 혼자 살거나 집에 일찍 들어가시기 싫어하는 분들이다.

5~6시 사이가 되면 슬슬 테이블이 차려지고, 가스버너가 테이블에 올려진다. 가벼운 저녁 만찬이 준비된다. 어떤 날은 돼지고기가 불판에 구워진다. 사장이 돈을 내거나, 그날 수입이 좋은 사람이 내거나, 형편이 좋은 사람이 돈을 낸다. 때로는 오랜만에 사무실에 놀러오는 사람이 고기를 사들고 올 때도 있다. 그러면 누군가는 돈을 내서 술을 사온다. 일을 다 끝내고 술 한 잔 하는 타임이다.

다른 회사나 단체와 다른 점은 7시 30분에서 8시 사이에 만찬이 칼 같이 끝난다는 것이다. 내일 일을 위해서 모두 2차 없이 집으로 향한다.

저녁 만찬을 즐기는 2시간 반 정도의 시간 동안 온갖 얘기가 펼쳐진다. 주로 일에 대한 얘기, 옛날 얘기, 사회전반에 대한 얘기들이다. 때로는 자신의 경험에서 나오는 경험담을 얘기할 때도 있다.

그 말 속에는 내가 처음 듣는 말도 있고, 고개를 갸우뚱하게 만드는 말도 있고, 아무래도 아닌 것 같은 얘기도 있다. 저녁 만찬에서 나눠지는 말들은 이렇다.

비디오테이프는 우리나라 사람 아이디어였다

한 어르신이 말했다.

"비디오테이프를 누가 만들었는지 알아?"

"일본 소니사 아닌가요?"

어르신이 뭘 모른다는 미소를 짓는다.

"그거 우리나라 사람이 아이디어를 낸 것을 일본 사람들이 훔쳐 간 거야."

"네?"

"예전에 OO전자에 다니는 사람을 만난 적이 있어. 녹음테이프 있지? 그것을 가지고 얘기를 하다가 내가 말했어. '여기에 소리를 담을 수 있다면 같은 방식으로 영상도 담을 수 있지 않나?' 그 놈 눈이 반짝 거리더라고. 그때 내가 개발했어야 하는데, 바빠서 잊어버렸어. 그런데 1년 후에 일본에서 비디오테이프가 나온 거야. 아마 그 사람이 돈 벌려고 그쪽에다가 얘기 했던 것 같아."

"그럼, 어르신이 비디오테이프 아이디어를 내셨다는 건가요?"

"그거 내 아이디어야."

"그러니까 어르신이 발명하셨다는 말이네요."

"그렇지."

절대로 농담으로 하는 말이 아니었다. 어르신이 잠시 자리를 비웠을 때 다른 어르신에게 물어봤다.

"저 어르신은 젊었을 때 무슨 일을 하셨어요?"

"아마, 전파사를 했다고 한 것 같던데. 항상 저 얘기를 해."

소니사에 물어보지 않았기 때문에 이 말이 사실인지는 확인할 길이 없다.

하루와 세월의 차이

저녁 만찬을 하고 있는데 어르신들이 하나 둘씩 사무실로 돌아온다. 서로 반겨 맞으면서 자리를 마련해 준다. 많을 때는 7~8명까지 늘어난다.

한 어르신이 자리에 앉으면서 말씀하신다.

"오늘 하루는 어떻게 지나갔는지도 모르게 가버렸어."

모두들 일 많이 해서 좋겠다는 덕담을 한다.

"그런데 다음날이 되면 어제는 생각도 안 나고 그날이 그날 같아."

모두들 이 말에 동의한다.

"세월이 가는 건지, 안 가는 건지……."

이때 고기를 구우며 가만히 있던 한 어르신이 말을 꺼낸다.

"그런 거야. 하루는 금세 지나가고, 세월은 천천히 지나가고……."

모두 잠시 말을 멈춘다. 그 말을 곱씹는 듯하다.

베트남 사람들을 존경하는 이유

한 어르신은 베트남 참전 용사다. 헌병 장교로 베트남을 갔다 왔다. 때마침 TV에서 베트남에 대한 뉴스가 나오자 추억에 젖으셨다. 그리고 하시는 말씀.

"난 베트남 전에 갔다 왔지만 베트남 사람들 존경해요."

"왜요?"

"자존심들이 아주 남달랐어요."

"구체적인 경험이라고 있으세요?"

"베트공이 잡혀 오면 심문을 한단 말이에요. 그러다 보면 때리기도 하고 고문도 하게 되잖아요. 심문을 할 때면 옆에 통역관이 있어요. 남베트남 사람이죠. 베트남 전쟁은 베트공과 남베트남 사람이 싸우는 거였단 말이에요. 그러니까 서로 적인 셈이죠."

"그랬죠."

"그런데 베트공을 고문하려고 하면, 남베트남 통역관이 말려요. 막 항의해요. 때리지 말라고, 말로 하라고. 왜 베트남 사람을 때리냐고."

"정말요?"

"다는 아니겠지만, 베트남 통역관들이 그걸로 유명했어요. 미군들이 베트공 고문하려고 해도 말리고 그랬다니까요. 적이지만 자기 나라 사람이라는 거죠. 난 베트남 갔다 왔지만, 베트남 사람들 존경해요. 대단한 사람들이에요."

그날 베트남 사람들에 대해서 새로운 면을 알게 되었다.

위험한 배달

어르신들은 약간 이상한 배달이라고 느낄 때가 있다고 한다. 계속 전화로 지시가 오는 경우가 있다.

한 어르신의 체험이다. 여행사에서 여권을 받아서 전해주는 배달이었다. 그런데 배달하는 도중 갑자기 전화가 와서 여권을 받는 사람인데 전화번호가 바뀌었다면서 배달지를 변경했다. 신원을 확인하는데 여권 내용과 맞았다.

어르신은 바뀐 배달지로 가서 새로 받은 전화로 도착했다고 연락을 했다. 그런데 전화 받은 사람이 갑자기 그곳으로 나갈 수 없다며 자기가 있는 곳으로 가져달라고 하는 것이었다. 추가 요금을 더 준다고 하면서 말이다. 어르신은 그곳으로 갔다. 그런데 그곳이 너무 외진 곳이었다.

뭔가 이상한 생각이 들어서 맨 먼저 받은 전화번호로 전화를 했다. 그랬더니 자신은 배달지를 변경한 적이 없다는 것이었다. 순간 뭔가 잘못되었다는 생각이 들었다. 그리고 장난을 친 사람들이 지금 자신을 보고 있을 수도 있다는 생각에 겁이 났다. 여권을 강탈하려는 사람들이라는 생각이 들었다.

경찰에게 전화를 걸어서 도움을 요청했다. 경찰을 기다리던 중 범인들로부터 전화가 다시 왔다. 왜 빨리 안 오냐고. 그러면서 지금 어디냐고 집요하게 물었다. 어르신은 말을 얼버무리면서 시간을 끌었다. 곧 도착할 거라고.

그런데 경찰이 사태를 심각하게 생각하지 않고, 사이렌을 울리며 어르신을 찾아 왔다.

경찰 사이렌이 들리자 저 멀리서 몇 사람이 도망가는 모습이 보였다. 경찰에게 모든 얘기를 하고 중간에 걸려온 전화번호로 전화를 걸었지만 전화를 받지 않았다.

경찰과 함께 여권 주인에게 갔지만 아무런 단서를 찾을 수가 없었다.

어르신의 추측에 의하면 여행사에서 여권을 받으면서 이런저런 확인을 할 때 공범이 옆에서 듣고 이런 일을 벌인 것 같다고 한다.

정확히 앞뒤가 들어맞지 않는 이야기이고, 과장이 있거나 사실을 잘못 파악하는 경우가 있을 수 있지만, 실제로 있었던 이야기다. 택배 어르신들을 노린 여권절도행각.

다른 분의 이야기로는 자신들도 모르게 범죄에 연관된 물건을 나를 수도 있다고 한다. 대포 폰이나, 훔친 물건, 유통해서는 안 되는 약품 등등. 하지만 그것을 어떻게 알 수 있겠는가?

쉽게 돈 버는 법

저녁을 먹다가 옆에 있는 어르신에게 택배 일을 해서 버는 돈으로 생활하기 빠듯하지 않으신지 물었다. 그랬더니 어르신이 갑자기 목소리를 낮추셨다.

"나는 따로 돈 버는 데가 있거든."

"무슨 일을 하시는데요?"

"일을 하는 게 아니라, 사람들하고 같이 모여서 이야기를 들으면 돼. 그러면 돈을 벌 수 있어."

"네?"

"쉽게 돈 버는 일이 있어. 내가 가르쳐 줄까?"

"가르쳐 주시면 저야 좋죠."

"다른 사람한테는 말하지 마!"

한마디로 피라미드 판매업 같은 것이었다. 사람들을 모아서 사무실로 데리고 가면 얼마만큼의 커미션을 주는 단체였다. 내가 위험한 곳이 아니냐고 묻자 어르신은 가방에서 무엇인가를 꺼내보였다. 통장이었다. 그리고 매달 30만 원 정도 들어온다고 설명했다. 아주 비밀스러운 목소리로 다른 분들이 듣지 않게 말이다.

내가 가지고 있던 수첩에 모이는 장소와 본인 핸드폰을 적어주면서, 이번 주 토요일 11시에 거기서 만나자며 약속을 강요했다. 많이 해보신 솜씨였다.

다음날 실버퀵 사장에게 어제 있었던 이야기를 했다. 사장은 그분이 피라미드에 빠진 것을 이미 알고 있었다. 내가 다른 어르신들이 걱정된다고 하자, 사장이 말했다.

"노인들이 그렇게 어리석지만은 않아. 여기 노인들은 안 빠져. 한 명도 없었어. 일해서 돈 벌려고 하지."

나도 어리석은 사람이 되지 않기 위해 토요일에 만나기로 한 약속을 어겼다.

젊은 사람은 뺀질거린다

저녁 만찬을 하고 있는데 어르신 한 분이 들어오신다. 다른 어르신들이 자리를 내주었다. 내 옆에 앉으시면서 내뱉는 말.

"요즘 젊은 사람들은 너무 뺀질거려요. 안 그래요, 작가 양반?"

"그렇죠. 젊은 사람들이 좀 그렇죠."

대충 요즘 젊은이들을 욕하는 타임이라는 생각에 동의를 했다.

"일 좀 열심히 하라고 했더니, 이런저런 핑계나 대고……. 못 쓰겠

더라고. 맨날 일 없다고 불평만 하고. 그래서 되겠어요, 작가 양반? 노는 것보다는 일을 하는 게 낫지 않아요?"

"전적으로 동의합니다. 아무 것도 안 하는 것보다는 무슨 일이든 하는 게 중요하죠. 직업에 귀천이 없잖아요!"

"그렇죠. 작가 양반, 아주 시원하네. 직업에 귀천이 있다고 생각하는 사람이 천한 거야. 뭐 그렇게 가리면서 일을 찾아?"

옆에서 얘기를 듣던 어르신이 묻는다.

"아니 누가 그러는데?"

얘기를 시작했던 어르신이 화난 목소리로 말을 잇는다.

"아니, 사장님이 택배 일 할 괜찮은 사람을 좀 알아보라고 해서, 주위에 있는 사람들에게 얘기했더니, 그런 일을 어떻게 하냐고 하는 거야. 사지 멀쩡한 놈들이 그냥 놀면서, 돈 없다 돈 없다 말만 하고 앉아 있어. 예순대여섯 된 놈들이. 그래서 이제 걔들한테 얘기를 안 하려고."

얘기를 듣고 보니 그 젊은 사람은 65세가 넘으신 분들이었다. 조금 전에 나는 어르신들이 뺀질거린다고 동의를 했던 거였다.

음식배달

배달하는 물건 중에는 음식배달도 있다. 한약을 배달하는 경우도 있고, 음료를 배달하는 경우도 있다고 한다. 따뜻할 때 배달해야 하는 경우고 있고, 시원할 때 배달해야 하는 경우도 있다.

한 어르신이 퀵보드를 타고서 음식배달을 하고 있었다. 횡단보도에 서서 위치를 확인하고 있는데 갑자기 차 한 대가 다가와 어르신을 뒤에서 들이받았다. 다행이 차가 속도를 낸 상태가 아니어서 큰 사고는 아니었지만, 어르신은 그 자리에서 쓰러졌다. 허리와 다리에 충격이 남아 있었다.

운전사와 주위에 있던 사람들이 다가왔다. 빨리 병원에 가자고 재촉했다. 그런데 마침 그때 배달하던 음식이 신선한 회였다.

"어떻게 하긴 어떻게 해? 나 이거 배달하고 가야한다고 했지. 회인데, 얼마나 기다리겠어. 또 신선해야 하잖아. 배달 먼저 갔지. 끝나고 병원 가고."

어르신은 프로정신을 발휘해서 아픈 몸을 이끌고 배달을 먼저 마친 후, 병원에 가셨다. 다행히 뼈에는 이상이 없고, 타박상만이 발견되었다고 한다.

전과자가 된 배달원

택배를 마치고 집으로 갈 때면 택배원들은 지치기 마련이다. 게다가 나이도 있으니 몸이 더 피곤한 건 말할 것도 없다.

한 어르신은 꾀를 내서 집에 편하게 가곤 하였다. 약간의 연기가 필요한 방법이었다.

우선 지하철역에서 지상으로 올라오면서 주위를 살핀다. 주위에 젊은 사람이 없으면 피곤한 몸을 이끌고 그냥 집으로 가야한다. 하지만 젊은 사람이 있으면 이 방법을 사용할 수 있다.

젊은 사람 앞으로 걸어가서 쓰러진다. 젊은 사람은 달려와서 괜찮으시냐고 묻는다. 그러면 그 어르신은 다리가 마비된 것 같다고 하면서 걷지 못하는 것처럼 연기를 한다.

젊은 사람은 119로 전화를 하고, 잠시 후 119 구급대가 도착한다. 구급대원들은 어르신을 구급차에 태운다. 어르신은 몸이 좀 안 좋은 것 같다며 병원에 갈 정도는 아니고, 집에 좀 데려다주었으면 좋겠다고 말한다. 구급대원들은 정중하게 어르신을 집으로 모신다. 종종 그렇게 구급차를 사용했다.

어느 날 같은 방법을 써서 집으로 가는 도중, 구급대원이 말했다. "할아버지! 할아버지가 전과자인 거 아세요?"

어르신은 무슨 말이냐고 물었다. 구급대원은 119 구급대에서 할아버지가 상습적으로 구급차를 이용하는 것을 알고 있으며 몇 번 이용했는지도 기록되어 있다는 것을 알려주었다. 자꾸 이러시면 벌금을 물을 수도 있으니 이쯤해서 그만 하시라고 권했다.

그날로 그 동네 구급차를 이용하는 일은 그만두었다. 하지만 지방으로 택배 일을 갈 때면, 너무 외진 곳이어서 차편이 불편할 때면, 배달지와 지하철역이 너무 멀면, 지방 구급대원들이 어르신의 전과를 모르는 곳이면, 아직도 가끔 이 방법을 사용하신다고 한다.

또한 주위 어르신들에게도 급할 때는 써먹으라고 적극 알려주고 있다.

올해는 좀 이상하다

택배원들이 가장 좋아하는 일은 결혼식장에 경하기를 설치하러 가는 일이다. 시간 스케줄이 정확하게 나와 있고, 일도 어렵지 않다. 하루에 2~3개를 할 수 있고 수입도 좋다. 고객이 불평할 사안이 거의 없기 때문에 일하기도 편하다. 게다가 맛있는 식사도 할 수 있다.

다음으로 좋아하는 일은 근조기 설치 일이다. 택배를 부탁하는 고객을 만날 일이 없고 장례식을 진행하는 사람들과 문제가 될 일도 없기 때문이다. 물건 파손을 걱정할 필요도 없다. 게다가 장례식장에서도 식사를 할 수 있다. 결혼식장보다 인심이 좋다.

결혼식은 주말에 많고, 장례식은 환절기에 많다.

사무실에서 다른 어르신과 이야기를 나누고 있는데, 한 어르신이 깃발을 가지고 들어온다. 평일인 걸 봐서는 근조기를 걷어온 것이다.

인사차 어디 장례식장을 다녀오셨는지 물어보았다. 그리고 요즘 근조기 일이 많은지 물었다. 한마디로 돈 좀 버셨는지 묻는 것이었다.

어르신은 고개를 갸우뚱하더니, 아주 쿨하게 이번 봄 근조기 경기를 평가했다.

"올해는 잘 안 죽네. 봄이 왔는데."

농담이 아니었고, 순전히 경기를 평가한 말이었다.

예식장에서 식사를 먹을 수 있는 경우와 없는 경우

결혼식을 축하하는 깃발을 세우면 1시간 30분 정도를 기다려야 한다. 그동안 식사를 할 수 있으면 그야 말로 일거양득이다. 시간도 보내고, 무료로 맛있는 점심을 먹을 수 있기 때문이다. 그래서 토요일에는 옷을 차려 입고 깃발 일을 하시는 어르신도 있다.

하객도 아닌 택배원에게 흔쾌히 식사를 제공하는 경우가 많지만, 상황에 따라서는 거절하는 경우도 꽤 있다고 한다.

일단 호텔에서 하는 결혼식에서는 식사를 먹을 수가 없다. 한 끼가 너무 비싸기 때문에 깃발을 설치하러 온 사람에게까지 식사를 제공하는 경우는 거의 없다. 간혹 식사를 대접받았다는 분들이 있기는 하다.

어르신들의 얘기로는 너무 사람이 많은 곳은 안 되고, 어느 정도 한산해야 식사를 대접받는다고 한다.

"예를 들면, 예식장은 하객 100명을 기본으로 하고, 그 이상의 사람이 왔을 때 추가로 돈을 받는 경우가 많단 말이야. 100명이 안 와도 100명 값을 내야 해. 그런 집에서는 식권을 잘 줘. 그런데 하객이 많으면 그게 안 되는 거지. 우리한테 한 끼를 주면 식사비가 추가가 되니까. 그러니까 대충 약간 한산한 예식이 좋아."

하객이 많은 예식의 경우, 식권을 부탁했다가 면박을 당하는 경우도 있다고 한다. 때로는 상황이 가능한 곳을 공략하는 경우도 있다. 깃발을 설치한 곳 말고 다른 곳으로 가서 식권을 받을 때도 있다고 한다. 무엇보다도 최고의 기준이 있다.

"인심이 좋을 것 같은 사람들이 있는 곳이 가장 최고지."

음식맛이 가장 나쁜 예식장을 공개한다

어르신들이 예식장에 갔다 오면 이런저런 품평을 한다. 신랑신부 측이 어땠느니, 신부가 예뻤느니, 음식이 잘 나왔다느니, 교통이 어땠느니 하면서 말이다.

그런데 대부분의 어르신들이 한결같이 음식 맛이 없다고 욕하는 곳이 있다. 음식이 냉동음식을 덥혀 나온 것처럼 맛이 없고 너무 성의가 없다는 것이다. 이곳에 깃발 설치 일이 걸리면 다른 예식장에 깃발 설치를 할 때 그 예식장에서 점심을 먹고, 절대로 이곳에서는 식사를 하지 않는다고 한다.

그 장소가 반성하기를 바라며, 이곳에 가는 분들은 조심하기를 바라며, 장소의 이름을 밝힌다. 바로 서울대교수회관. 모두 욕을 할 정도로 음식 맛이 없다고 한다.

　그런데, 장소 이름만 들어도 맛이 없을 것 같은 느낌이 드는 것
은 왜일까?

정확하고
건강하게 살기:
백남진 씨 이야기

1968년 1월 21일, 2015년 10월 13일, 2016년 5월 31일……

연도뿐만 아니라 월, 일자까지 정확하게 나왔다. 모두 백남진 씨와의 인터뷰에서 나온 날짜들이다. 인터뷰가 끝났을 때 백남진 씨는 자신이 작성한 청구서를 보여줬다. 마치 회사에서 영수증을 정리해 놓은 것처럼 깔끔하게 정리되어 있다. 이것만 봐도 백남진 씨가 어떤 분인지 짐작할 수 있었다.

"별로 할 얘기가 없는 인생인데……."

처음 인터뷰를 요청했을 때 백남진 씨가 한 말이다.

작은 키에, 다부진 체구. 걸음도 가볍다. 한 눈에도 건강하다는 것을 알 수 있었다.

1946년생, 만 73세. 그 말을 들었을 때 깜짝 놀랐다. 65세에서 67세 정도로 생각했기 때문이다. 그렇게 생각하면서도 나이에 비해 젊어 보인다고 생각했는데, 실제 나이를 들으니 엄청나게 젊어

보이는 것이었다. 백남진 씨는 지금도 건강검진을 받으면 모든 수치가 정상으로 나온다고 한다.

말을 할 때 발음도 정확하다. 말은 나이에 비해 빠르고, 얘기를 나누다 보면 자신의 감정을 대놓고 드러내지 않는다. 절제하는 태도가 습관이 되신 듯 말을 조심한다. 그러나 문제를 지적하고, 대안을 얘기할 때는 거침이 없다.

1946년 전주태생인 백남진 씨는 고등학교 2학년 때까지 전주에서 자랐다. 다섯 살 때 한국전쟁을 경험한 것을 빼고는 큰 사건 없이 지내왔다. 아버지는 농부셨고, 8남매 중 둘째, 둘째 아들이다. 전주에서 명문으로 유명한 전주고등학교를 다니다 서울에 있는 친척집으로 올라와 유학생활을 했다. 대학입시를 목표로 공부를 했으나 뜻대로 일이 풀리지 않았고, 바로 군대에 입대를 했다.

훈련병 시절 적성검사를 했는데, 이때도 성격이 한몫을 했다. 꼼꼼한 성격과 무엇인가를 외우는데 특출한 능력을 발휘해 암호병으로 선발되었다. 암호병은 말 그대로 암호를 받아서 전달사항을 해석하고, 전달사항을 암호로 보내는 일을 하는 병사이다. 일반 병사들과의 생활하기 보다는 혼자 암호실에 틀어박혀 지낸다. 배치된 곳은 2사단 포사령부.

성격에 맞고 혼자 있는 시간이 많은 업무를 맡은 덕에 군생활은 그런대로 큰 부침 없이 지나갔다. 당시 복무기간은 30개월. 제대가 가까워 질 때 쯤 "복무기간이 28개월로 줄어들지도 모른다. 그 혜택을 지금 병사들도 받을 거다"라는 소문이 퍼졌다. 잘하면 운 좋게 혜택을 볼 것 같았다. 희망은 점점 부풀어 올랐다.

그러나 이 모든 희망을 한 순간에 날려버린 사건이 터진다. 백남진 씨의 평온한 일생에 유일하게 오점을 남긴 사건이 발생한 것이다. 위에서 언급한 날짜, 1968년 1월 21일. 무장공비 김신조가 청와대를 습격하려고 한 것이다. 전군은 비상사태로 들어갔고, 모든 병사의 휴가와 제대가 연기되었다. 제대 날자가 다가왔지만 제대 연기명령은 철회되지 않았다. 제대 날자가 지나갔다. 그러나 제대명령은 내려오지 않았다. 한국전쟁 때도 전주지역이 전투지역이 아니어서 별 피해를 입지 않았고 가족도 피난을 가지 않았건만, 무장공비 때문에 군생활 말년이 완전히 꼬여버린 것이다. 군생활이 기약도 없이 계속 이어졌다.

결국 4개월 21일 동안 군생활을 더 한 후에야 제대할 수 있었다. 남들은 30개월 복무하는 군생황을 34개월 21일 동안 군생활을 한 것이다. 백남진 씨 인생에 있어서 유일한 불운이었다.

남자들은 이 상황이 얼마나 재수 없는 상황인지 알 것이다. 병장의 4개월은 심정적으로 거의 1년에 가까운 기간이다. 정말 더럽게 운이 없었다.

군대를 제대한 후, 백남진 씨는 대학을 포기하고 취직시험 준비를 했다. 대학과는 인연이 없는 것 같았다. 입사 시험에 통과하여 들어간 직장은 체신부. 지금은 없어진 국가행정기관이다. 한마디로 그는 공무원이 되었다. 그때가 1972년, 만 26세가 되던 해였다.

체신부는 크게 우편 업무와 전기통신 업무(전화)를 담당하는 관청이었다. 나중에 체신부는 전기통신부분을 독립시켰고, 그것이 한국전기통신공사를 거쳐 지금의 KT가 되었다. 우편업무는 그대로 남아 지금은 정보통신부로 업무가 이관되었다.

백남진 씨는 체신부로 들어가 보급사무소에 근무했다. 보급사무소는 체신부에서 사용하는 모든 물품을 구입하고 배급하고 관리하는 부서였다. 이어서 한국전기통신공사가 발족할 때 체신부에 남아있지 않고 한국전기통신공사로 직장을 옮겼다. 체신부에서 11년을 근무한 후인 1982년이었다.

체신부도 그렇지만 한국전기통신공사도 좋은 직장이었다. 공사여서 퇴근이 확실했고, 직장 내에서의 스트레스도 사기업보다 덜했다.

백남진 씨는 체신부에 들어가면서부터 취미생활을 즐기기 시작했는데 가장 오래 즐긴 것은 테니스였다. 거의 20년을 쳤다. 원효로에 있는 체신부 보급사무소 내에는 테니스코트가 있었다. 테니스를 즐기기 좋은 환경이었다. 하루에 3게임을 한 적도 있다고 한다. 일찍 출근해서 한 게임을 한 후, 오전 업무를 보고 점심시간에 짬을 내서 한 게임하고, 오후 근무가 끝난 다음 저녁에 한 게임을 하곤 했다. 체신부에서 한국전기통신공사로 바뀐 후에는 여건이 더 좋아졌다. 사원을 위한 복지 후생비가 이전보다 크게 늘어났는데, 마치 무슨 수를 써서라도 사원들에게 복지비를 주려고 하는 것 같았다고 한다.

이후에도 별 탈 없이 직장생활을 이어갔다. 체신부에 들어가자마자 친구의 소개로 만난 분과 다음 해에 결혼을 하고 다음해에 아들을, 2년 후에는 딸을 낳았다.

실버퀵에 다니는 대부분의 택배월들과 달리 IMF 때에도 큰 어려움이 없었다고 한다. 태풍이 백남진 씨를 피해간 격이었다. 오랜 직장 생활을 하면서 퇴직을 하기 2년 전인 2002년에 희망퇴직을 했고, 이제는 이름을 바꾼 KT의 자회사에서 계약직 사원으로 2년을 더 근무하다 59세의 나이로 정년퇴직을 했다. 정말 운 좋은 남자라고 할 수 있다.

퇴직을 한 후에는 대부분의 퇴직한 남자들처럼 노후생활을 시작했다. 운동을 하고, 이런저런 취미생활을 하고, 문화생활도 하면서 시간을 보냈다. 오랫동안 운동을 즐기는 습성이 있어서 그런지 퇴직을 한 후에도 탁구와 등산을 즐겼다. 등산을 한다고 해도 친한 사람들이 하는 등산이 아니라 전문적인 등산을 했다. 어느 정도 높이에 올라가서 식사하고, 오후 쯤 내려와서 한잔 마시며 이야기꽃을 피우는 등산이 아니라, 아침부터 등산을 시작해서 간단하게 식사를 하고 등반을 계속하는 전문 산악회를 따라다니며 등산을 즐겼다. 5~6년을 이렇게 전문적으로 등산을 했다.

이후 다른 것에도 도전을 했다. 공인중개사 자격증도 땄고, 경매사 자격증도 땄다. 그러나 막상 자격증을 따고 보니 두 일 모두 자신과 맞는 일이 아니었다. 그래서 그 일을 하지 않았다. 자격증을 빌려주는 일도 하지 않았다. 법을 어기는 일은 백남진 씨 성격에 할 수 없는 일이었다.

이러면서 몇 년 더 보내자 슬슬 몸을 움직이고 건강도 챙길 수 있는 일이 하고 싶어졌다. 몸은 건강한데 시간과 돈을 소비만 하는 생활이 점점 의미 없게 느껴졌다. 경제적으로 어려운 점은 없었다. 직장생활을 할 때 부업으로 시작한 일들을 부인이 관리하고 있기 때문에 가족들의 수입을 걱정할 필요가 없었다.

백남진 씨도 실버퀵에서 일하는 많은 분들이 가지고 있는 생각을 가지고 있었다. 건강할 때 아무 일을 하지 않고 그냥 돈을 소비하며 사는 것이 옳은 일이 아니다. 몸이 건강하면 일하며 사는 것이 좋다.

그분들에게 일을 한다는 것이 단순히 용돈을 번다는 것 이상을 의미한다. 일을 한다는 것은 인생을 제대로 산다는 의미이다. 몸이 건강한데 시간과 돈을 소비만하는 삶은 옳지 않은 일이다. 건강한 몸이면 일을 하는 것. 이렇게 사는 삶이 그분들에게는 옳은 삶이다.

주위에 있는 사람 중 한 사람이 백남진 씨에게 지하철택배를 해보라고 추천했다. 집에서 가까운 곳에 택배 사무실이 있다는 것도 알려주었다.

2015년 10월 13일. 백남진 씨는 실버퀵 사무실에 와서 면접을 보았고, 면접을 본 후, 바로 한 건의 택배 일을 맡았다. 가볍게 일을 처리한 후, 다음날부터 본격적으로 택배 일을 시작했다.

지금은 매일 택배 일을 하지 않는다. 왜냐하면 백남진 씨는 또 다른 일을 하고 있기 때문이다. 택배 일을 시작한지 7개월 정도 지났을 때, 건물 경비일이 들어왔다. 이틀에 한 번 24시간 근무를 하는 일이었다. 실버퀵 사무실에서는 일을 병행하는 것을 허락했고, 그 이후부터 두 개의 일을 병행하고 있다.

하루는 건물 경비로 일을 하고, 다음날은 아침 일찍 실버퀵에 나와서 저녁때까지 택배 일을 한다. 그리고 다음날은 다시 경비일로 돌아간다. 현재 73세의 노인이 이렇게 살아가고 있다.

힘들지 않냐고 물어봤다. 쉬고 싶지 않으시냐고 물어봤다. 대답은……

"아직 건강한테 뭐……. 가만히 있으면 뭐해요? 안 그래요?"

택배 일을 4년 넘게 한 백남진 씨는 예전과 지금의 상황을 정확히 안다. 예전에 비해 일이 많이 줄었다고 한다. 2015년에는 택배 일만 했기 때문에 수입이 지금보다 높았고, 하루에 평균 4개 정도를 배달했다고 한다. 지금은 평균 2개, 가끔 3개를 한다고 한다. 그렇기 때문에 지금 수입은 예전 수입의 60~70% 정도가 되었다.

백남진 씨가 실버퀵이 이렇게 된 이유로 꼽는 것들은 다른 분들이 생각하는 것과 비슷하다. 경기가 나빠진 것, 예전 단골들이 사라진 것, 경쟁 업체가 많은 점 등등…….

그런데 한 가지 백남진 씨만의 독특한 지적이 있었다. 실버퀵이 잘 되려면 뭐가 가장 중요하냐는 질문에 정확한 대답을 해주었다. 가장 기본적이고 누구나 알지만 자주 잊어버리는 기본을 지적했다. 가장 백남진 씨다운 대답이었다.

"난 사람이 좋아야 한다고 생각해요. 택배원들이 좋아야 해요. 이건 서비스업인데……."

백남진 씨는 사업이 잘 안 된다고 느낄 때는 환경을 탓해봤자 소용이 없고 내부에서 잘 할 수 있는 부분을 찾아야 한다고 말했다. 택배를 맡겼을 때 다음에 또 맡기고 싶은 마음이 들도록 고객에게 좋은 인상을 남겨야 하는데 지금 자신들이 그러고 있는지 따져봐야 한다고 말했다. 가장 중요한 것은 회사 구성원이다. 이것은 어느 회사에도 적용되는 원칙이다. 그것이 백남진 씨가 제시한 해결책이었다.

이 말을 들을 때 순간 어느 회사의 회의석상인 듯한 느낌이 들었다. 회사 경험이 풍부해서 그런지, 깔끔하고 감정을 배제시키는 성격 때문에 그런지, 백남진 씨는 단순하면서도 근본적인 해결책을 제시했다. 누가 들어도 정답인 얘기였다. 정확하고 자기 책임을 다하는 그는 세월이 흘러도 원칙을 잊지 않고 있는 듯 했다.

모든 일이 그렇듯이 결국은 사람 문제. 한 번 택배를 맡기면 다시 맡기고 싶은 택배회사가 되는 길. 그 길이 실버퀵이 살 길일 것이다.

갑자기 '백남진 씨가 실버퀵에서 사원교육을 맡으시면 좋을 텐데' 하는 생각이 들었다.

인터뷰 뒷이야기

백남진 씨는 무척이나 솔직했다. 다른 분들은 자신의 경제 상황을 숨기는 편인데 자신이 한 달 동안 버는 금액을 거리낌 없이 말씀하신다. 그 말씀을 듣는 동안 나는 통계자료에서만 봤던 문제가 실제로 벌어지고 있는 상황을 보게 되었다.

이전 장에서 우리나라 노인들의 노후 수입에 문제가 있다는 점을 이야기했다. 선진국일수록, 사회 안전망이 좋은 나라일수록 연금이 주 수입원이 된다. 국가 시스템이 국민의 노후를 책임진다. 그런데 우리나라에서는 국민의 노후를 국민 스스로 책임지게 하고 있다. 우리나라 노인들은 주로 예금이나 부동산의 자산을 소비하며, 또는 노년에도 일을 하며 노후생활을 보낸다.

노인의 수입에서 연금, 자산, 노동임금 중 연금 비율이 가장 크고, 자산과 노동임금 비율이 낮아야 사회 안전망이 튼튼한 것이다. 연금 비율이 적고 자산과 노동임금 비중이 크면 사회 안전 시스템이 나쁜 것이다.

백남진 씨의 경우, 자산에서 얻는 수입과 노동임금으로 받는 수입이 연금을 훨씬 상회한다. 우리나라 현실을 정확하게 보여주는 케이스이다.

이전에 우리는 빈곤층의 기준을 얘기했다. 다시 정리하면 빈곤층은 월수입이 중위소득의 50%미만인 사람들이다. 1인가구의 경우

84만 원이 안 되는 사람, 2인가구의 경우 140만 원이 안 되는 사람을 말하는 것이다.

우리나라가 선진국처럼 사회안전망이 좋다면, 백남진 씨는 자산소득이나 노동임금 소득보다 연금 소득이 많아야 한다. 안정되고 임금이 좋은 회사를 다녔고 정년까지 마쳤으니, 한 달에 적어도 빈곤층 기준보다는 훨씬 더 받아야 할 것이다. 적어도 140만원은 넘어야 한다. 내 생각에는 250만 원 정도는 받아야 맞는 것 같다.

그러면 백남진 씨가 한 달에 받는 연금은 얼마가 될까?

국민연금과 다른 연금을 포함해서 한 달에 연금으로 받는 돈이 95만 원 정도라고 한다. 백남진 씨의 경우는 2인가구인데, 한 달 연금 수입이 95만 원이다.

지금 상황으로 판단해 보면, 만약 백남진 씨와 부인이 일을 할 수 없고, 어떤 안 좋은 일 때문에 자산이 사라진다면 백남진 씨는 빈민층에서도 한참을 밑도는 수입에 의존해야 한다.

물론 백남진 씨는 다행히 임금수입과 자산 수입이 있어서 걱정할 필요가 없다.

다만 얘기를 들으면서, 노인들을 위한 사회안전망이 얼마나 부실한지 깨닫게 되었다. 백남진 씨의 세대가 연금세대가 아니어서 혜택을 볼 수 없다는 것은 알지만, 아무리 그래도 안전망이 너무 약하다는 생각을 지울 수 없었다.

'번듯한 직장이 없이 살아온 분들은 어떨까'라는 생각을 하면, 먹구름이 더 몰려오는 듯하다.

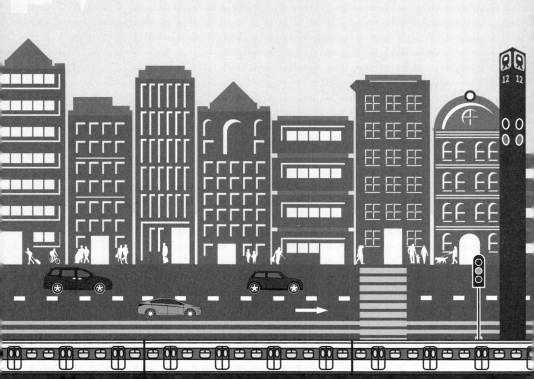

CHAPTER 21

실버퀵에서의 퇴직

실버퀵에서 처음 취재를 시작했을 때, 어르신들이 가끔 이 말을 하셨다.

"여기는 노인들이 맨 마지막으로 오는 곳이야."

한두 분에게서 들은 얘기가 아니다. 아마 어느 한 사람에게서 들은 얘기가 공감을 일으키면서 모두 그렇게 생각하게 된 것 같다.

택배 일은 노인이 할 수 있는 가장 쉬운 일 중 하나이다. 이것보다 더 쉬운 일을 찾기 힘든 것이 사실이다. 또한 택배 일은 노인의 체력으로 꾸준히 할 수 있는 몇 안 되는 일이다. 정규직처럼 매일 할 수 있는 일이고, 몸만 건강하면 누구나 할 수 있다. 아니, 걸을 수 있고, 길을 찾을 수 있다면 누구나 가능하다.

게다가 우리가 살펴본 이 실버퀵 회사는 노인들이 운영하는 진정한 실버퀵 회사다. 노인들이 같이 모여 일하면서 식사도 하고 일이 끝나면 술 한 잔도 할 수 있는 곳이다. 그들만의 공간이 있다. 시간을 보내기 위해서 가는 노인정이나 다른 노인편의시설과는 다르다.

공무원들이 퇴근할 때, 사무실 관리자가 퇴근할 때 폐쇄되는 공간이 아니다. 어르신들이 자신들의 일자리로 이용할 수 있는 유일한 놀이터이다.

실버퀵을 살펴보면서 이런 생각이 들었다. 실버퀵이라는 곳은 택배원에게는 '내가 아직 이 사회에서 필요한 사람'이라고 느끼게 해주는 곳이다. 동시에 실버퀵은 노인들이 어떻게 해야 이 사회에서 살아갈 수 있는지 보여주는 곳이다.

하지만 이런 공간에 모든 사람이 있을 수도 없고, 영원히 있을 수도 없다. 이런저런 이유 때문에 이곳을 나가야 한다.

완전한 해고는 없지만

실버퀵에서는 종종 해고가 일어난다. 물건을 잃어버렸다고 해서 해고가 되지는 않는다. 출근이 일정하지 않아서 해고가 되지도 않는다. 고객과의 문제가 반복적으로 일어날 때 해고가 발생한다.

이런 문제가 자주 일어나는 이유는 예전의 서비스업의 기본 태도와 요즘 서비스업의 기본 태도가 많이 다르기 때문이다. 게다가 택배원 대부분은 서비스업에 근무한 경력이 없다. 그래서 고객을 대하는 태도에서 문제가 많이 생긴다.

물건이 생각보다 무겁거나 클 때, 길을 찾다가 헤맸을 때, 상대방이 예의가 없다고 느낄 때, 택배원들은 고객에게 불만을 직접 토로할 때가 많다. 처음 시작한 사람일수록 그런 행동을 많이 한다. 모두가 서로의 입장을 생각하며 일하면 좋겠지만, 서비스를 받는 쪽에서는 자신이 무조건 위에 있는 사람이라고 생각하는 경우가 많다.

일반 택배의 경우는 그런 상황이 발생하지 않는다. 물건을 무조건 수령하고, 문제가 발생하면 택배 규정에 의해 사무적으로 처리한다. 반면 많은 어르신들은 사무적인 처리보다는 감정적으로 대응한다.

실버퀵 택배원들이 대면하게 되는 사람들은 대부분 자신보다 적게는 20세 많게는 40세 어린 사람들이다. 무뚝뚝한 시대에 태어났기 때문에 천성적으로 친절하지 못한 것도 있고, 나이 차 때문에 친절하게 대하지 못하는 경우도 있다. 친절하게 대했다고 생각하지만, 요즘 사람들에게는 한참 못 미치는 경우도 많다.

이런 상황을 이해하지 못하겠다면 상상해 보기 바란다. 자기보다 서른 살 어린 사람과 마주하고 있다. 좋은 사람도 많지만 그렇지 않은 사람들도 있다. 책상 위에 놓여 있는 돈을 턱으로 가리키며 "저기 돈 있어요"라고 말하면서 사람을 쳐다보지도 않는다. 발톱에 패디큐어를 바르면서 발가락으로 돈을 가리키는 경우도 있다. 이럴 때, 베테랑 택배원들은 그냥 "예" 하고 빨리 나온다.

사무실에서는 "예전과 지금의 차이를 이해해야 한다"고 꾸준히 설명한다. 그리고 일을 하다 보면 좋은 사람만 만날 수 없다고 말한다. 택배 일을 오래 한 분들은 감정에 얽히지 말라고 충고한다. 베테랑 어르신들은 1년이 지나야 마음을 내려놓고 택배 일을 할 수 있다고 말한다. 일을 하면서 참는 법을 배우고, 마음으로 삭히는 법을 배워간다.

어쩌면 이렇게 해야만 지금의 노인들이 생존할 수 있는지도 모른다. 자신을 바꾸고, 과거의 태도를 버리고, 현실을 긍정적으로 생각하는 것. 이것이 되지 않으면 끝없이 문제가 발생한다. 고객과의 문제는 물론 택배원들 간에도 문제가 생긴다.

실버퀵에서의 해고를 겉으로 보면 고객과의 문제 때문이지만, 속을 들여다보면 현 사회의 흐름에 따라가지 못하는 어르신들의 생각 때문이다. 어느 것이 옳고 그른 것이 아니라, 사회 적응의 문제이다. 살아가려면 거대한 사회의 흐름에 따라가야 하는데 그것이 안 되는 어르신은 해고를 당하게 된다.

해고당한 분들의 입장에서 보면, 버릇없는 고객에게 뭐라고 했다고, 무거운 화물 때문에 추가 요금을 요구했다고, 골목길이 많아서 고생을 해서 조금 푸념을 했다고, 농담으로 팁은 없냐고 말했다고, 지하철역에서 너무 멀다고 얘기했다고 해고를 당한 것이다.

물론 한번 그랬다고 해고당하지는 않는다. 고객에게 불만을 얘기하지 말고 사무실에 말해라, 사무실에서 처리하게 하라고 했는데 그 말을 계속 지키지 않았기 때문이다.

해고는 종종 일어난다. 그러나 몇 주 후 다시 사무실을 찾아와 사과를 하고 다시 일하게 해달라고 하면 대부분 복직이 된다.

"여기는 해고는 없고, 그냥 휴직 통보네요."

얘기를 듣던 내가 말했다. 배기근 사장은 잠시 생각을 해보다가 인정하신다.

"생각해보니, 그런 셈이네."

복직을 하면 어르신들은 다시 적응하는 도전을 시작한다. 마음을 내려놓고 감정을 떼어놓으면 살아갈 수 있다.

병환으로 인한 퇴직

실버퀵에서 퇴직하는 경우 중 서로의 마음을 아프게 하는 것은 병환으로 인한 퇴직이다. 퇴직을 한 후에는 긴 병치레가 기다리고 있고, 경제적으로 쪼들릴 것이 눈에 선하기 때문이다.

연세가 많은 분들이기 때문에 건강에 이상이 없는 분은 거의 없다. 대부분 노인병 증상을 하나씩은 가지고 있다. 어떤 분은 혈압을 조심하고, 어떤 분은 당뇨를 조심하고, 어떤 분은 관절을, 어떤 분은 콜레스테롤 수치를 걱정한다. 그러나 크게 문제가 되지 않으면 일을 그만 두시지 않는다. 오히려 계속 일을 하다보면, 건강이 좋아지는 경우가 많다.

반면 장기적인 치료가 필요할 정도로 심각하게 이상이 생기는 때도 있다.

택배원들 건강에 문제가 생겼다는 신호는 눈으로 보이는 경우가 많다. 살이 급격하게 빠지거나 혈색이 계속 안 좋거나 걸음걸이가 이상해진다. 하루 이틀이 아니라 지속적으로 그런 모습이 보이면 병원 진료를 권하게 된다.

종양이 발견되는 경우도 있고, 소화계통에 문제가 발견되는 경우도 있다. 신경에 문제가 발견되는 경우도, 갑상선에 문제가 발견되는 경우도 있다.

귀에 문제가 있는 경우도 많다. 점점 청력이 나빠지는 것이다. 어르신들이 전체적으로 청력이 좋지 않기 때문에 실버퀵에서는 사람을 부를 때 소리를 친다. 때로는 보청기를 착용해야 할 정도로 나빠지는 경우도 있다. 청력이 약할 경우 보청기를 사용하라고 권한다. 보청기를 사용하지 않으면 일을 하다가 큰 사고가 날 수 있기 때문이다.

치매가 시작되는 경우도 꽤 있다고 한다. 때로는 진단이 나오기 전에 일을 하며 증상이 나타나기도 한다. 물건을 잊어버리는 경우가 생긴다든지, 택배를 가다가 연락이 두절 되는 경우도 있었다고 한다. 이상해서 진단을 받아보니 치매 초기로 나타났다.

병환을 치료한 후 실버퀵으로 돌아오는 경우도 있지만, 그 시점부터 택배 일을 그만두게 되는 경우가 더 많다. 나이 때문에 예전의 활력을 회복하지 못하는 것이다.

택배를 하시는 어르신들에게 어떤 병이 가장 두려울까? 대답은 생각보다 간단하다. 치료에 돈이 많이 드는 병이다.

병으로 인해서 택배를 그만 두게 되는 경우는 마치 함께 타고 가는 기차에서 한 사람이 갑자기 내릴 수밖에 없는 상황과 비슷하다. 모두 함께 가는 곳을 그 사람만 못가는 것과 비슷하다. 아주 씁쓸한 이별이다. 마음 깊은 곳에는 자신도 저렇게 되면 어떻게 될까 하는 걱정이 자리 잡고 있다. 동시에 저렇게 되지 않았으면 하는 마음도 함께 자리 잡고 있다.

노령으로 인한 퇴직

병환으로 인한 퇴직과 노령으로 인한 퇴직은 비슷한 것 같지만 느낌은 전혀 다르다.

더 이상 길을 걷고, 물건을 들고, 긴 거리를 이동하는 것이 힘들어지면 택배원은 실버퀵을 떠난다. 가족들이 이제 그만 하라고 말리는 경우도 있다. 일하는 도중에 다칠까봐 그만두라는 것이다. 아무래도 야외에서 계속 움직이는 일이다 보니 가족의 걱정이 적은 편이 아니다.

노령으로 인해 퇴직을 하는 분들은 더 이상의 일을 하지 않는다. 이제는 주로 동네 근처에서 소일을 하며 시간을 보낸다. 경로당이나 지역 문화센터, 도서관 등에서 시간을 보낸다. 지자체에서 마련한 근로프로그램에 나가 용돈을 벌기도 하지만 그마저 힘에 부치는 경우가 많다.

감정을 모두 빼고 보면, 실버퀵에서 택배원들이 퇴직을 하는 것은 한 인간이 더 이상 사회에서 일을 할 수 없게 되었다는 선고와 같다. 기억력이 약해지고, 판단력이 없어지고, 듣는 능력이 떨어지고, 이해하는 능력이 떨어지고……. 한 사람이 사회생활에 필요한 모든 능력을 상실한 것이다. 이제 자기 자신을 위해서 돈을 벌 수 있는 능력이 모두 사라진 것이다.

실버퀵에서의 퇴직은 바로 이런 의미다. 그렇기 때문에 어르신들은 "여기는 노인들이 맨 마지막으로 오는 곳이야"라고 말하는 것이다. 이 말을 확대해석해보면 "다음에 갈 곳은 없다"는 얘기가 되며, "일 없이 사는 삶은 이미 삶에서 벗어난 것"이라는 뜻일 수도 있다.

일이란 것은 단순히 돈을 번다는 것 이상의 의미가 있다. 거대하게 돌아가는 사회의 흐름 속에 아직은 속해 있다는 것을 의미한다. 그런데 실버퀵을 떠나면 그 흐름 속에서 나와야 한다. 실체가 없는 그림자로 살아가야 한다. 자신이 그렇게 되고 싶은 것이 아니라 사회가 그런 취급을 한다.

좋게 보면 사회가 "이제 좀 쉬세요"라고 말하는 것이라고 볼 수도 있다. 하지만 억지로 쉴 수밖에 없다는 현실은 사람을 끝없이 초라하게 만든다. 지금 사회에서는 쉬는 것마저도 돈의 소비로 연결되어 있다. 쉬려고 해도 돈이 필요하다. 그런 사회에서 돈이 없으면 그냥 가만히 있는 것과 다름없다. 그 느낌을 알고 싶으면 종로3가나 서울역 앞을 걸어가 보라.

나이가 들어 더 이상 택배 일을 할 수 없는 노인들을 보는 것과 병 때문에 택배 일을 떠나는 동료를 보는 것은 느낌이 아주 다르다. 병은 극복할 수 있지만 나이는 극복할 수 없다. '얼마 안 있어서 나도 저렇게 될 것'이라는 느낌이 마음을 가득 채운다. 자신의 미래를 보는 느낌이다.

실버퀵에서 일하는 노인들은 이 세 가지 상황이 일어나기 직전의 어르신들이다. 우리는 어떻게 일을 그만 두게 될까? 결국 이 셋 중 하나가 아닐까?

천 원의 행복, 한끼의 가치

1,000원은 아주 미묘한 돈의 액수이다. 지폐 중 가장 낮은 금액인 반면, 표시를 하면 확실하게 차이를 만드는 단위이다. 1,200원과 1,900원의 차이보다 1900원과 2,100원의 차이가 커 보이지 않는가?

1,000원의 크기는 확실히 사람에 따라 다르다. 지불하는 사람과 받는 사람에 따라서 말이다. 실버퀵에서는 가끔 이런 일이 벌어진다.

"지금 시간이 늦었으니까 조금 더 줘야 해요. 1,000원만 플러스 해줘요."

바로 통화가 끊긴다.

퇴근 시간이 지난 늦은 시간이니까 추가 요금을 줘야한다고 말하자 상대방이 전화를 끊은 것이다. 사무실 입장에서는 1,000원 때문에 주문을 하지 않은 고객이 야속할 테고, 고객의 입장에서는 1,000원의 추가요금이 아까웠을 것이다.

1,000원은 얼마나 큰돈일까? 아니면 얼마나 작은 돈일까? 경우에 따라 사람에 따라 다를 것 같다.

예전에 청소년들과 연극 프로그램을 하고 있을 때였다. 아이들이 뭔가를 사고 싶은데 어떻게 할까 망설이고 있었다. 나는 아이들에게 사고 싶은 것이 얼마인지 물었다. 천 원이란다. 내가 무심코 말했다.

"천 원이면 그냥 사면되겠다."

그러자 아이들이 말했다.

"저희들한테는 천 원이 큰돈이에요."

한방 맞았다. 하기야 아이들의 용돈에 비하면 천 원은 큰돈이다.

인터넷으로 물건을 주문할 때도 1,000원이란 돈은 아주 중요하다. 배송료가 2,500원인지 3,200원인지에 따라 배송업체를 바꾸기도 한다. 지금 내가 사는 물건은 20만원이 넘는 물건인데도 말이다.

마트에서 물건을 살 때도 대부분의 사람들은 1,000원 단위의 돈에 민감하다. 그러니 물건의 가격들이 죄다 5,990원, 6,980원 등으로 매겨진다. 누굴 바보로 아는 건지…….

그런데 누군가를 기분 좋게 만드는 데 천 원이 필요하다면, 그 금액이 크다고 생각할까?

실버퀵을 취재하면서 이 1,000원이라는 액수가 계속 반복되었다.

우선, 실버퀵지하철택배 회사는 다른 지하철택배회사보다 1,000

원 정도 비싸다. 그리고 늦은 저녁이나 주말인 경우, 명절 근처가 되면 특별 요금으로 1,000원을 추가한다.

1,000원 때문에 주문이 성사되기도 하고 주문이 이루어지지 않기도 한다. 금액을 낮추면 그만큼 택배원들이 가져갈 금액이 적어지기 때문에 회사에서는 최대한 높은 금액으로 흥정을 한다.

배달할 물건을 가지러 갔을 경우, 물건이 전화로 말했을 때와 다른 경우가 있다. 너무 무겁다거나, 물건이 배달하기 까다롭다거나, 교통이 아주 불편하다거나 등등. 그럴 때 보통 추가요금을 요구하는데 금액 차이가 1,000원이라고 한다. 2,000원을 요구하면 너무 많이 요구하는 것 같기 때문이다.

물건을 배송하러 갔을 때도 문제가 생긴다. 물건을 받을 사람과 연락이 안 되는 경우다. 오랜 시간을 기다릴 경우, 추가요금을 요구하는데 이 금액도 대부분 1,000원이다. 이 요구가 거절되는 경우가 생각보다 많다고 한다. 택배원들은 고객이 추가요금 지불을 거절한다고 해도 택배를 거부할 수 없다. 여기까지 온 시간과 수고가 있기 때문이다. 요구가 관철되지 않으면 속으로 화를 참으며 물건을 배송한다.

이런 갈등이 발생하면, 어떤 고객은 사무실에 항의를 한다. 사무실 입장에서는 추가 요금을 내야하는 것이 맞다고 생각하지만 고객을 생각해서 상황을 이해해 달라고 설득한다. 때로는 그렇게 고객이 끊기기도 한다.

약간은 살벌한 1,000원이다.

그리고 실버퀵에서 먹을 수 있는 점심도 가격이 천 원이다. 택배를 하는 모든 분이 점심을 드시는 것이 아니다. 그 액수도 부담이 되어 절약하려는 어르신도 있다.

어르신들이 택배 일을 하면서 힘이 날 때는 사람들이 자신들을 격려해 줄 때라고 한다. 다행이 친절하고 이해심 많은 고객이 못된 고객보다 훨씬 많다고 한다.

잠시 쉬어가라는 사람도 있고, 음료수를 대접하는 사람, 간식을 챙겨주는 사람도 있다. 그리고 택배금액에 천 원을 더 얹어주는 사람도 있다. 많이 못 드려서 미안하다는 말과 함께 말이다.

어르신들 중에는 고객으로부터 만 원까지 받은 분이 있다. 특이한 것은 모두 여자 택배원이다. 남자 어르신들에게 물어봤더니 모두들 "나는 그런 적이 없었는데"라고 한다.

천 원을 더 받으면 그렇게 기분이 좋다고 한다. 여자 어르신들은 자기도 살림을 하면서 천 원을 절약하려고 노력을 했지만 천 원이 이렇게 사람을 기분 나쁘게도 하고 즐겁게도 하는지 몰랐다고 한다.

"천 원이라는 돈이 이렇게 사람을 행복하게 하는지 몰랐어요."

한 어르신의 말이다.

천원으로 사람을 행복하게 만드는 일이 다른 곳에서도 가능할까? 다른 곳을 찾지 말고, 그냥 실버택배를 주문하면서 천 원으로 사람을 행복하게 만들면 어떨까?

생각해보면, 천 원을 받아서 기분 좋은 것이 돈 액수 때문만은 아니다. 모두가 힘들게 살아가는 세상에서, 모두가 빠듯하게 돈을 벌고 있는 세상에서, 자신의 작은 몫을 어르신들에게 나눈다는 의미라고 생각한다. 어르신들의 용기와 근면함에 보내는 응원이라고 생각한다. '어르신들도 이렇게 열심히 사는데 나도 열심히 살아야지' 라고 느낀 것에 대한 감사라고 생각한다.

그렇게 건넨 천 원은 어르신들에게 큰 힘이 된다. 천원을 받았을 때의 추억을 회상하는 어르신들의 얼굴에는 그때의 행복이 다시금 떠오른다. 과거의 어느 시점에서 타인에게 받았던 응원과 친절이 지금도 행복을 만들어내고 있었다.

천 원은 실버퀵 사무실에서 먹을 수 있는 점심값이다. 작은 응원이라고 생각하며 덧붙인 천 원은 어르신께 한 끼의 식사를 대접한 것과 같다. 4km 정도를 걷고 힘이 빠질 무렵, 사무실에 돌아와 잠시 쉬면서 먹는 점심은 오전의 피로를 날려 보내준다. 그리고 오후에 써야할 힘을 비축해 준다. 그 역할을 할 수 있는 금액도 천 원이다.

요즘은 점심 한 끼가 6,000원에서 7,000원에 이른다. 분식집에서 라면을 먹는다 해도 3,000원을 넘는다.

어르신들에게 건넨 천 원 속에 담긴 마음 때문일까? 그 천 원을 받고 고마워하는 어르신들의 마음 때문일까? 실버퀵에서 만큼은 천 원은 몇 배의 가치로 불어난다.

나만의 확대해석일까? 아니, 어르신들의 얘기로는 그렇지 않다. 그 천 원의 깊은 의미를 묘사하기에는 내 표현실력이 한없이 부족하다.

CHAPTER 23

배우는 데는 끝이 없다: 공한배 씨 이야기

실버퀵에서도 빠르게 움직여야 할 때가 있다. 때로는 물건은 몇 개가 되는데 택배원 수가 부족할 때도 있다. 말하자면 비상대기조가 출동해야 할 때이다.

그럴 때 언제나 준비가 되어 있는 공한배 씨가 나선다. 사무실 근처에 항상 주차해 놓은 본인의 경차에 시동을 걸고 급한 상황을 해결하러 출동한다.

강한 저음의 목소리, 날카로운 눈매, 그 눈매를 더 날카롭게 만드는 안경. 말수가 적지만, 말을 하면 핵심만 정확하게 말한다. 다른 사람들이 열불을 내며 이런저런 말을 해도 초연한 듯 웃음으로 넘긴다.

일을 처리하고 사무실로 돌아오면, 혼자만의 시간을 보낸다. 다른 분들은 TV를 보면서 다음 일을 기다리고, 서로 이야기꽃을 비우지만, 공한배 씨는 사무실 가장 구석진 곳으로 가서 책을 편다. 잠시 후, 미간이 찌그리며 책에 빠져든다.

그러다 또 비상대기조가 출동해야 하면 책을 덮고, 다시 차의 시동을 건다. 예전에 잘 나갔을 때였으면 머리에 헬멧을 쓰고 바이크에 시동을 걸었을 것이다. 지금은 경차를 타고 임무 수행을 위해 사무실을 나선다.

공한배 씨는 1949년 김제의 부유한 가문에서 태어났다. 부유한 부모에게서 태어났다고 표현하지 않고, 부유한 가문에서 태어났다고 말한 것은 그 부유함이 그에게까지 이어지지 않았기 때문이다. 아버지의 외할머니, 진외할머니 또는 진외증조모라고 하는데 이 분이 엄청난 땅을 가지고 있었다고 한다. 그런 말이 있지 않은가! 어느 지역에서 그 분의 땅을 밟지 않고는 지나갈 수 없다는 말. 그 정도였다고 한다. 진외할머니는 외동딸을 공한배 씨의 할아버지에게 시집을 보냈다. 그 덕에 공 씨 집안도 혜택을 보게 되었다.

그런데 할머니가 둘째 아이를 낳다가 세상을 떠나게 되었다. 이어서 할아버지는 재혼을 하게 되었고, 아버지와 작은 아버지는 난처한 입장에 처하게 된다. 진외할머니는 손자들을 거두어 키웠다. 진외할머니는 손자들을 극진하게 여기셨고, 아버지를 서울로 유학을 보내 대학교육을 받게 했다. 아버지가 다녔던 학교는 한양대학교의 전신인 동아공과학원이었다.

졸업 후, 아버지가 공무원이 되어 대구로 발령을 받자, 진외할머니는 가까운 데로 와서 근무하기를 바랐고, 아버지는 전주도청으로 옮겨왔다. 그러나 진외할머니는 그것도 멀다고 하였고 아버지는 김제에 직장을 알아보려고 직장을 그만 두셨다. 그때 해방이 찾아왔다.

아버지는 고향 근처에 있는 김제세무서에 취직했고, 그때쯤 공한배 씨가 태어났다. 그런데 다음해 한국전쟁이 발발했다. 진외할머니는 아버지가 세무서를 그만 두고 면사무소에서 일하도록 했다. 그때까지는 2남 2녀. 맨 맏자식이 아들이고 사이에 두 딸이 있었고, 형과 여덟 살 차이가 나는 막내 공한배 씨가 있었다.

한국전쟁 때 가족은 피난을 가지 않았다. 그대로 전쟁의 폭풍을 맞이했다. 아버지는 당시에 면사무소에서 근무했고, 작은아버지는 인민군 정치보위부원으로 활동했다. 형제가 서로 다른 편에서 그 시절을 지냈는데, 사상 때문이 아니라 생존 때문이었다. 우익이 오면 아버지가 나서서 가족을 보호했고, 좌익이 점령했을 때는 작은아버지가 가족을 보호했다. 작은아버지는 소련제 권총을 차고 다녔다고 한다.

그러나 그 누구도 일반 사람들의 속사정을 봐주지 않았다. 국군과 연합군이 김제에 들어왔고, 증조할아버지는 손자를 살리기 위해서 노력했지만, 작은아버지는 군대가 진주한 날 바로 총살당했다. 또한 공한배 씨의 두 누나도 전쟁 중에 폐렴으로 세상을 떠났다. 가족에게는 큰 손실이었다.

전쟁이 끝난 후, 아버지는 면사무소에 근무하시면서 외할머니로부터 받은 땅을 경작했다. 남동생 두 명이 이어 태어났다. 큰형은 서울로 유학을 가서 명문대 법대를 졸업했다. 할아버지가 아버지에게 이복동생들에게도 땅을 나누어주자고 설득했고, 아버지는 불만 없이 땅을 이복형제들에게 나누어주었다. 가문의 재산이 나뉘면서 부유했던 가문 분위기는 점점 평범한 가정으로 변해갔다.

하지만, 공한배 씨가 중학교를 졸업하고 고등학교에 들어갈 무렵, 아버지가 갑자기 병환으로 세상을 떠나며 가족의 환경이 완전히 바뀌었다. 경제적으로 어려운 상황이 된 것이었다. 20대 중반이 된 큰형은 가족의 가장이 되었고, 고향에서 농업수리조합, 지금으로 치면 농어촌공사에 들어갔다. 직장을 다니며 어머니와 동생들을 먹여 살렸다. 그래도 안정적인 직장이어서 그나마 다행이었다.

공한배 씨의 두 동생은 아직 어려서 변하는 가족의 환경에 큰 상처를 입지 않았다. 아버지가 돌아가시면서 가세가 기울기 시작했지만, 그래도 아직까지는 버틸 수 있었다. 하지만 한참 예민한 시기였던 그는 감정적으로 크게 흔들렸다.

가족의 혼란한 상황 속에서 학교를 1년 쉰 공한배 씨는 공업계고등학교를 들어갔다. 입학하던 해에 새로 생긴 학교였다. 당시에는 새로 생긴 학교에는 문제학생들이 많이 입학했다.

그 시절 공한배 씨는 다른 학생을 때리기도 하고, 맞기도 하고, 다른 학교와 패싸움을 하기도 하는 등 폭풍노도와 같은 학창시절을 보냈다. 그 대가는 간단했다. 퇴학처분. 고등학교 2학년 1학기를 마친 때였다. 끓어오르는 혈기를 이해해주고 잠재워줄 어른들은 없었다.

1966년 여름, 공한배 씨는 어머니에게 서울로 올라가겠다고 말했다. 어머니는 "가서 잘 살 수 있겠냐"고 물었다. 그는 잘 살 수 있다고 말했다. 사실 말려봤자 소용이 없었다. 이미 마음은 고향을 떠나 있었다.

친구 한 명과 함께 아무런 연고도 없이 무작정 서울로 올라왔다. 모를 심어서 번 돈 1,100원이 가진 돈 전부였다. 요즘 시세로 환산하면 4만 원 정도. 정말 무모하다고 밖에 할 수 없는 상경이었다. 함께 올라온 친구하고는 각자 갈 길을 가자며 헤어졌다. 그 친구도 서울에 연고가 없기는 마찬가지였다.

서울에 올라와서 처음에는 야외에서 잠을 잤다. 여름이어서 가능한 일이었다. 구두닦이, 신문배달, 자판 장사, 일용직 노동일 등을 전전했다. 떠돌이 생활의 연속이었고, 하루도 쉬지 않고 일을 했다.

"그 당시에는 매일 일을 나갔어. 무슨 일이 있어도. 하루도 일을 안 하면 굶어죽는다는 강박관념 같은 게 있었어. 젊고 건강한 탓에 아픈 적도 별로 없었어."

그렇게 일을 전전하다 사고가 났다. 잠시 들어간 공장에서 작업을 하다가 손이 프레스에 낀 것이었다. 엄지손가락이 비틀리는 사고였다. 절단을 해야 할 정도의 사고는 아니지만, 군대를 면제 받을 정도의 심각한 상처였다. 어르신은 이 사고로 장애인 판정을 받게 되었다.

조금이라도 안정적이고 수입이 더 많은 일을 찾고 있을 때, 아는 사람이 무교동 나이트클럽 사장이 공한배 씨의 먼 친척이라는 것을 알려주었다. 그리고 만남을 주선해 줬다. 사장은 그를 보더니 덩치가 크다는 이유로 조명실로 집어넣었다. 알고 보니 조명실 실장도 먼 친척이었다.

먼 친척의 연줄로 공한배 씨는 나이트클럽 조명실에서 일을 하게 되었다. 이것이 전기 기술과의 첫 만남이었다. 조명실에 들어가서 일을 시작했지만, 나이트클럽 일이란 것이 밤늦게 시작해서 새벽에 끝나는 일이라 적응하기 쉽지 않았다. 밤낮이 바뀐 생활에 몸이 견디지 못했다. 전기에 대한 기본적인 것만 배우고 일을 그만 두었다.

이어서 건설현장에 나가며 전기기술을 배웠다. 그러나 잠시 후 나이트클럽 일이 또 들어왔다. 이번에는 조금 높은 급의 호텔이었다. 타워 호텔 나이트클럽이었다.

처음에는 조명팀 직원으로 일했지만 점차 승진하여 조명팀의 부팀장으로 올라갔다. 밤생활을 한번 경험을 해서 그런지 이번에는 조금 적응할 수 있었다. 이렇게 호텔 나이트클럽 조명기사로서의 경력이 본격적으로 시작되었다.

얼마 후 새로 개관하는 하얏트 호텔 나이트클럽에서 조명기사로 와달라는 스카우트 제의가 들어왔다. 직책은 조명실장이었다. 처음으로 팀원들을 지휘하며 일을 했다. 점차 하얏트 호텔 나이트클럽의 화려한 조명이 나이트클럽 조명기사들 사이에서 소문이 나기 시작했다.

어느 날, 한 사람이 찾아왔다. 소문을 듣고 찾아온 것이다. 그 사람은 클럽 조명이 너무 좋다며 조명기사를 만나고 싶어 했다. 공한배 씨는 그 사람을 보고 깜짝 놀랐다. 무교동에서 처음 나이트클럽 조명을 시작했을 때 조명실장이었다. 스승이 제자의 조명을 보고 감탄했던 것이었다.

이런저런 소문이 나자, 여기저기서 조명을 봐달라는 요청이 들어왔다. 이때 공한배 씨는 오토바이를 샀다. 70년대 말, 20대 후반이었다. 그 오토바이를 타고 호텔 나이트클럽을 돌면서 춤추는 사람들을 위해 화려한 조명을 뿌려댔다. 한국 나이트클럽 조명계의 1세대였다. 그렇게 그는 서울 밤문화의 한가운데에 있었다.

그러나 병이 도졌다. 지금 있는 곳을 떠나고 싶은 병 말이다. 나이트클럽의 문화가 화려했고, 그 문화를 책임지는 사람들의 생활도 화려했지만, 점점 신물이 나기 시작했다. 그때 결혼도 했다. 하얏트 호텔 나이트에서 일하던 화려한 시절에 만난 여자였다. 1년 연예 후 가정을 차렸다. 딸도 태어났다. 나이 서른 때였다.

나이트클럽에서 일하는 것에 싫증을 내고 있다는 사실을 아는 한 조명회사가 공한배 씨에게 스카우트 제의를 해왔다. '무지개 조명'이란 회사였다. 조명기구를 만들고 설치하고 조명을 운용하는 회사였다. 결혼을 한 그는 안정된 직장이라는 생각에 이직을 선택했다.

나이트클럽에서 일한 마지막 날을 공한배 씨는 정확하게 기억한다. 잊을 수 없는 날이었기 때문이다. 마지막 일을 마치고 집에 돌아와서 잠을 푹 잔 후에 아침에 일어나니 세상이 뒤집힌 것 같았다. 어젯밤 사건에 대한 호외가 온 시내를 뒤덮고 있었다. 1979년 10월 26일. 당시 대통령이 정보부장 수장의 총에 맞아 죽는 날이었다.

새로운 직장은 밤에 일을 해야 하는 나이트클럽보다 더 좋은 직장이었다. 처음에는 문제가 없었다. 아침에 출근해서 저녁에 퇴근하는 생활이었고, 월급도 나쁘지 않았다. 하지만 점점 불편함이 느껴졌다.

가장 마음을 불편하게 했던 것은 자신이 제대로 배운 상태가 아니라는 것이었다. 전기에 관련된 일을 하고 있지만 정식으로 배운 적도 없고 자격증도 없었다. 나이트클럽 일에서 완전히 떠나려면 건설관련 전기기술이 있어야 하는데 그 분야에는 경험이 많지 않았다. 이때부터 제대로 배워야하지 않을까 생각하기 시작했다.

하지만 시간도 환경도 허락지 않았다. 단조로운 직장생활을 떠나 예전의 화려한 생활로 돌아가고 싶은 생각이 스멀스멀 올라올 뿐이었다. 그렇게 1년을 지냈을 때, 제안이 들어왔다.

중학교 때 친구의 작은아버지가 리버사이드 호텔 나이트클럽을 오픈하면서 조명기사를 찾고 있었다. 이렇게 저렇게 수소문 하다가 아는 사람 중에 나이트클럽 조명을 잘하는 사람이 있다는 것을 알게 되었고 공한배 씨에게 연락이 왔다. .

망설임 없이 리버사이드 호텔을 택했다. 당시 리버사이드 호텔은 서울에게 가장 유명한 나이트클럽이었다. 그곳에서 조명을 담당한 공한배 씨는 또다시 인생의 절정기를 맞이했다. 이어서 다시 타워 호텔 나이트클럽에서 스카우트 제의가 왔고, 오토바이를 타고 다니며 춤추는 사람들 위로 화려한 조명을 쏘아댔다. 나이트클럽의 분위기만큼 화려한 생활의 연속이었다.

나이트클럽에서 일하면서 인생을 즐기던 공한배 씨는 이내 자신의 삶에 싫증이 났다. 떠들썩하고 가벼운 분위기가 점점 나이에 맞지 않는 것 같았다. 성격이 변하는지 아니면 나이가 들어가는 것인지 화려한 생활이 점점 따분하게 느껴졌다. 동시에 장사를 해서 큰돈을 벌어보고도 싶기도 했다. 하지만 아는 사업이라고는 나이트클럽 사업뿐이었다.

조용히 살고 싶은 마음과 돈을 벌고 싶은 마음이 극단으로 치달았다. 조용히 살고 싶은 마음은 공부를 해서 자격을 따서 전기전문가로 살라고 말했고, 돈을 벌고 싶은 마음은 집에 돈도 많이 갖다주고 화려한 삶도 즐길 수 있는 밤문화 사업을 해보라고 꼬드겼다. 그런 상황에서 나이트클럽 사장과 갈등이 생겼다. 공연이 끝난 후 마이크나 사용한 물건을 마구 다루는 가수들에게 잔소리를 한 것이 화근이었다.

사장은 왜 조명기사가 가수들에게 뭐라고 하냐고 공한배 씨를 야단쳤고, 그는 회사를 위해서 한 일인데 그것을 가지고 자신을 야단치자 울화가 치밀었다. '이런 사장 놈 밑에서는 일할 필요 없다'는 생각에 클럽을 나왔다. 그것이 밤문화와의 마지막이었다.

결국 그는 조용한 삶과 화려한 삶 중 하나를 선택해야 하는 시점에 다다랐다. 주위 사람들은 모두 두 번째 생각을 지지했다. 아무도 첫 번째 생각을 지지하지 않았다. 당장 필요한 것도 돈이었다. 하루도 일하지 않으면 불안해하는 심리도 발동했다. 결국 마음이 사업으로 기울었다.

도박을 하는 심정으로 룸싸롱을 차렸다. 하지만 가지고 있는 카드가 형편없었는지 1년도 가지 못해서 망해버렸다. 불법을 몰래 저지르며 사업을 키워야 하는데 그 짓을 제대로 할 수 없었다. 직원으로 일하는 것과 사장으로 일하는 것은 엄청난 차이가 있었다. 완전히 망했다. 모든 것을 팔았을 때 남은 돈은 20만 원이 채 되지 않았다. 서른다섯이 되던 해였다.

공한배 씨가 돌아간 곳은 건설 공사 현장이었다. 다시 시작하는 마음으로 전기설치 일을 배우며 공사판을 돌아다녔다. 그가 건설 현장을 돌아다니며 느낀 것은 역시 전문가 자격증을 따는 것이 옳다는 것이었다. 고등학교를 졸업하지 못했다는 것도 아픈 상처였다. 자격증을 따기 위해서는 공부할 시간이 필요했다. 일을 쉬고 공부를 하고 싶었지만, 부인은 그럴 여유가 없다며 반대했다. 두 사람은 가장 화려한 시절에 결혼을 했다. 그 화려한 시절과 지금은 차이가 있었고, 차이는 점점 켜져 갔다. 동시에 두 사람 사이의 갈등도 켜져 갔다.

부인의 반대에도 불구하고, 공한배 씨는 전기관련 자격증을 따기 위해서 공부를 시작했다. 3개월 공부를 하고 무리하게 시험을 봤지만 낙방했다. 그러나 6개월 후에 다시 도전해서 합격했다. 소방설비 전기부분과 전기공사기사 부분에서 자격증을 딴 것이다.

공한배 씨가 자격증을 땄을 때는 딸이 대학을 졸업할 때였다. 그때 부인은 이혼을 요구했고, 공한배 씨는 바로 받아들였다. 아버지로서의 임무는 다했다고 생각했다.

이혼을 하고 혼자가 되자 공한배 씨는 검정고시 학원에 등록했다. 전기기사로 일하면서 여러 사정이 있는 사람들과 함께 고등학교졸업자격시험을 공부했다. 몇 개월 후, 같이 공부한 열 명이 함께 시험을 쳤는데 두 명이 합격했다. 그는 그 두 명 중에 한 명이었다.

고등학교졸업자격을 얻은 공한배 씨는 공부를 조금 더 하고 싶었다. 일을 하면서 공부를 할 수 있는 한국복지사이버대학에 들어갔다. 처음에는 조금만 공부할 생각이었다. 2년을 공부하면 학점이 인정되어서 전문학사를 받게 되는 과정이었다. 그런데 공부하는 도중, 학교에서 한 가지 사실을 알려주었다. 전기관련 자격증이 있기 때문에 학점이 추가로 인정되고, 1년을 추가로 공부해서 해당 학점을 따면 학사자격을 받을 수 있다는 것이었다.

공한배 씨는 추가로 공부를 했고 복지관련 학사자격을 얻었다. 동시에 사회복지사 2급 자격증도 함께 취득했다.

기쁨도 잠시, 일과 공부를 병행했던 것이 무리가 되었는지 일하는 도중에 고혈압으로 쓰러졌다. 55세 때였다. 큰 사고로 이어지지 않은 것이 다행이었다. 다리 한쪽이 마비가 되었지만, 운동을 열심히 하면 거의 정상으로 회복이 가능하다고 했다. 그 이후부터 어르신은 고혈압약을 먹게 되었고 다리도 살짝 절게 되었다.

학교를 마치고 일에만 전념하는 삶이 계속되었다. 팀을 구성해서 공사를 따내기도 하고, 현장에 직접 가서 일하기도 했다. 하지만 시간이 지날수록 일이 줄어들기 시작했다.

"나이가 들어가니까 일을 할 수가 없어져. 관공서에 들어가면 사람들이 불편해 해. 나이가 많으니까 같이 일하기 힘들다는 거야. 현장에 가도 마찬가지야. 나이 많은 사람과 같이 일하기 그런 거야. 그러니까 일이 점점 줄더구먼."

공사를 따내기도 힘들었다. 낮은 단가로 치고 들어오는 젊은 사람들 회사를 당해낼 도리가 없었다. 공사를 따내서 일을 해도, 이것저것 주고 나면 본인에게 돌아오는 돈은 거의 없었다. 같이 일하던 사람들은 물론 자신도 책임질 수 없었다. 각자 살길을 찾아가는 방법밖에 없었다. 일을 해달라는 곳이 있을 때만 일을 나가게 되었다. 나이 든 전기기술자를 부르는 곳은 점점 줄어갔다.

환갑이 되어갈 때 기초생활수급자 신청을 했고, 신청은 받아들여졌다. 가끔 들어오는 일을 하면서 혼자 생활하는 시간이 길게 이어졌다. 외롭고 변함없는 생활이 계속 되었다. 그럴수록 마음속에는 다시 한 가지 하고 싶은 일이 자리 잡기 시작했다. 그 일만 하면 온갖 잡념이 사라지고 모든 걱정을 잊을 수 있었다. 그리고 무엇보다 마음이 편했다. 그 일은 공부였다. 책을 보고 공부를 하면 항상 마음이 평온해졌다.

66세가 되었을 때 다시 큰 결심을 했다. 자기 형편에 맞게 서울사이버대학교 대학원에 들어가기로 한 것이다. 이번에는 상담심리를 공부하기로 했다. 자신은 물론 사람에 대해서 보다 자세하게 알고 싶었다. 공부는 쉽지 않았다. 하지만 재미있었다. 3년 후 공한배 씨는 모든 과정을 마치고, 석사학위를 땄다.

　대학원 과정을 공부하면서 공한배 씨는 등록금 지원이 필요했다. 분납을 할 수 있으면 좋겠지만 그것이 불가능했다. 도움을 요청한 사람은 실버퀵 사장 배기근 씨. 둘은 중학교를 함께 다닌 동기동창이다. 그런 인연으로 공한배 씨는 실버퀵에서 비상대기조로 일을 하고 있다. 타고 다니는 운송수단이 폼나는 바이크였으면 좋겠지만, 나이가 나이인지라 비상사태가 발생할 때마다 자신의 경차에 시동을 건다. 가장 좋아하는 책을 옆 좌석에 던져 둔 채 말이다.

인터뷰 뒷이야기

실버퀵 사무실에서 공한배 씨를 처음 봤을 때, 책을 읽는 어르신을 보고 참 신기했다. 실버퀵 사무실에서 책을 보는 사람을 한 명도 보지 못했기 때문이다. 얼핏 책 제목을 보았는데 최근에 출간된 도올 선생의 책이었다.

　대부분의 사람들은 나이가 들면 책을 멀리한다. 이전에 책을 많이 읽은 사람이라도 말이다. 이유를 물어보면 나이가 들면 책도 재미가 없고, 읽어서 뭐하나 하는 생각이 들고, 머리가 복잡해지고 해서 책을 안 읽는다고 한다. 그런데 만 70세나 되신 분이 책을 아주 재미있게 읽고 있었다. 식사 자리에서도 끼어들 말이 아니면 밖으로 나가서 아무데나 앉아 책을 읽는다. 이유가 궁금했는데 막상 인터뷰를 하고 나니 공부가 그에게 어떤 의미인지 알 수 있을 것 같았다.

　인터뷰는 실버퀵 사무실에서 멀리 떨어진 곳에서 진행됐다. 수유리에 있는 국립 4·19 민주묘지 근처에서였다. 공한배 씨와 나는 모두 그 근처에서 살기 때문이다. 일을 마치고 집에 오는 시간에 맞춰 그를 만났다.

우선 식사를 했다. 그런데 계산을 하려는데 지갑이 없었다. 외출복이 아닌 집에서 입는 편한 옷으로 나온 것이 화근이었다. 공한배 씨가 대신 계산. 그의 경제사정이 어떤지 뻔히 아는 나로서는 죄송할 뿐이었다. 이어서 차를 마시러 가자고 할 수 없는 상황. 공한배 씨는 지저분해도 괜찮다면 자신의 집으로 가자고 했다.

정부에서 지원해준 작은 공동주택 한 칸. 방 하나는 공부방으로 컴퓨터와 책이 놓여 있었다. 그 방에 있을 때가 마음이 제일 편하다고 했다.

집 거실 한쪽은 테라스로 연결이 되어 있었다. 담배 피울 때 사용하는 곳으로 담뱃갑이 여기저기 널려 있었다. 낮이면 북한산 자락이 훤히 보일 텐데, 밤이어서 검은 하늘 아래 더 검은 윤곽으로만 보였다.

공한배 씨는 사이버대학 6기 고문을 맡고 있다. 가장 즐거운 것은 함께 공부한 사람들과 얘기를 나누는 것인데 자주 만나지 못하고 있다. 무엇인가를 배우고 무엇인가를 알게 되고, 그것을 가지고 함께 대화하는 게 너무 즐겁다고 말한다. 그는 담배연기와 함께 이루지 못할 것 같은 꿈을 얘기한다.

"할 수만 있다면 박사학위에 도전해보고 싶어."

어떤 특별한 이유가 없다. 그냥 공부의 마지막 과정을 끝내고 싶다고 한다. 항상 그렇듯이 문제는 돈이다.

돈이 없어도 배울 수 있으면 얼마나 좋을까? 노인 중 배움에 갈급한 사람이 얼마나 될까? 노인들에게도 다양한 꿈이 남아있지 않을까?

담배연기가 사라진 밤하늘은 이미 모든 답을 알고 있지 않냐고 말하는 듯, 무심하게 밤하늘의 별빛을 가리고 있었다. 아, 별빛이 보이지 않는 것은 땅위에 쓸데없는 불빛이 너무 많은 탓이지! 다시 써야겠다. 밤하늘은 이미 모든 답을 알고 있지 않냐고 말하는 듯, 세상의 불빛에 아랑곳하지 않고 아름다운 별빛을 우리 위로 뿌리고 있었다.

CHAPTER 24

하지 못한 인터뷰들

CHAPTER 25

실버퀵은 계속된다

CHAPTER 24

하지 못한 인터뷰들

현재 실버퀵에서 활발하게 활동하는 택배원은 40여 명이 된다. 이 책에서 인터뷰한 분이 열 분이니 4분의 1 정도의 어른을 인터뷰한 셈이다.

3개월을 실버퀵을 드나들면서 한 번도 못 뵌 분들도 있다. 사무실에 나오지 않고 밖에서만 일하는 분들도 10명가량 된다. 인터뷰를 요청했다가 거절당한 분도 10명가량 된다. 어떤 어르신은 인터뷰를 하기로 했지만 교통사고를 당하시는 바람에 인터뷰가 취소되었다. 좀처럼 몸이 회복되지 않는데다가 마음이 안정되지 않아서 포기해야만 했다. 인터뷰 요청을 거절한 어르신 중 반 정도는 할 얘기가 없다고 부드럽게 거절했고, 나머지 반 정도의 어르신은 아주 거칠게 거절했다. 내가 민망할 정도였다.

한 분은 인터뷰를 요청하는 메시지를 남겼더니, "싫습니다"라는 간단한 답장이 왔다. 또 어떤 분은 거의 소리를 치듯이 귀찮게 굴지 말라고 하는 통에 더 이상 이야기를 꺼낼 수도 없었다. 과거에 대한 이야기와 가족에 대한 이야기는 하지 않겠다는 조건을 내거는 분도 있었고, 인터뷰를 하면 얼마를 줄 거냐고 묻는 분도 있었다. 또 어떤 분은 인터뷰 약속을 계속 연기하기도 했다.

실버퀵에서 일하는 어르신들은 나이 차이가 많이 난다. 가장 큰 차이는 20세. 회사 내에 직책이 없기 때문에 모두 같은 직급의 직원이다. 단 경력 순으로 대우가 조금 다르다.

택배원들끼리 서로 자신 이야기를 털어 놓는 경우는 거의 없다. 그래서 다른 사람의 사정을 잘 알지 못한다. 사장만이 어느 정도 알고 있을 뿐이다. 그것도 처음 일을 시작할 때 면접을 하면서 잠깐 들은 이야기여서 정확치가 않다. 개인 신상에 사정이 생길 때 택배원의 개인사가 조금 드러날 뿐이다.

실버퀵에서 일하는 어르신들의 사정은 휴게실에서 커피를 마시거나 저녁 만찬을 하면서 슬쩍 드러날 때가 많다. 기분이 풀리면 본인들의 이야기를 슬쩍 비친다. 그러나 더 물어보면 문을 닫는다.

그 작은 조각들을 펼쳐놓으면, 실버퀵에서 일하는 분들의 전체 모습을 조금 더 추측할 수 있을 것이다. '실버퀵이란 이런 곳이구나'라는 그림을 그릴 수 있을 것이다. 아래의 이야기는 내가 모은 조각들이다.

실버퀵에서 모은 이야기 조각들

어떤 어르신은 평일에는 보일러실에서 근무를 한다. 근무가 일찍 끝나는 날, 휴일이면 꼭 실버퀵에 나와서 택배 일을 한다. 부인은 함께 살 수 없다며 집을 나간 상태이고, 어르신에게는 장애인 아들이 하나 있다. 아들이 별 탈 없이 자라는 것이 유일한 희망이라고 한다. 이 분은 자신이 세상을 떠난 다음을 항상 걱정한다. 다른 장애인들의 부모처럼 "아이 보다 하루 더 살 수 있다면"이란 생각을 하지만 그것이 불가능하다는 것을 알고 있다.

어떤 어르신은 퇴직을 하고 크게 아프셨다. 신장을 이식해야 하는 상황이 되었다. 아내가 신장을 이식해주시는 바람에 여생을 이어갈 수 있었다. 부부만 사는 2인가구인데, 일정한 수입은 없기 때문에 어르신은 꾸준히 택배 일을 한다. 그냥 열심히 사는 것 밖에 뭐가 있냐고 자신의 삶을 설명할 뿐이다. 항상 저녁 일찍 집으로 돌아간다. 부인과 저녁을 함께 먹기 위해서.

어떤 어르신은 부인이 병환 중이다. 당연한 이야기지만 꾸준히 실버퀵으로 출근한다. 치료를 지속적으로 하지 않으면 문제가 커지는 병이어서 치료비가 꾸준히 들어가기 때문이다. 자식들도 생활이 여유롭지 않아 혼자 생계와 병간호를 도맡아 하고 있다. 아침 일찍 부인의 배웅을 받으며 택배 사무실에 나와 하루 종일 일을 하신 후 저녁이 되기 전에 퇴근한다.

어떤 어르신은 일용직 노동일과 택배 일을 병행하고 있다. 일용직 일이 있는 날이면 사무실에 나오지 않고, 일이 없을 때는 사무실에 나온다. 아주 불규칙적으로 나오는데다가 말도 거친 분이다. 몸을 쓰는 노동을 주로 해온 까닭에 서비스업에 대한 이해가 적다. 고객과 문제를 많이 일으키는 분 중에 한 분이다. 서류 정리도 엉망이고 계산도 자주 틀린다. 주로 자신이 회사에 낼 돈을 줄인다. 몇 번 해고당했지만 다시 복직을 했다. 문제가 많지만 사무실에서는 계속 타이르며 함께 가고 있다. 이 분이 라면을 끓이기 시작하면, 사람들은 점심 값을 냈냐고 물어본다. 물론 농담반 진담반이다. 그리고 달걀을 하나만 넣었는지도 확인한다. 물론 농담반 진담반이다.

어떤 어르신은 부채를 갚기 위해 일을 한다. 보증을 잘못 선 까닭에 지금까지 고생을 하고 있는 것이다. 부채에서 벗어나기 위해서 이런저런 방법을 다 찾아봤지만 뾰족한 수가 없어서 노구를 이끌고 매일 실버퀵 사무실에 나온다. 그런데 부채 때문에 고생하고 있는 어르신이 몇 명 더 있다고 한다. 다 보증을 잘못 선 탓.

지금은 택배 일을 그만 두었지만, 평일에는 택배 일을 해서 돈을 모으고 토요일과 일요일은 떨어져 사는 아들을 만나서 돈을 모두 쓰는 분이 계셨다고 한다. 돈을 쓰는 방법이 독특한데 경마를 하는 거였다. 매주 말이다. 하지만 운은 없으셨나보다. 돈을 따서 사무실을 나간 것이 아니라 폐지를 모아서 돈을 마련한다고 나가버리셨다고 한다.

어떤 어르신은 부인은 물론 자식까지 부양하고 있다. 자식은 심리적인 문제로 사회생활을 하지 못하고 있다. 집안에서 밖으로 나오지 않고 있다. 이 어르신은 쉬려고 해도 쉴 수가 없다. 어르신이 멈추면 가족 모두의 생활이 멈추기 때문이다. 지금까지 열심히 살아오셨는데 보상이 너무 적다. 택배를 하는 도중에는 속보로 걷거나 거의 뛰면서 다닌다. 이런저런 생각을 하지 않기 위해 일에 더 몰두

하려고 한다. 얼굴에 항상 그림자가 있는 분이다.

어떤 여자 어르신은 딸과 함께 언니 집에 얹혀살고 있다. 본인은 이혼 후 혼자 살아왔고, 딸은 나이가 많이 찼지만 결혼을 하지 않았다. 딸은 취직과 퇴직을 반복하는 불안정한 상태이다. 여자 어르신의 택배 일만으로는 두 사람이 독립해서 사는 것이 어려워서 딸과 함께 언니네 집에서 살고 있다. 독립은 요원한 상태이다.

실버퀵 택배에서 일하는 분들의 40% 정도는 위에서 말한 어르신들처럼 경제적으로 어려운 분들이다. 이분들은 인터뷰 요청에 손사래를 친다. 나머지 40%는 경제적으로는 빈곤하지 않지만 풍족하지 않은 편으로 자신의 용돈을 벌기 위해, 생활비에 보태기 위해 나오시는 분들이다.

반면 경제적으로 어려움이 없는 분들이 있다. 공무원 생활을 마치시고 연금을 받고 계신 분도 있고, 대기업에서 근무하다가 퇴직하신 분도 있다. 부동산이 제법 있지만 현금이 절대적으로 부족해서 나오시는 분도 있다. 아주 소수이지만 말이다.

평범한 사람들의 생존분투기

실버퀵에서 일하시는 분들 중에 혼자 사는 분이 40% 정도 된다. 그리고 부인과 둘이 사는 분이 40% 정도, 자식과 함께 사는 분이 20% 정도이다. 20%에는 부인, 자식과 함께 사는 분도 있고, 부인은 없이 자식과 함께 사는 분도 있다. 자식과 함께 산다고 해도 자식의 가정에 얹혀사는 분은 한 분도 없었다. 자식의 봉양을 받으며 살고 계신 어르신은 한 분도 없었다. 내가 들은 적도 없고, 사무실에서도 그런 분을 알지 못한다.

위에서 간략하게 언급했던 분들과의 깊은 인터뷰는 진행할 수 없었다. 자신들의 이야기를 공개하고 싶어 하지 않았기 때문이다. 또한 가족 관계에 대한 조사도 할 수 없었다. 가족에 대한 이야기를 꺼내는 것을 꺼리는 경우가 많았다.

나는 그분들이 열심히 살아왔고, 지금도 성실히 일하고 있기 때문에 그분들이 열심히 살아온 삶을 사람들에게 알려주고 싶었다. 결과가 좋지 않다고 말할 수도 있지만 평범한 사람들이 최선을 다하며 살아온 삶을, 좌충우돌하며 살아온 생존 분투기를 전하고 싶었다. 그것이 가치 있는 일이고, 그분들의 삶이 훌륭하다고 생각했다.

하지만 많은 어르신들은 자신들의 삶을 다른 사람에게 알리고 싶어 하지 않았다. 어쩌면 아직 말할 준비가 되지 않았는지도 모른다. 자신의 삶을 얘기하면 마음의 응어리도 풀릴 수 있겠지만, 그것보다는 마음속에 담아두고 짐을 계속 지고 가는 길을 선택했다.

언젠가는 짐을 내려놓듯이 이야기를 바람에 날려 보내실 것 같은데……. 그러나 지금은 아닌 것 같다.

실버퀵은
계속 된다

CHAPTER
25

책의 맨 앞머리에 '할머니와 강아지'에 대한 얘기를 했었다. 이번 봄에도 둘은 산책을 하고 있다. 겨울을 살아남았다. 그 느린 걸음으로 세상을 활보하고 있다.

2019년 6월 1일은 '실버퀵지하철택배'가 18주년이 되는 날이다. 장장 18년을 버텼다. 2001년에 시작되었고 노인들이 지하철을 이용해서 택배를 하는 일의 효시였다. 실버퀵이라는 용어도 이 회사에서 처음 사용했다.

모든 것은 태어나고, 성장하고, 생존을 위해 버티고, 몰락을 하다가, 결국 사라진다. 사람의 인생도 그렇고 생물의 생명도 그렇고, 제품도 그렇고, 기업도 그렇고, 사업도 그렇다.

실버퀵은 태어나서 성장하고 지금은 버텨가고 있다. 다시 전성기를 맞이할까? 이제 가라앉기 시작할까? 아니면 계속 가라앉지 않고 버텨나갈까?

사라져가는 것들

예전에는 있었지만 지금은 없어진 것들이 있다.

단순히 따져보면, 기술이 발전하면서 사라진 것들이 대부분이다. 기계식 전화기, 삐삐라고 불리던 호출기, 휴대용 카세트 플레이어, 비디오테이프, 다이얼을 돌려서 주파수를 맞추는 라디오, 기계식 타자기 등등.

이렇게 확연히 드러나는 것들도 있지만 우리가 감지하지 못하게 사라져 가는 것들도 있다.

예전엔 구멍가게라는 것이 있었다. 말 그대로 정말 작은 규모의 가게로 동네 곳곳에 있었다. 가게를 운영하는 사람들은 대부분 가족이었고, 이런 가게가 사라질 즈음에는 주인들이 대부분 노인들이었다. 아주 작은 가게들이지만 보유한 상품 종류는 정말 많았다. 아이스크림, 초콜릿 같은 기호식품에서부터 콩나물, 두부 같은 식료품도 있었고, 목장갑, 봉투 같은 생활용품도 있었다. 종이와 볼펜 같은 문구류도 팔았다. 그런 가게들이 사라진 자리에 24시간 편의점이 들어섰다. 구멍가게 주인이 편의점을 차린 것이 아니라, 구멍가게 없어지고 그 자리에 편의점이 들어선 것이다. 새로운 주인은 기업에서 명예퇴직을 하고 퇴직금으로 편의점을 차린 사람도 많고, 부업으로 편의점을 차린 사람도 많다. 아예 편의점 사업부터 시작한 젊은 사람들도 있다. 대기업에서 운영하는 편의점이 구멍가게를 깡그리 없애버렸다. 이제는 더 이상 나이든 구멍가게 주인을 볼 수 없다. 그 분들은 어떻게 살고 있을까?

복덕방福德房이란 곳도 있었다. 복덕방이란 말은 어디에서 유래되었는지, 무슨 의미인지 정확히 밝혀진 말이 아니다. 대략, '복을 중개해서 좋은 일이 벌어지게 한다' 또는 '다른 사람에게 좋은 일을 하면서 답례를 받는 방'이란 의미라고 한다. 이 복덕방은 지금으로 말하면 부동산공인중개사무소이다. 이름마저 참 냉기가 돈다.

복덕방은 마을 노인들의 사랑방이었다. 집을 알아보는 것은 물론이요 집주소를 찾을 때도 동네 복덕방이 최고였다. 그것뿐인가? 마을 사람에 대한 정보도 복덕방에 모인 어른들에게 물어보는 것이 가장 정확했다. 옛날 TV드라마 수사물에 보면 형사가 복덕방에 들어가서 탐문수사를 시작하는 장면이 많이 나온다. 지금의 공인중개사 사무소은 어떤가? 그 많은 노인들은 어디로 갔을까?

또 나이든 어르신들이 운영하는 음식점들도 없어졌다. 생 삼겹살을 구워먹는 고기집이 늘어나면서, 음식 체인점이 늘어나면서 손맛으로 승부하던 나이든 어르신들은 은퇴를 했다. 10년 전에 자주 가던 음식점들은 모두 사라졌다. 내가 자주 가던 한 음식점은 할아버지와 할머니가 운영하시던 곳이었는데 건물 주인이 건물을 새로 짓고 임대료를 올리는 바람에 반강제로 은퇴를 하셨다. 지금 그 자리에는 음식 체인점이 들어서 있다.

최근에는 사무실도 사라져 가는 추세다. 대리기사들 사무실도 사라지고, 택배기사들 사무실도 사라지고, 노인 택배 사무실도 사라져간다. 모두 스마트폰에 있는 앱으로 일을 한다. 주문이 들어오면 회사는 앱에 올리기만 한다. 일을 하는 노동자들은 하루 종일 스마트폰을 손에 쥐고 대기하다가 일감이 뜨면 빨리 클릭을 해야 한다. 조금 늦으면 다른 사람에게 일이 돌아간다. 사람의 목소리로 사람에게 일을 전해주는 작업방식이 사라져 간다. 머리 좋은 젊은이들이 앱을 개발하고 주문을 뿌리며 길거리를 몸으로 누비는 사람들에게서 수수료를 챙겨간다. 그리고 이런 산업을 '미래산업'이라고 말한다.

예전의 사업을 밀어내고 새로운 시대를 개척하고 있는 똑똑한 사람들은 이제 실버퀵을 어떻게 변화시킬까? 이 사업을 그냥 놔둘까? 아니면 수익이 나는 또 다른 사업으로 발전시킬까? 그것도 아니면 어떤 사람들을 희생시키면서 자신들의 이익을 창출해갈까?

이리저리 생각해도 그 사람들이 손을 댄다면 다른 것은 몰라도 노인들이 모여 떠들고, 서로 논쟁하고, 서로 걱정해주고, 서로 험담하고, 저녁이 되면 그날 돈을 좀 더 번 사람이 고기를 사오고, 사람들이 모여 고기를 구워먹으며 술 한 잔 마시는 광경은 사라질 것만 같다.

실버퀵이 계속 지속되기 위해서 어떤 경쟁을 해야 하는지, 그 경쟁에서 이길만한 실버퀵의 강점이 있는지 살펴보기로 하자.

생존경쟁 속으로

아직까지 지하철 택배의 영역에는 큰손들이 들어오지 않았다. 자신들이 차지할 파이의 크기가 크지 않기 때문이다. 천만 다행이다.

하지만 작은 파이를 나눠먹기 위한 경쟁은 치열해졌다. 2001년에는 하나였던 지하철택배 회사가 지금은 아주 많다. 65세 이상 어르신이 사장으로 운영하는 곳도 있지만, 65세가 안 되는 미성년자들이 운영하는 곳이 점점 많아지고 있다. 젊은 사람들은 컴퓨터와 택배원들의 위치추적, 철저한 고객관리와 할인혜택 등을 갖추고 기존 택배업체를 위협하고 있다.

인력경쟁 : 이 경쟁은 동종업계간의 경쟁이다. 좋은 택배원을 얼마나 가지고 있느냐가 생존경쟁에서 살아남는데 가장 중요한 포인트다. 좋은 택배원은 좋은 서비스를 의미하며 고객을 붙잡는 가장 큰 요인이기 때문이다.

좋은 택배원이란 두 가지로 구분할 수 있다. 우선 성실하면서도 일을 정확하게 처리하는 사람이다. 성격과 태도가 좋고, 일하는 능력자체가 뛰어난 사람이다. 두 번째로는 경험이 많은 사람이다. 많은 경험을 통해 각각의 상황에 지혜롭게 대처할 수 있고, 회사운영에 큰 도움을 줄 수 있다. 물론 경험이 많아지면 일하는 능력이 발전하는 면도 있다.

택배원들은 이런저런 이유로 택배회사를 옮긴다. 회사의 분위기가 맞지 않든지, 택배원들 사이에 문제가 생기든지 해서 회사를 옮기게 된다. 돈 때문에 옮기는 경우도 있다. 어떤 회사는 지자체 지원금을 받아서 일정부분을 월급처럼 지불한다. 그런 혜택을 제시하며 택배원들의 이직을 권하는 업체도 있다. 그런데 그런 지원금을 계속 주는 것이 아니라, 몇 개월 정도 지급하는 경우가 대부분이다. 금액은 대부분 19만 원에서 20만 원 정도이다.

어르신들의 말을 들어보면 돈 때문에 회사를 바꾸는 것보다는 회사 분위기나 다른 택배원 때문에 바꾸는 경우가 훨씬 많다고 한다. 특히 회사 분위기는 가장 큰 이유다. 마음 편하게 일할 수 있는 곳. 어르신들에게는 그 점이 가장 중요하다.

그 부분에 있어서 실버퀵은 강점이 있다. 해고는 없고 휴직만 있을 뿐인데다가 지켜야할 규정이 가장 적다. 일하는 택배원들의 만족도가 높다. 일을 하면서 택배비 커미션 외에 회사에 내야 하는 돈도 없다. 앱 사용료라든지 보증금 같은 것이 없다. 결산도 '매일 결산'을 할 수 있다. 당일 바로 그날 임금을 받을 수 있다.

좋은 택배원을 불러들일 수 있는 요소 부분에서는 실버퀵이 확실히 강점을 가지고 있다.

가격경쟁 : 이 경쟁은 소비자와 관련이 있다. 소비자 입장에서야 택배비가 저렴하면 좋을 수밖에 없다. 택배비가 다른 회사보다 저렴한 회사들이 있다. 과연 그 회사들은 택배비를 적게 받으면서 이익을 어떻게 보전할까? 당연히 택배원들의 몫을 회사가 가져간다. 회사와 택배원의 퍼센트는 7대 3 내지는 8대 2다. 그러나 택배원이 가져가는 금액은 거의 비슷하다. 택배원이 하루에 할 수 있는 택배는 보통 3개 정도이다. 돈을 더 벌려고 뛰어도 이동 거리가 있고, 하나의 택배 일을 끝내는데 들여야 하는 시간이 있기 때문에 하루에 여섯, 일곱 번을 할 수 있는 게 아니다.

이전에도 말했지만, 가장 냉정한 운영 체제는 앱을 이용해서 택배업을 하는 사람들이다. 이들은 앱에 연결된 택배원들을 확보한 채 회사를 운영한다. 이 사람들은 자신들의 기준에 따라 가격을 정한 후에 앱에 올리면 그만이다. 돈이 필요한 택배원들이 적은 돈에도 움직일 것을 알기 때문이다. 소비자에게 싼 가격을 제공하며, 자신들의 이익은 챙긴다. 누가 손해를 보는지는 별로 중요하지 않다.

실버퀵은 동종 업계에서도 가장 높은 배송료를 받는다. 가격경쟁에서는 뒤처지고 있다. 하지만 그런 식으로 가격경쟁을 할 생각은 없다. 택배원들의 수익을 보장하는 운영원칙을 계속 지켜나갈 생각이다.

택배원 입장에서는 하루에 할 수 있는 일의 양이 정해져 있기 때문에 단가가 높은 실버퀵에서 일을 하는 것이 훨씬 낫다. 다른 곳보다 수입이 높다.

가격 경쟁에 있어서는 실버퀵이 불리하다. 가격이 높아서 택배 일이 적어지면 장기적으로는 택배원들에게도 손해가 된다. 이 부분을 어떻게 해결하느냐가 실버퀵의 미래를 결정할 것이다.

단골 고객 확보 경쟁 : 고정적으로 일이 들어오는 것만큼 좋은 일은 없다. 실벅퀵을 전속택배 업체처럼 이용하는 회사나 고객이 늘어나는 것만큼 회사를 안정시키는 것은 없다. 예전보다는 그런 고객이 많이 줄었지만 아직도 단골 고객이 있는 편이다. 어떤 고객은 특정 택배원을 지명하거나 예약을 하는 분들도 있다.

단골이 떨어져 나갈 때도 있다. 이유는 세 가지 정도로 구분된다. 하나는 이상한 서류를 자꾸 요구하는 경우다. 이런저런 서류를 해달라고 하는 경우 거래를 끊는다. 위법성을 떠나 너무 귀찮기 때문이라는 것이 배 사장의 설명이다. 두 번째로는 결재를 제대로 안 해주는 경우다. 모든 회사가 어려운 것은 알지만, 결재를 미루거나 담당자가 퇴직했다면서 결재할 금액을 낮추는 경우도 있다고 한다. 결재를 미룬다고 해서 택배원의 일당을 함께 미룰 수는 없다. 때로는 밀린 택배비를 지불하지 않고 사라지는 회사도 있다고 한다. 이런 경우, 실버퀵에서 떼어먹힌 택배원의 택배비를 모두 부담하게 된다. 세 번째는 자꾸 할인을 요구하는 경우다. 단골고객이라는 이유를 내세우면서 말이다. 택배는 건당 인건비가 지급되기 때문에 할인을 한다는 것은 쉬운 일이 아니다.

이런 이유 때문에 단골이 떨어져 나간다.

실버퀵에서는 단골고객을 확보하기 위한 노력을 지속적으로 한다. 결국 여기에 실버퀵의 미래가 달려있기 때문이다. 단골을 확보하려면 홍보와 동시에 택배원들의 서비스도 좋아야 한다. 한 번 이용한 택배서비스를 다시 이용할 수 있도록 노력해야 한다.

모두 다 아는 해법을 실제로 실행하기 위해서 실버퀵에 모인 어르신들은 매일 분투하고 있다.

밝은 면을 보자

실버퀵의 앞날이 밝을까?

부정적으로 예상한다면, 시스템을 갖추고 택배회사를 운영하는 회사의 시장 점유율이 지금보다 더 늘어날 것이다. 젊은 회사운영자들은 세련된 홍보와 영리한 운영으로 작은 파이에서 더 많은 몫을 가져갈 것이다. 그들과 맞서 싸우는 것은 헛힘만 낭비하는 일이다.

하지만 항상 그렇듯이 어디에나 밝은 면은 있다.

우선, 우리나라는 배달천국이다. 그리고 이 시장은 늘어난다. 아무리 다른 업체가 뛰어들어도 남아있는 영역은 있다.

두 번째 밝은 면은 노인들이 늘어나고 있다는 점이다. 게다가 일을 하고 싶어 하는 노인들도 늘어나고 있다. 택배 일을 하려는 사람을 구하는 데는 큰 지장이 없다.

세 번째로 실버퀵은 실버퀵만의 장점이 있다. 부르면 바로 택배원이 출발하고, 받는 즉시 그 하나의 물건만을 배송하는 택배는 실버퀵밖에 없다. 다른 택배는 물건을 한꺼번에 모아서 배송을 한다. 실버퀵은 한 번에 한 물건만 배송한다. 충분히 경쟁력이 있다.

그리고…… 또 뭐가 있지?

아. 친절하고 따뜻한 고객들이 있다. 다른 퀵서비스보다 실버퀵을 이용하려고 하는 사람들이 있다. 지금보다 조금 더 많으면 좋을 텐데…….

이렇게 하면 어떨까

나는 사람들에게 이렇게 해보라고 권하고 싶다. 아니, 부탁하고 싶다.

배달할 물품이 있다면, 앱을 통해서 택배를 시키지 말고 좋은 실버퀵 회사를 찾아서 그곳으로 전화를 직접 걸면 어떨까? 우선, 시간이 있을 때 내가 주로 이용할 실버퀵 회사를 찾아본다. 그리고 시범적으로 그 회사에 택배를 맡겨본다. 일을 잘 처리하면 그 회사의 전화번호를 저장해 놓는다. 그리고 다음부터 그 회사에 직접 전화를 걸어 택배를 주문한다. 그렇게 한 실버퀵택배회사를 내 전속 택배회사로 이용한다.

조금 더 나아가서, 내 전속 택배원을 만들면 어떨까? 예약을 할 수도 있다. 몇 시에 어디로 와서 택배 일을 해달라고 말이다. 전속 택배원이 바쁘면 다른 분을 소개해 줄 것이다. 얼마나 좋겠는가? 내 전속 택배원이 있다면 말이다.

소프트웨어를 통해서 오는 택배원이 아니라, 서로 알고 지내는 택배원이 있으면 좋지 않을까? 앱이 무작위로 연결해 주는 택배원이 아니라 사람과 사람으로 연결되어 있는 택배원을 내가 이용하는 것이다. 택배원이 왔을 때 웃으면서 인사를 할 수도 있고, 이런저런 이야기도 잠시 나눌 수 있다. 내 전속 택배회사와 택배원이 있다면 전화를 할 때 반갑게 안부를 물을 수도 있고, 명절 때 인사를 보낼 수도 있다. 그렇게 알고 지내는 택배원이 내 물건을 더 소중히 다뤄주지 않을까? 이것이야말로 삶의 지혜가 아닐까?

아마 그렇게 해보면 분명 좋은 경험이 될 것이다. 대형마트에서 쇼핑을 하는 냉랭한 분위기가 아니라 재래식 시장에서 쇼핑하는 분위기를 맛보게 될 것이다.

한번 해 볼 만하지 않을까?

실버퀵은 달려간다

거대한 경주는 시작되었다. 모두가 달리는 경주다. 돈이 없으면 살 수 없는 세상이기 때문에 달리지 않을 수 없다. 목표가 있든 없든 상관없다. 모두 달려야 한다. 달리고 싶지 않으면, 더 이상 달릴 수 없으면, 사회의 한 구석으로 처박혀진다. '사회에서 더 이상 필요 없는 사람들'이란 보이지 않는 딱지가 붙은 채 말이다.

어떤 사람은 반칙을 하며 앞서가고, 어떤 사람은 부정한 방식으로 편하게 앞서간다. 심판도 분명 봤을 텐데, 아무런 조치를 취하지 않는다. 항의를 하면 조금은 고쳐진다. 더 항의를 하면 조금 더 고쳐진다.

달리면서 주위를 보면 잘 뛰지는 못하지만 열심히 달리는 사람들이 있다. 낙오하지 않으려고 있는 힘을 다해 달리는 사람들이 있다. 경기를 포기하지 않으려고 달리는 사람들이다.

스포츠 경기를 보면 최고의 능력을 발휘해서 우승을 하는 사람들이 있다. 또한 끝까지 포기하지 않고 자신의 레이스를 마치는 사람들이 있다. 인간 능력에 대한 경이로움은 승자로부터 나오지만, 감동은 레이스를 끝까지 마치는 사람들에게서 나온다.

실버퀵의 택배원들은 달리고 있다. 젊은 사람들보다 빠르게 뛰지 못하고, 세상이 변하는 속도에 따라가지 못하고, 언제까지 뛸 수 있을지 모르지만, 열심히 달리고 있다. 실버퀵을 취재하면서 느낀 것은 어르신들이 자신의 레이스를 멋지게 완주할 것이라는 믿음이다. 어르신들은 생각보다 강하다. 한국현대사의 질곡을 견뎌온 분들이다. 젊은 사람들보다 정신력이 강하다. 근면함이 무엇인지 배운 분들이다.

어르신들을 보면, '그분들이 달리지 않아도 되는 세상이면 얼마나 좋을까'라는 생각하게 된다. 동시에 그런 세상은 아직 좀 멀리 있다는 생각이 든다.

우리가 지금 당장 경기를 바꿀 수 없다면, 경기장을 바꿀 수 없다면, 일단은 선수를 응원하는 수밖에 없지 않을까? 조금 답답하더라도 실버퀵을 시키고, 만날 때는 친절하게 물건을 건네주고, 받을 때는 격려의 말 한마디를 건네고, 그리고 천 원으로 행복을 만들어내면서 말이다. 우리의 이런 작은 행동들이 물건을 들고 지금도 거리 어딘가를 걷고 있는 어르신들에게 이런 응원의 목소리로 들리지 않을까?

"달려라, 실버퀵!"

에필로그

노인을 위한 나라는 없는 것일까

노인 문제의 어두운 부분을 다루는 기사에서는 종종 이런 문구가 등장한다.

"노인을 위한 나라는 없다."

이 문장은 대체 어디서 왔을까?

인터넷에서 검색을 하면 맨 먼저 영화 제목이 떠오른다. '노인을 위한 나라는 없다'라는 한국어 제목과 'No Country for Old Men'이라는 영어제목이 나온다. 이 영화는 소설을 각색한 영화이다. 그럼 소설을 쓴 작가가 이 제목을 지은 것일까? 아니면 그도 이 제목을 어디에선가 따왔을까?

작가에게 물어본 적은 없지만 내가 아는 한 이 문장은 한 시에서 따왔다. 아주 유명한 시이다. 나는 이 시를 대학 때 배운 적이 있다.

아일랜드의 위대한 시인 윌리엄 버틀러 예이츠Y. B. Yeats는 1928년 '비잔티움으로의 항해Sailing to Byzantium'에서 이렇게 노래했다.

저곳은 노인을 위한 나라가 아니다.

서로 껴안고 있는 젊은이들, 나무 위의 새들,

저 죽어가는 세대들은 자기들의 노래를 부르고 있고

연어들이 뛰어오르는 폭포, 고등어가 우글대는 바다,

물고기, 짐승, 혹은 조류는 온 여름 내내 찬미한다,

잉태되고, 태어나고 그리고 죽어가는 것들을.

모두가 저 관능적인 음악에 사로잡혀

늙지 않는 지성의 기념비를 무시한다.

....

이 시의 첫 문장에서 책제목과 같은 문장이 나온다.

다시 번역하자면 No Country for Old Men은 '노인을 위한 나라가 아니다'이다. 조금 의역하자면 '노인이 살 나라가 아니다'이다.

시의 의미는 이렇다. 젊은 세대들이 관능적인 즐거움에 빠져서 노인들의 지혜가 알려주는 진리들을 무시하고 있다. 노인의 지혜가 무시되는 나라에서는 노인이 살 수 없다. 대충 이런 뜻이다.

요즘은 어떤가?

나이 든 사람이 말만 하면 '꼰대'라고 하면서, 말이 옳은지 아닌지를 떠나 무조건 무시해버리지는 않는가?

예전에 연극극단에 들어가 사회생활을 처음 시작할 때였다. 대학을 갓 졸업한 나는 경험이 아주 적었다. 들어간 지 1년이 지났을 때, 대표가 나에게 배우교육 프로그램을 만들라고 지시를 내렸다. 열심히 생각을 해서 프로그램 안을 만들었다. 다른 사람들도 좋은 안이라고 했다. 그런데 극단대표는 계획안을 반대했다. 나는 젊은 혈기에 물러나지 않고 내 생각이 맞다는 것을 설명했다. 대표가 내 설명을 반박하면 또다시 내 논리를 내세워 반박했다. 극단 대표는 연세가 나보다 30세나 많은 분이었다. 참다못한 대표가 나에게 말했다.

"지금 네가 낸 아이디어는 내가 10년 전에 했다가 실패한 아이디어야. 내 실패를 쓸모없는 것으로 만들지 말아줘. 네가 또 실패하면 내가 실패한 의미가 없잖니."

나는 말문이 막혔다. 내 아이디어가 예전에 실패했었다는 말 때문이 아니었다. 그때 실패한 것이 이번에는 성공할 수도 있으니까, 그 말은 설득력이 없었다. 나를 설득한 것은 다른 말이었다.

실패를 쓸모없게 만들지 말라. 또 실패하면 실패의 의미가 없다.

이 말이 나를 설득시켰다. 나는 내 계획안을 포기했다.

우리는 역사를 잊으면 안 된다고 하면서도 개개인의 경험에 대해서는 별로 큰 신경을 쓰지 않는다. 역사의 교훈은 간직해야 한다고 하면서 역사를 겪은 어르신들의 이야기는 무시한다.

역사는 무엇으로 이루어져 있을까? 작은 개인들의 경험이 모인 것이 아닐까?

나는 어렸을 때부터 이야기 듣는 것을 아주 좋아했다. 약간 광적일 정도여서 주위 어른들이 대단히 귀찮아했다. 그래서 그런지 어르신들의 옛날이야기를 듣는 것이 대단히 즐거웠다. 게다가 일제강점기, 한국전쟁을 겪은 일반 시민의 경험, 지금 보면 엉터리 같은 시대의 이야기, 준법과 범법을 오가는 이야기 등은 나에게 흥미를 불러일으켰다. 때로는 나의 할아버지 이야기를 듣는 것 같기도 했고, 부모님의 경험과 겹치는 것도 있었다.

그런데 지금 젊은 세대들은 이런 이야기 듣는 것을 정말 싫어할까? 내 생각은 아니라는 것이다.

언론 보도를 보면 우리나라의 미래는 암울하다. 인구가 줄고 있는데다가, 몇 년 후면 노인들이 엄청나게 늘어난다는 것이다. 한마디로 일할 사람이 없어서 나라가 망할 것처럼 말한다. 과연 망할까?

인구가 적으면 이민자를 받으면 될 테고, 노인들이 늘어나면 노인들이 일할 자리를 마련하면 되지 않을까? 앉아서 걱정하는 사람만큼 필요 없는 사람도 없다.

관공서나 지자체가 운영하는 이곳저곳, 도서관, 극장, 심지어 음식점을 가보자. 대부분이 단순한 일을 하고 있는 젊은이들을 본다. 내 생각으로는 그 젊은이들에게 좀 더 미래지향적인 일을 맡기고 단순한 일은 어르신들에게 맡기면 어떨까? 유럽에 가보면 카페나 식당에 나이든 어르신들이 꽤 많다. 내가 체코 프라하의 아름다움에 취해서 도시에 대해 궁금해 할 때, 프라하에 대해 자세히 설명해 준 사람은 카페에서 일하는 머리가 하얀 할아버지 웨이터였다. 유럽 극장을 두리번거리면 여지없이 나이 든 직원이 다가와 극장의 역사를 설명해 주곤 했다.

장인이란 어떤 일을 오래 해서 통달한 사람을 말한다. 그런데 우리 사회는 그런 분들을 모두 강제 휴직시키고 있지 않은가? 나이가 많다는 이유로 말이다.

노인에게 일이란 단순히 돈 문제만은 아니다. 물론 경제적인 문제가 가장 중요하다. 그러나 그 외에도 건강한 신체와 정신을 유지하는 데 일자리만큼 중요한 것은 없다. 내가 갈 수 있는 곳, 내가 소속되어 있는 곳, 아직도 내가 필요한 곳. 이것이 일자리이다.

예전에 택시를 탔을 때, 중동건설 붐 때 회사 중역으로 일했다는 운전사 어르신을 만났다. 갑자기 인터뷰 모드로 들어가서 '지금 가장 서운한 게 뭐세요'라고 물었다. 어르신이 말했다.

"내가 가지고 있는 경험과 지식이 아무 쓸모가 없다고 여겨지는 게 가장 서운해요."

이런저런 이유에서 나는 실버퀵지하철택배가 노인문제를 풀어 가는데 좋은 예가 될 수 있다고 생각한다. 이곳에서는 노인들의 경제활동이 가능하고, 생계비의 전체는 아니더라고 큰 도움이 되는 금액을 벌 수 있고, 일을 할 수 있다는 자부심을 지키게 해주고, 매일 갈 수 있는 장소를 제공하고, 그 장소를 자기들 마음대로 사용할 수 있고, 노인정에서 벌어지는 것처럼 나이에 의한 위계질서가 벌어지지 않고, 자기 세대의 가치를 지켜갈 수 있다. 노인들이 마음 편하게 일할 수 있는 환경이 무엇인지를 보여주고 있다.

제발 "최저임금을 보장하지 못하지 않냐"고 무책임한 비판을 하지 말고, 어떻게 하면 최저임금마저 보장할 수 있을지 함께 생각해보자.

서울지하철의 적자가 크고 그 원인이 무임승차 때문이고 무임승차 대부분이 노인들이라고 한다. 그러면서 노인들의 무임승차를 줄이는 방법에 대해서 다시 생각해보자고 한다. 무임승차를 할 수 있는 노인연령을 올리자, 경제적 수준에 따라 차등적으로 혜택을 주자고 얘기한다.

정말 쩨쩨하게 이러지 말자!

과연 이런 문제를 논의하는 사람들은 출퇴근할 때 대중교통수단을 이용할까? 대중교통수단은 적자인 게 당연한 것이 아닌가? 대중교통수단이 엄청난 이익을 낸다면 이게 더 문제가 아닌가? 서민들이 이용하는 것인데, 그곳에 세금을 쓰는 것이 뭐가 잘못인가?

생각을 좀 바꾸어 보자. 좋은 쪽으로, 창의적인 쪽으로…….

여기저기서 "노인을 위한 나라는 없다"고 말하면서 지금의 노인 정책을 비판한다. 노인이 살 나라가 못된다고 비판한다. 그런데 다른 편에서는 노년층이 많아진다고 걱정하고 있다. 어쩌라는 말인가?

아까도 말했지만 기술이 발전하면 육체적인 노동력보다는 관리자가 더 필요하게 된다. 어려운 일은 컴퓨터가 다 알아서 하기 때문에 노인들도 쉬운 관리는 할 수 있다. 노인들이 할 수 있는 일을 따져보면 생각보다 많다. 못해서 안 시키는 것이 아니라 안 시켜줘서 못하는 거다.

노인들은 고집스럽다고? 에이, 젊은 사람들은 안 그런가? 나이 나름이 아니라 사람 나름 아닐까?

노인들이 살기 좋은 나라든 아니든, 우리 사회는 '노인의 나라'가 되어 가고 있다. 그게 현실인데 걱정만 하면 무슨 소용이 있나?

사회가 어떻게 변하든, 무슨 걱정을 하든, 실버퀵 사무실에서는 앞으로도 이 소리가 계속 울려 퍼질 것이다.

"전화 좀 받으라니까~~~~~ 전화 좀 하고~~~~~"

누구나 노인이 된다. 노인은 우리들의 미래 모습이다. 피할 수 없는 미래다. 앞에 무엇이 있는지 안다면 지금 무슨 일을 해야 하는지 알 수 있지 않을까? 통계를 보면 무엇을 해야 하는지 뻔하다.

실버퀵이 노인들이 마지막으로 오는 곳이 아니길 바란다. 즐겁게 일할 수 있는 하나의 선택지가 되길 바란다. 그렇게만 된다면 미래는 노인도 편히 살 수 있는 나라가 되지 않을까?

실버퀵에서 일하시는 모든 어르신께 박수와 응원을!
그 어르신들에게 택배를 맡기시는 모든 분들께 감사와 행운을!

부록 : 사무실 여기저기에 걸려있는 글귀들

　실버퀵지하철택배 사무실에는 다른 사무실과 마찬가지로 이런저런 글귀가 걸려있다. 어떤 글귀는 종이에 프린트해서 테이프로 붙어있고, 어떤 글귀는 액자에, 어떤 글귀는 멋스럽게 나무판에 새겨져 있다. 소개하면,

사원 (대) 모집

　건물 밖에서 사무실로 올라가는 입구에 걸린 플래카드에 쓰여 있는 글귀. 다른 글자들은 검정글씨로 쓰여 있는데 "대"자는 강조하기 위해서 검은 동그라미 안에 흰 글씨로 쓰여 있다.

세계 최초 어르신만……

　사무실로 올라가는 계단에 쓰여 있는 문장이다. 이 말이 사실인지 확인된 것은 아니다. 파란 바탕에 흰 글씨로 쓰여 있는데, 15년의 세월을 보낸 것처럼 바래져 있다.

CCTV 작동 중

　사무실 여기저기에 붙어 있다. 그런데 이 CCTV를 활용해서 무슨 일을 처리한 적은 없다. 없어지는 물건이 음식들이다 보니, 범인을 찾아도 뭐라고 하기 힘들어 범인을 찾지 않고 그냥 욕만 하고 있다.

난, 나는 택배 박사다.
새해!! 매일 정산

사무실 창을 열면 주방과 식당을 겸하는 방으로 연결된다. 이 창문을 통해서 택배원들이 택배 오더를 받는다. 결산도 이 창문을 통해서 한다. 이 창구 앞에 붙여 있는 글귀이다.

사원수칙
출근 : 8시 30분
퇴근 : 7시 30분
휴가, 지각, 조퇴, 퇴근 - 보고 철저
서류 관리 철저히
매일 결산 원칙

이 수칙은 택배원들이 대기실 겸 휴게실로 쓰는 방에 써 있다. 가장 논란이 많고, 잘 지켜지지 않는 사원수칙이다. 택배원들은 모두 자기 사정에 따라 출근한다. 아침 7시에 오는 사람도 있고, 집에서 오더를 받아 움직이는 택배원들도 있다.

여호와는 나의 목자시니 내가 부족함이 없으리로다. 시편 23

왜 붙어 있는지 의아한 액자이다. 보통 사업장에는 "시작은 미약했으나, 끝은 창대하리라" 같은 문장이 있는데 여기에는 평온한 느낌을 주는 성경구절이 걸려 있다. 사장님은 기독교신자가 아니다.

도리어 기독교 신자에게 안 좋은 경험이 있는 분이다. 택배원 중에
도 기독교 신자가 많은 편이 아니다. 누군가가 가지고 와서 걸어놓
은 것이라고 한다. 약간의 부적 같은 느낌으로 걸어놓은 듯하다.

社訓(사훈)
-. 迅速(신속)
-. 親切(친절)
-. 誠實(성실)

 사훈은 모두 한자로 쓰여 있다. 괄호의 한글은 독자들의 이해를
돕기 위해서 필자가 써넣은 것이다.

長壽(장수)의 秘訣(비결)
늙으면 설치지를 말고
미움살 소리, 우는 소리
헐뜯는 소리와 군소리랑
하지도 말고 그저그저
남의 일에 칭찬만 하소
묻거들랑 가르쳐 주되
알면서도 모르는 척
어수룩하소, 그렇게
사는 것이 마음 편하다오

휴게실 문에 코팅해서 붙여놓은 글귀이다. 개인적으로는 가장 재미있게 읽은 글이다. 물론 '장수의 비결'이란 제목은 모두 한자로 적혀있다. 그런데 이 비결을 실천하는 분은 거의 없는 듯.......

盡人事待天命(진인사대천명)
사람으로서 해야 할 일을 다 하고 하늘의 명을 기다린다

나무에 새겨져 걸려있는 글귀로 모두 한자로 쓰여 있다. 왠지 '우리에게는 아직 남성의 기개가 남아 있다'는 느낌을 주는 글귀이다. 어떤 면에서 보면 여기에 있는 분들이 살고 있는 삶을 대변하고 있는 말이 아닌가 하는 생각이 든다. 그 분들로서는 나름대로 최선을 다하며 살고 있으니까 말이다.

참고 자료

  이 책에 인용한 통계는 모두 인터넷에서 찾을 수 있다. 공인된 기관에서 만든 자료로 일반인에게 공개된 자료들이다.

  국내자료는 통계청, 보건복지부, 여성가족부에서 발표된 자료들이다. 통계청에서는 매년 "사망원인통계," "생명표," "고령자 통계"를 발표하고, 여성가족부에서도 매년 "청소년 통계"를 발표한다. 우리나라 사람들이 어떻게 살고 있는지를 객관적으로 볼 수 있는 자료들이다.

  통계청 사이트에 들어가면 우리나라 현재 사회 상황에 대한 여러 가지 통계를 볼 수 있다. 통계나 숫자를 좋아하는 사람들은 한번 들어가 보기 바란다.

  "e-나라지표"라는 사이트가 있다. 공공기관에서 운영하는 곳인데, 여기서도 우리나라의 각종 지표를 볼 수 있다. 다양한 자료들이 있으니, 방문해 보기 바란다.

  노인과 복지문제를 연구한 다양한 자료들이 있다. 공인된 기관에서 발표한 연구자료들이다. 다음 자료들은 이 책을 쓰는데 많은 도움이 되었다. 이 자료들 모두 인터넷에서 다운받을 수 있다.

<노인 자살의 사회경제적 배경 및 정책적 대양방안 모색>, 이소정 정경희 강은정 강상경 이수형 김영아, 한국보건사회연구원 저출산고령사회연구센터, 2009
<고독사의 현황과 법제적 대응방안>, 장민선, 법제이슈브리프 26호, 2017
<노인 자살의 현황과 원인 분석>. 통계개발원 사회통계실, 2007

<서울특별시 고독사 예방 및 1인 가구 사회안전망 확충을 위한 조례안>, 성백진, 2017

<복지이유Today 42호>, 서울시복지재단, 2016.9 (고독사를 다양한 시각에서 다루었다.)

<2010 통계로 본 서울노인> 김경혜 노은이 김선자, 서울시정개발연구원, 2010

<2017년 빈곤통계연보>, 기초보장연구실 편, 한국보건사회연구원, 2017

<다양한 노인빈곤비표 산정에 관한 연구(I)>, 윤성명 고경표 김성근 강미나 이용하 이정우, 한국보건사회연구원, 2017

<2018년 한부모가족 실태조사 사전 연구>, 김은지 심소영 정수연 성경, 여성가족부, 2017

<1인가구의 고용과 빈곤에 관한 연구>, 반정호, 한국노동연구원, 2014

해외자료는 OECD에서 나온 자료들이다. 문서로 된 자료들도 있고, 사이트에만 표시되는 통계자료도 있다. 세계보건기구(WHO)에서 조사한 자료도 있는데, 세계 모든 나라를 대상으로 한 통계여서 아주 방대하다. OECD 자료는 WHO에서 만든 자료 중에서 회원국들 자료만 뽑아 만들었기 때문에 일반인들이 보기에 편리하다. 단, 한글 서비스는 제공되지 않는다.

OECD에서는 각국에 대한 경제보고서를 내놓는다. 우리나라에 대한 보고서 <OECD Economic Survey Overview - Korea, June 2018>는 큰 도움이 되는 자료이다.

이 외에도 다양한 연구 자료와 논문들이 있다. 노인문제, 1인가구 문제, 고독사 문제, 노인빈곤 문제는 모두 연결되어 있다.

감사의 말

이 책을 위해 취재를 시작하기 전, 이번 작업이 나에게 얼마나 많은 것을 가져다줄지 상상하지 못했다. 너무나 많은 선물을 받았다. 그 선물을 주신 분들께 짧지만 깊은 감사를 표하려 한다.

이 책은 코람데오 출판사 임병해 대표님의 아이디어로 시작되었다. 어느 날, 저녁 식사를 하면서 실버퀵에 대한 동영상 하나를 보여주셨는데 그것이 씨앗이 되었다. 평범한 사람들이 열심히 사는 모습을 책에 담고 싶다는 열정이 나에게도 전염되었다. 항상 책이 가야할 방향을 가리켜주시고, 내가 잃지 않아야 할 마음이 무엇인지 알려주셨다. 이 책이 설 수 있는 토대가 되어주셨다. 마음 깊이 감사드린다.

취재를 하는 동안, 원고가 만들어지는 동안, 많은 분들이 응원과 격려를 해주셨다. 고마운 마음을 전하기에는 페이지와 단어가 너무 부족하다.
이 책의 배경인 실버퀵지하철택배회사를 이끌고 있는 배기근 사장님은 항상 친절하고 따뜻하게 맞아주셨다. 자신의 얘기를 허심탄회하게 해주신 안석만 어르신, 김진순 어르신, 김재선 어르신, 여명규 어르신, 임용숙 어르신, 박건차 어르신, 이명희 어르신, 백남진 어르신, 공한배 어르신께 감사드린다. 그분들의 삶이 나에게 많은 감정을 불러일킨 것처럼 이 책을 읽는 분들에게도 좋은 시간을 선사하길 바란다. 진심으로 감사드린다.
고향이 겹치거나, 상황이 비슷해서 인터뷰를 하지 않았지만, 사무실에 들를 때마다 따뜻하게 맞아주시고 재미있는 얘기를 많이 해 주신 조성호 어르신, 김동원 어르신, 조사웅 어르신께도 감사드린다.
실버퀵에서 보낸 그 많은 시간들을 결코 잊지 못할 것이다. 인생의 한 수를 배웠다.

원고를 꼼꼼히 읽어주시고, 교정과 수정을 해주시고 좋은 의견을 내주신 전상수 실장님께 감사드린다. 그 의견들은 원고를 새롭게 볼 수 해주었고, 책을 풍부하게 만들어 주었다.

책 디자인을 검토해 주시고 마지막 마무리를 해주신 박은주 실장님께도 고마움을 전한다. 급할 때 항상 도움을 주셨다.

이 책을 쓰면서 가족에 대한 생각을 많이 하게 되었다. 항상 가족에게 무심한 내가 이 자리를 빌어 감사를 표한다면, 모두 내가 안 하던 짓을 하는 이유를 생각하며 걱정할까봐 이쯤에서 마무리하겠다.

마지막으로 글을 쓸 때면 임무에 소홀해지는 집사를 묵묵히 참아준 세 천사, 세상에서 가장 예쁜 강아지 초초, 감성적인 고양이 쏠레와 모험꾼 고양이 루나에게 고마움을 표한다.

장미가 활짝 핀 계절이다.

달려라 실버퀵

초판1쇄 인쇄일 2019년 5월 29일
초판1쇄 발행일 2019년 6월 1일

지은이 : 조한신
펴낸곳 : 코람데오
등 록 : 제300-2009-169호
주   소 : 서울시 종로구 세종대로 23길 54, 1006호
전   화 : 02) 2264-3650
팩   스 : 02) 2264-3652
E-Mail : soho3650@naver.com

ISBN 978-89-97456-73-4
값 13,000원

※ 잘못된 책은 바꾸어 드립니다.